그대여
어리석고도
또 어리석은 이여

그대여
어리석고도
또 *어리석은이여*

펴낸날 2024년 1월 31일

지은이 임병일
펴낸이 주계수 | **편집책임** 이슬기 | **꾸민이** 박효빈

펴낸곳 밥북 | **출판등록** 제 2014-000085 호
주소 서울시 마포구 양화로 7길 47 상훈빌딩 2층
전화 02-6925-0370 | **팩스** 02-6925-0380
홈페이지 www.bobbook.co.kr | **이메일** bobbook@hanmail.net

© 임병일, 2024.
ISBN 979-11-5858-984-4 (03810)

그대여
어리석고도
또 어리석은 이여

임병일 신문 에세이

대립 반목 배척 조롱 멸시 비하 모욕 혐오 분열 살상 등 삭막하고 각박한 말이 아닌
양보 봉사 포용 희생 이해 화합 협조 보호 배려 화해와 같은 따뜻한 용어는
지금 현실 사회와 정말 들어맞지 않는 것입니까?

밥북
B·O·O·K

어리석고도 또 어리석은 이여
그대 세상 사람들이여
짐작도 안 되는 전무후무 미증유
처참한 일들을 저지르는 사람들이여

어리석은 짓을 했던 기억이 번개처럼 떠올려지면서 그때 왜 그랬는지 지금 현재라면 그렇게 하지 않겠다고 반성합니다. 어렸을 적, 청소년 시절은 그런 짓을 했다고 하더라도 이제 나이가 들어서도 어리석은 짓을 한다면 이 세상을 떠서 하늘나라에 가는 처지에 사리를 알지 못하고 끝내는 가엾은 일이라고 하겠습니다.

세상 물정을 이해하지 못하고 철없이 살다가 노년이 되고 그래서 이 세상을 등지는 사람들 틈에 자신이 끼어서는 안 되겠다는 생각이 드는 것입니다.

영원히 지나가기만 하는 세월 속 다시 옛날로 돌아가지 못합니다. 한 인간이 가늠할 수 없는 끝없이 이어지는 긴 시간은 정말 신기하고 추측할 수 없고 알 수 없는 신비한 세계입니다. 시작도 없고 끝도 없는 무궁무진한 시간과 공간입니다. 영원히 계속되는 그런 긴 시간 중 지나간 세월 속의 쓸쓸하고 슬프고 허랑방탕한 짓을 했던 비슷한 기억들을 하나하나 기록하려고 합니다.

분노 욕심 어리석음 독설이 죄의 온상이라고 성현께선 2,500여 년 전 진작 이야기하셨습니다. 지금부터라도 어리석은 일을 하지 않기 위해 선현 말씀도 상기하고 주위 착한 사람들의 말도 들으며 잘 판단해 그나마 남은 세월을 잘 보내야 합니다. 이 혼돈천지에 제일 모자라고 어리석은 사람이 자신이었다고 자책합니다. 이미 노년에 들었으니 시기 멸시 악담 모욕 조롱 시비 모함 등 인간적으로 참지 못할 그런 일은 줄었습니다.

옛일을 생각하면 수많은 악인을 만났지만 반대로 착한 사람도 너무 많이 만났습니다. 그때 당시에는 왜 빨리 알아채지 못했는지 후회스럽습니다. 마음의 눈을 뜨고 사리 판단을 해야 했습니다. 올바른 방향으로 이끌어 주는 대로 성실히 따라야 했었는데 빗나갔으니 안타깝기만 합니다.

사람을 나쁜 길로 이끄는 것 중 하나가 심마(心魔)라고 합니다. 사람이 본성을 잃는다고 합니다. 진짜 감옥은 사람의 마음을 혼란스럽게 해 가두는 것입니다. 심마가 없으면 가두는 문이 있어도 가둘 수 없다고 합니다. 심마가 있는 사람은 문이 없어도 갇히는 격입니다. 마음의 힘을 길러야 하겠습니다.

욕심은 미망(迷妄; 사리에 어두워 진실을 가리지 못하고 헤맴), 망집(妄執; 망상을 버리지 못하고 집착함), 슬픔의 근원이라고 성현께서 이미 하신 말씀입니다.

'자신이 틀릴 수도 있다. 내가 진실을 다 알지는 못한다.' 이 정도만 알고 있어도 사회생활에 다른 사람들과 다투지는 않을 것입니다.

"나 자신은 떠오르는 많은 생각 때문에 연약한 존재가 될 수 있다. 그래서 수시로 상처받고 좌절한다. 그러나 이 모든 것은 내 머릿속에서 벌어지는 일일 뿐이다. 갈등의 싹이 트려고 할 때 세 번만 되뇐다. 근심 걱정은 풀밭 이슬처럼 사라진다. 옳고 그름을 따지지 않는다. 인간은 본래 행복해지려는 방향으로 살아가려는 습성이 있다. 과거를 후회하고 미래를 두려워하는 지친 사람들에게 항상 너 자신에서 새로 시작한다는 마음을 갖게 한다. 다른 사람을 불쌍하게 여기는 연민의 정을 갖는다. 받아들이고 이해하려는 아량을 갖는다. 또 불쌍하게 여기는 방향을 자기 자신에게로 돌릴 수 있어야 한다. 타인보다 먼저 자신을 돌봐야 한다. 자신을 비난하고 질책하지 않는다. 자기 자신을 비하하지 않는다. 자기 자신에게 가혹하게 대하지 않고 자기 자신도 연민의 대상이라는 사실을 알아야 한다. 자기 자신을 사랑한다. 자기 자신의 모든 것을, 자신의 모습을 있는 그대로 받아들인다. 자신을 가혹한 관점에서 보지 않는다. 그래야 자신뿐 아니라 다른 사람들을 살피고 돌볼 수 있다"는 것입니다.

사람들은 예의를 강조합니다. 다른 사람들에게는 예의를 지키라고 강요하고 지키지 못하면 비난하지만 정작 자신은 예의를 지키지 않는다면 큰 모순입니다. 인의예지(仁義禮智) 옛말이 자신부터 지키라는 것이지 상대방에게 먼저 지키라고 이야기할 수는 없는 일입니다. 자신이 싫어하는 일을 다른 사람에게 강요할 수는 없습니다. 타인에게는 관대하고 자신에게는 엄격한 잣대를 적용하는 인격자에게 세상이 시비를 걸 일은 없겠습니다.

마음이 안정 안 되면 바깥의 시비 분별에 끄달리게 된다고 합니다. "뻐기고 우기고 다투지 않는다. 우열을 가리지 않는다. 시비를 가리지 않는다. 트집 잡지 않는다. 탓하지 않는다"는 정도만 알고 있어도 다른 사람들과 얼굴을 붉힐 일은 없겠습니다. 열심히 어떤 일이든지 하다 보면 점차 변화를 알 수 있게 된다고 합니다. 계속해서 포기하지 않고 하다 보면 세상 물정에 대한 이해가 되고 발전된 경험을 하게 된다고 합니다.

착한 사람이라고 생각되는 사람은 어떤 모습일까 곰곰 생각해 봅니다. 악의에 찬 사람, 악행 하는 사람이 있는가 하면 너무나 순진하기만 하고 도무지 일을 꾸미지 못하는 단순한 사람이 있습니다.

착한 사람이 주위를 밝게 하고 사람들을 도와주고 분위기를 밝게 하는 반면 악한 사람은 다른 사람을 이용해 이익을 꾀하려 하고 돈을 갈취하는 사람일 것입니다. 이자를 많이 준다고 사탕발림을 해 놓고는 돈을 떼어먹습니다. 이익을 주고 지위를 주겠다고 하는 사람의 악의를 파악하고 꾀에 넘어가는 **'어리석은'** 일은 하지 말아야 하는 마음의 힘을 길러야 합니다.

하늘이시여. 지금부터라도 정신을 차리겠습니다. 부드러운 말과 웃음 띤 표정이 자신뿐 아니라 다른 사람에게도 좋은 영향을 미친다는 것을 이제야 조금 알게 됐습니다. 지난 세월을 반성하면서 쓰는 글이오니 부디 오류가 있으면 여지없이 추궁해 주십시오. 세상살이에서 벌어지는 어리석은 일에 대해 하나하나 저 자신을 취재하는 자세, 편집하는 자세, 교정을 하는 자세로 글을 써 보려고 합니다.

세상살이에서 뻐기는 마음에서 겸손한 마음으로, 참을성 없는 마음에서 침착함으로, 무례한 태도에서 예절 바른 태도로, 게으름에서 부지런함으로, 잔인한 마음에서 인자한 마음으로, 겁을 내는 나약함보다 용기 있는 마음으로 살아가면 좋겠습니다. 관대한 마음을 유지하고 선의와 자비심으로 사람을 대하는 것이 좋겠습니다.

모든 현상은 실재하지 않는다고 합니다. 구름처럼 흘러간다고 합니다. 이런 이치를 안다면 세상 사람들과 지내면서 화를 내거나 다툴 이유가 없겠습니다.

일체유위법 여몽환포영 여로역여전(一切有爲法 如夢幻泡影 如露亦如電) 모든 현상은 꿈과 같고 허깨비 같고 물거품 같고 그림자와 같다고 합니다. 이슬과도 같고 번갯불과 같이 일시적이라는 것입니다. 그래서 원하는 것과 좋아하는 것만 찾으려 하지 않고 소박하게 순진하게 안락하게 세상살이에서 조작하지 않고 순리대로 산다는 것입니다. 어린아이가 아무 욕심도 부리지 않고 순박하게 지내는 반본환원(返本還源), 본래의 경계대로 돌아가는 것입니다.

지나간 일들은 잊어버리는 것이 좋다고 합니다. 중요한 것은 현재 있는 일과 미래에 일어날 일이라고 합니다. 과거의 모든 일이 어제로 소멸되었고 아주 새로운 미래가 오늘 시작하는 것처럼 산다면 새 출발이 되는 셈입니다. 그렇게 되면 새로 태어난 유덕하고 진실한 새로운 사람이 된다는 것입니다. 나쁜 습관을 버리고 지난날의 과오를 고치는 것입니다.

자제할 줄 모르고 마음 내키는 대로 행동했고 목적 없이 떠돌아다녔습니다. 방향도 목표도 없었습니다. 이렇게 살면 운명에 구속되고 미래의 가치 창조를 할 수 없다고 합니다. 나를 싫어하거나 중상을 하는 사람을 만날 때도 모욕을 인내와 평화로운 마음으로 견뎌 다투지 않으면 됩니다. 부당한 대우에도 불평하지 않겠습니다. 그러면 마음이 평온해지는 것입니다.

그대여 어리석은 이여. 어리석고도 또 어리석은 이여. 그대 세상 사람들이여. 오늘 2023년 12월 2일 또 무슨 어리석은 일들을 저질렀을지. 짐작도 안 되는 전무후무 미증유 처참한 일들을 저지르는 사람들이여. 제행무상 제법무아 일체개고(諸行無常 諸法無我 一切皆苦)의 이치를 모르는 것을 어리석다고 합니다. 어리석은 사람은 결국 너무 가엾고 슬프고 불쌍한 사람입니다. 이미 2,500여 년 전에 하셨던 성현의 말씀은 아예 들으려고도 하지 않으니 성현이 계속 슬퍼하고 또 가엾게 여깁니다. 하늘이시여 어떻게 하면 성현의 말씀을 들을까요. 들으라고 하면 가르치려 든다고 하며 오히려 성을 내고 달려드는 형국의 세계입니다.

어리석은 사람과 그렇지 않은 사람의 차이는 자신에게 허물이 있는 것을 아는 것과 자신에게 수많은 허물이 있는 것을 모르는 것의 차이라고 합니다. 비난을 받을 때 자신을 변호하거나 반박하지 않고 고쳐야 할 허물이 있음을 알고 어떤 대응도 하지 않는다는 것입니다.

목차
.
.
.

서문
어리석고도 또 어리석은 이여 그대 세상 사람들이여 짐작도 안 되는 전무후무 미증유

처참한 일들을 저지르는 사람들이여 · 4

1장 : 모욕당하는 살아 있는 것들   · · ·

2장 : 무자비한 공격   · · ·

3장 : 여유 없는 삶 · · ·

4장 : 분노가 가득한 사회 · · ·

5장 : 쓸쓸한 죽음 · · ·

1장

모욕당하는 살아 있는 것들

1

교각살우(矯角殺牛)

교각살우라는 사자성어는 소의 뿔을 바로잡으려다 소를 죽인다는 것으로 결점이나 흠을 고치려다 수단이나 정도가 지나쳐 일을 그르친다는 것입니다. 이 사자성어와 거의 비슷한 사건이 2023년 중반에 연이어 일어났습니다. 교육 현장의 선생님들과 학생들, 학부모들이 주역이었습니다. 선생님이 학생의 버릇없는 행동을 지적하면 학생은 선생님의 말씀대로 잘 따라주는 것이 순리인데 그렇지 못한 일들이 너무 많이 일어나고 거기에 학부모가 끼어들면서 마음의 큰 상처를 입은 선생님이 극단 선택을 하는 일이 벌어졌습니다.

서울 서초구 서이초등학교 교사가 극단 선택을 하자 교사 등 10만 명이 추모 집회를 열었다는 보도입니다. 동아일보 2023년 9월 5일 자 4면 공교육 멈춤의 날 보도를 보면 자세한 전말을 알 수 있습니다.

영국 BBC 방송이 교사의 잇따른 극단 선택과 이에 따른 교사 집단행동이라는 한국 교육 현실에 대해 초경쟁사회와 고학력 학부모의 민원 문화가 교사 무시 현상을 부채질하는 원인으로 지목했다고 신문은 전했습니다.

BBC방송은 교사의 자살로 한국 학부모의 괴롭힘이 드러났다는 제목의 기사에서 한국 교사들의 집단적인 분노의 물결에 주목했다는 것입니다. 방송은 무분별한 부모의 항의 전화와 제멋대로인 학생의 태도가 교사들을 벼랑 끝으로 밀어내고 있다고 짚었다는 보도입니다.

그런데도 교사들은 수업 중 폭력 성향을 드러낸 학생을 제재하면 아동학대로 신고당하고 꾸짖으면 감정적 학대 행위로 취급받는 상황에 처해 있다고 진단했다는 것입니다.

학부모가 자기 뜻에 맞지 않는 결정을 한 교사에게 항의 전화를 계속하는 행위를 방송은 민원 문화라고 지칭했다는 보도입니다. 교사 결정에 불만을 품은 학부모들이 교사를 귀찮게 하는 방법을 서로 알려 주기도 한다면서 이 같은 민원 문화의 바탕에는 초경쟁사회가 있다고 지적했다는 것입니다.

방송은 학생은 명문대 진학을 위해 어렸을 때부터 성적을 놓고 치열하게 경쟁하고 부모는 오전 5시부터 오후 10시까지 운영되는 학원이라 불리는 값비싼 과외 학교에 자녀를 보낸다고 전했다는 보도입니다. 결국, 부모는 내 아이만 소중하다고 생각해 이기적으로 변한다는 것입니다.

한국에서 전통적으로 교사를 존경하던 문화가 변화했다는 점에 주목한 방송은 한국은 급속한 경제 성장으로 많은 부모가 고학력자라면서 이는 학부모들이 종종 교사를 업신여기게 한 요인이라고 분석했다는 보도입니다. 학부모들은 자신이 낸 세금으로 월급을 받는 교사에게 강한 자격의식을 갖고 있다고 짚었다는 보도입니다.

BBC는 한국에서 무너진 건 교실만이 아니라면서 성공에 대한 좁은 정의와 전반적인 교육제도를 개혁할 필요가 있다는 목소리가 크다고 보도했다는 전언입니다.

이 보도를 보면서 자신의 자녀만 우선시하는 이기적인 마음이 결국 교육 현장을 어지럽히며 전체 교육에까지 영향을 미친다는 생각입니다. 자신의 자녀만 중요하게 여기는 것이 결국 다른 사람의 자녀, 전체적으로 국가 교육에까지 나쁜 영향을 미치게 되었습니다. 학부모의 이기적 민원 문화가 교사의 마음에 엄청난 타격을 가하고 상처투성이가 된 교사가 자살하는 되돌아갈 수 없는 악행이 되었습니다.

교각살우라는 사자성어대로 작은 것에 집착하는 **'어리석음'**에서 벗어나 큰 그림을 그리는 태도가 바르다는 생각입니다.

2
무상살귀(無常殺鬼)

무상(無常)이라는 말은 모든 것이 덧없고 늘 변하여 일정하지 않다는 뜻입니다. 고정되어 변하지 않는 것은 없다는 것입니다. 무상살귀는 무상이 사람을 죽이는 귀신이란 것입니다. 살아 있는 것들과 모든 형상, 모습이 변하며 일정하지 않아 세월이 흐르면서 모든 생명체 젊은이 노인 귀인 평범한 사람 가리지 않고 저세상으로 끌고 간다는 것입니다.

재빨리 무심하게 흐르는 세월이 결국 사람을 죽인다는 것으로 흉측한 도적 살인마가 사람을 해치는 경우도 물론 있을 수 있지만, 그것은 극히 드물고 대부분은 무상이라는 살귀가 죽인다는 것입니다.

허무하게 세월이 흐르며 사람 생명체를 죽이니 허무한 세월, 무심한 세월이라는 말이 생겼습니다. 빨리 가 버리는 세월이 목숨을 빼앗는 귀신이라니 늘 생각했던 것과는 동떨어집니다.

대개 사람이 일생 살면서 여러 가지 유혹에 시달립니다. 간혹 욕심을 부리지 않아야 할 사안에서 욕심내다가 낭패를 겪게 되거나 허세를 부리는 '**어리석은**' 일을 하게 됩니다. 무상이라는 세월이 호시탐탐 자신의 목숨을 노리는데도 잘 모르게 됩니다. 무상이라는 뜬 목숨이나 마찬가지인데도 알아채지 못하고 헤매게 됩니다.

모든 존재는 상호 의존적이고 끝없이 변화한다는 것입니다. 보통 사람들이 자신과 외부 존재를 바라볼 때 떠올리는 개념과 정반대라는 것입니다. 모든 존재가 연기적이지만 실체가 없는 것인데도 있는 것으로 잘못 생각한다는 것입니다. 그래서 오류로 가득한 것이 보통 사람들의 삶이고 그래서 고통이 있을 수밖에 없다는 것입니다.

100명이 어떤 동일한 경험을 할 때 그것에 대한 인식이 서로 다르다고 합니다. 이럴 때 사람들은 자신의 경험이 맞고 다른 사람의 경험은 틀리다고 말한다고 합니다. 그래서 서로 다투게 되고 갈등이 생깁니다. 그것을 인식의 오류라고 합니다.

오늘 2023년 11월 20일이 지나고 있습니다. 세계는 여전히 불안합니다. 우크라이나 러시아 전쟁은 언제 끝날지 모르는데 또다시 이스라엘 팔레스타인 무장 단체 간 전쟁이 더지고 말았습니다. 수많은 사람이 죽고 그 가족들이 슬픔으로 울부짖고 있습니다. 피란길에 나선 수많은 사람의 처참한 모습이 옛날 우리나라의 6·25 피난길과 흡사합니다.

세계는 사리에 어두워 진실을 감추지 못하고 헤매는 상황, 미망(迷妄)의 세월을 보내고 있습니다. 국민을 안정시키고 진정시켜 혼란의 소용돌이에서 벗어나야 하는데 전쟁 당사국 지도자들은 오히려 갈등을 부추깁니다. 생명은 누가 죽이지 않아도 결국 무상살귀라는 세월이 죽이게 되어 있는데 세계는 진실을 언제나 알게 될지 너무나 처참합니다. 목숨은 끝내 보호할 수 없다는 것이 진리입니다. 보복의 악순환은 진실을 모르는 '**어리석은**' 지도자들을 따르는 사람들 때문입니다.

3
나쁜 사람을 변화시킨다

동아일보   그대여 어리석고도 또 어리석은 이여   2022년 12월 24일

영화배우 김혜자 씨가 『생에 감사해』라는 책을 펴냈습니다. 동아일보 2022년 12월 24일 토요일자 19면 책 소개에 보도된 내용입니다. 책 『꽃으로도 때리지 말라』를 펴낸 이후 다시 책을 펴낸 것입니다.

김혜자 씨는 작품 선택 기준을 배역이 아무리 인생의 속박에서 고통받는 역이라 해도 그 속에 바늘귀만 한 희망이 보이는가에 두고 있다고 하며 "삶의 밑바닥을 헤매도 그곳에 희망이 있는지, 희망을 연기할 구석이 있는지를 살핀다. 내일의 이야기를 찾고 그것을 연기하려 노력했다"고 전합니다.

실제로 그녀는 살면서 힘든 일이 닥칠 때마다 작품에 뛰어드는 것으로 어려움을 이겨 낸다고 한다고 합니다. 그녀는 "신이 모든 인간 각자에게 한 가지씩의 재능은 꼭 심어 준다고 생각한다. 그것으로 힘들고 고통스러운 인생을 헤쳐 가라"고 말합니다.

그녀가 죽기 전 하고 싶은 역할은 나쁜 사람을 변화하게 해 주는 할머

니라고 합니다. 세상과 사랑의 힘을 믿는 저자의 말이라고 보도는 전합니다.

삶을 깊이 있게 생각하는 글은 사람들에게 좋은 영향을 미칩니다. 어리석기만 해 자신이 자신을 속이게 되는 양심 불량 인간들이 판치는 이 세상 속에서도 착하고도 착한 사람이 분명 있습니다. 김혜자 씨의 말대로 인간 각자에게 있는 한 가지의 재능을 살피고 세상에 순응하며 나쁜 귀신의 손아귀에서 벗어나야 합니다.

4
모욕당하는 살아 있는 것들

경향신문   그대여 어리석고도 또 어리석은 이여   2023년 7월 14일

정정엽 화가의 작품이 소개됐습니다. 경향신문 2023년 7월 14일 금요일자 18면 문화면 보도 내용입니다. 화가의 작품은 주변에 많이 보이는 평범한 것들에서 소외 무시를 당하는 약한 존재들에 담긴 가치와 의미를 일깨워 사회와 삶을 돌아보게 한다고 합니다. 그의 작품 속에서 콩팥 녹두 등 곡물은 나무 들판 산 바다 별 촛불 등으로 변화된다고 합니다. 작품 속에서 콩이 삶과 우주를 지탱하는 소중한 생명의 씨앗임을 보여 준다는 것입니다. 하찮아 보이지만 끈질기고도 풍성한 생명력, 한 알에 녹아든 농민의 뜨거운 땀, 여성의 살림 노동 등 노동의 가치를 일러 준다고 합니다.

자연과의 공존 공생, 생태 환경 오염, 다국적 곡물 기업 자본의 만행, 종자 전쟁 등도 생각하게 한다는 보도입니다. 존엄한 가치에도 하찮고 사소하게 여겨지고 소외당하는 약한 존재들을 향한 작가의 따뜻한 눈길, 끈질긴 작업 덕분에 작품이 돋보인다는 것입니다.

사회가, 권력과 자본이 잊거나 무시하는 가치들의 귀중함이 그의 작품 속에서 느껴진다는 이야기입니다. 배척과 모욕 속에서 존재조차 인정받지 못하는 수많은 생명체의 존엄성, 아름다움을 알리는 작품들이라는 보도입니다.

작가는 "살아 있는 것들이 모욕당하고 있다. 그럼에도 위대하다"고 말한다는 보도입니다. '어느 때보다 자본과 권력의 힘이 드세지는 시대이다. 위대하지만 모욕당하는 존재와 가치들이 곳곳에서 더 많아지고 있다'고 작가의 작품 전시를 전하고 있습니다.

작가의 시선이 모욕당하는 생명체에 쏠렸다는 것에 공감이 갑니다. 생명체 중에 인간이 물론 포함되는 것이겠지만 현대에서는 이해하지 못할 괴이한 생명 학대 사건이 끊이지 않아 이래서는 안 된다는 생각이 앞섭니다. 어쨌든 생명 학대, 모욕은 사람이 할 수 없는 잔인하고도 **'어리석은'** 일입니다.

아궁불열(我躬不閱)이라고 나 자신도 몹시 궁상스러워 다른 이를 돌볼 틈이 없다는 사자성어가 있습니다. 그렇더라도 동물이 아닌 한 생각을 할 수 있는 인간이라면 생명을 보호하고 지키는 최소한의 양심이 있어야 한다는 생각입니다.

5
슬픈 추락사의 되풀이

경향신문　　　　　　　　그대여 어리석고도 또 어리석은 이여　　　　　2023년 7월 12일

20년 전 추락사한 아버지에 뒤이어 똑같이 노동 현장에서 아들도 추락사한 사건이 보도돼 너무나 가엾고 슬픈 노동 현실을 알려 주었습니다. 2023년 7월 12일 수요일자 경향신문 1면 보도입니다. 2023년 7월 3일 전라남도 영암군 삼호읍의 조선 관련 업체에서 일하던 43살 노동자가 추락사했는데 똑같이 20년 전 2003년 그의 아버지도 고층 건설 현장에서 미장 작업을 하다 추락사했다는 내용입니다.

이 노동자는 선박 블록에 부착된 적재 선반을 떼어 내는 작업을 하다 선반이 무너지면서 이런 변을 당했다고 합니다. 그는 갑작스러운 추락 사고에 대비할 수 있는 안전 시설물도 없이 혼자 작업을 했다는 보도입니다. 그의 아버지 역시 비슷한 사고로 사망했다니 비극이 되풀이돼 더욱 슬픕니다.

노동 현장에서 2022년 874명이 사망했는데 이 중 322명이 추락 사고입니다. 이렇게 많은 사람들이 일하다 사망한다니 슬픈 현실입니다. 되풀

이되지 말아야 하는 일인데도 되풀이되고 있다는 것은 노동 환경의 개선이 필요하다는 증거입니다.

숨진 노동자의 친동생은 "아버지가 추락 사고로 돌아가셨을 때는 어려서 구체적인 상황 파악도 못 하고 눈물만 흘렸다. 그런데 형까지 같은 사고로 숨져 이게 무슨 일인가 싶고 슬픔을 말로 표현을 못 하겠다"고 전했다는 보도 내용입니다.

생계를 위해 일하는 노동자들이 노동 현장에서 사고로 숨지고 있다니 너무 슬픈 현실이고 또 그런 일이 되풀이된다니 **'어리석고도 어리석은'** 사회의 일면입니다.

6
챗 GPT 시대

한국경제신문 　　　　　 그대여 어리석고도 또 어리석은 이여 　　　　　 2023년 5월 9일

대화용 인공 지능 챗 GPT가 교실 풍경을 바꾸고 있다고 합니다. 영어로 질문을 주고받으며 수업을 하고 있다고 하는데 인공 지능 챗봇을 상대로 말하기 연습을 할 수 있다고 합니다. 인공 지능 챗봇은 어떤 질문을 하느냐에 따라 답변 질문이 달라지기 때문에 학생들이 질문의 중요성을 알게 됩니다. 즉 원어민 교사 역할을 챗 GPT가 대신한다는 뜻입니다.

학생이 교탁 위에 있는 마이크에 영어 문장을 말하면 음성이 텍스트로 전환돼 원어민 음성의 챗 GPT 답변이 나옵니다. 학생들은 인공 지능 챗봇의 발음이 좋고 새로운 영어 단어를 많이 알려 주어 좋다고 말했습니다.

인공 지능 챗봇이 2023년 초 최대의 화제가 되고 있습니다. 이것을 활용하면 여러 기능으로 동시에 정보를 얻을 수 있고 심지어 인공 지능 챗봇, 챗 GPT가 인류 최고의 발명품이라는 말까지 나오고 있습니다. 컴퓨터가 처음 개발됐을 당시 1990년대 말과 같이 세상에 큰 변화를 가져다 줄 것이라 기대하는 관측도 있습니다.

이를 이용해 교육 현장에서 학생들의 영어 회화 능력을 측정할 수 있고 학습을 진행할 수 있습니다. 교육을 일정 틀에 묶어서 할 필요성이 없어져 학생 개인 맞춤형 교육이 수월해진다는 것입니다. 여러 학생을 같은 시간 같은 장소에 모아 놓고 교육할 필요가 없어지는 셈이니 교육의 일대 변혁이라고 해야 할지 모르는 상황입니다. 대량 모집 대량 졸업이라는 형태가 사라지는 셈입니다.

결국, 인공 지능 챗봇 활용 능력이 미래의 신분을 결정할 것이라는 무서운 전망도 있습니다. 미래 교육을 전망하는 전문가는 인공 지능 챗봇 활용 능력이 뛰어난 한 사람이 다른 사람 여럿의 일을 대신할 테니 옛날 산업 혁명 때 기계가 사람의 일을 대신한 것과 비슷한 사태가 올지 모른다고 주장했습니다.

새로운 최첨단 환경을 빨리 알아채는 것이 현대 사회를 이해하는 걸음이 되겠습니다. 결국, 시대에 자주 뒤처지는 이유가 사회와 소통하지 않은 **'어리석은'** 일 때문인지도 모르겠습니다.

인공 지능 챗봇이 사회에 알려지면서 일자리가 급격히 줄어들 것이라는 전망이 잇따라 나왔습니다. 일반인들은 혹시 나의 일자리가 인공 지능 챗봇이 대신하는 것 아닌가 하는 막연한 불안을 느꼈을 것입니다.

그런데 한국경제신문 2023년 5월 9일 화요일자 10면 국제면 보도 내용은 이와 상반되게 일자리 소멸론은 과장됐다는 보도가 있습니다. 영국 경제주간지 이코노미스트의 보도를 인용했는데 특정 기업의 기술 독점과 노동 시장 붕괴, 생산성 폭증 등 예측은 과장된 측면이 있다는 것입니다.

생성형 인공 지능이 노동 시장에도 큰 변화를 몰고 오지는 못할 것으로 전망했다는 보도입니다. 그 이유로 정부 규제와 노동조합을 꼽았습니다. 고용안정 혹은 극대화에 방점을 두는 정부는 신기술로 인한 효율성

향상을 억제하려 하고, 기성 노조의 입김 역시 대규모 해고의 방파제 역할을 할 것으로 전망한 보도입니다.

인공 지능 챗 GPT가 사람의 일자리를 위협할지 모른다는 우려가 있었습니다. 반복적인 작업이 가장 위험하다고 하는데 글쓰기, 분석, 수학, 번역 등이 해당될 수도 있습니다. 영향이 클 직업으로는 통역, 번역, 수학, 세무, 회계, 뉴스 분석, 홍보, 속기, 교정 등이고 영향이 없는 직업으로는 자동차 수리, 운전, 철도 유지 보수, 요리, 배관, 목수, 전력 기술, 농업, 도축 등의 직업이라고 합니다.

그런데 인공 지능 챗봇이 가짜 정보를 만들어 내거나 사이버 테러 등에 악용될 소지가 있다는 우려가 벌써 나오고 있습니다. 인공 지능이 만드는 가짜 뉴스 사이트가 너무 많고 허위 정보를 쏟아 내는가 하면 딥페이크라고 하는 이미지 합성 기술로 진실인 것처럼 믿게 한다고 하니 놀랍습니다. 인공 지능이 가짜 뉴스의 통풍구 역할을 할 수 있다는 것으로 사람들의 판단력을 흐리게 해 큰 문제가 될 수 있습니다.

한겨레신문 2023년 6월 14일 자 수요일 5면 보도 내용에 따르면 유럽에서는 벌써 인공 지능을 규제하는 지침이 있다고 합니다. 인공 지능이 잠재의식에 영향을 미쳐 인간을 조종하는가 하면 개인 또는 집단의 취약한 점을 악용해 위해를 가할 수도 있고 잠재적 범죄 또는 재범의 위험을 평가하기까지 한다는 것입니다.

인공 지능이 채용 승진 해고 등 노무 관리를 하는가 하면 교육 기관에서 학생을 평가하고 수도 가스 도로 난방 전기 등의 시설 관리 운영까지 한다고 합니다. 사람의 신용도 평가까지 담당하고 범죄 예방 수사 기소

처벌 등의 법 집행뿐 아니라 범죄 예측, 거짓말 탐지, 증거의 신뢰성 평가 등의 전문적 일까지 담당하고 입국자의 보안, 불법 체류, 건강 위험 등을 평가하는 등 실로 광범위한 일을 할 수 있다는 것입니다.

7
노인 파산

노인 파산이 늘고 있다는 보도가 있었습니다. 조선일보 2023년 3월 28일 화요일자 25면 사회면 보도 내용입니다. 개인 파산 신청 10명 중 4명이 60대 이상 노인으로 나타났다는데 은퇴 후 소득 절벽에 빠졌지만, 생활비는 물론 병원비, 자녀 뒷바라지 등의 목돈 지출에 노출되는 고령층이 늘고 있어서라는 파산하는 사람이 많아졌단 내용입니다. 노인 파산은 계속된 빈곤과 질병 등으로 인한 누적 부채 때문이라는 것인데 은퇴로 소득이 쪼그라들지만, 자녀의 결혼 비용, 구순 부모 봉양 등 때문에 빚더미에 떠밀린다는 것입니다. 여기에 경제 상황이 급변하면서 고금리와 부동산 가격 급락 등으로 파산을 신청하는 노인이 더 많아졌다는 보도입니다.

생계를 위해 생활비 대출을 받았지마는 상황이 나아지지 않아 채무 돌려막기를 하는 노인이 있다는 것으로 살아가는 데는 주거비 생활비 등이 들어간다고 합니다. 법조계에서는 빚의 굴레를 벗어나기 위해 파산을 선택하는 노인이 적지 않다는 분석도 나오고 있습니다.

한 전문가는 현재 60대는 과거 같은 세대보다 긴 기대 수명을 가지고 있는 만큼 경제 활동 의지도 강하다며 빚을 해결하고 제대로 경제 활동을 해 보겠다는 생각에서 노인 파산을 선택하기도 한다고 분석했습니다.

걱정 없고 편안한 노후를 꿈꾸지마는 현실은 그렇지 않으니 **'어리석게'** 파산에 몰리지 않게 젊어서 대비해야 하는지 모르겠습니다.

8
성과를 0으로 만드는 신화

　무거운 돌덩이를 높은 언덕에서 굴려 내리고 난 다음 다시 돌덩이를 언덕에 올려놓아야 하는 형벌을 받은 그리스 시시포스 신화의 이야기가 현세에서도 그것도 우리나라에서 똑같이 반복되고 있다니 얼마나 가슴 아픈 일인지 모릅니다.

　똑같은 일인지 비교가 될지 모르지마는 선대에 애써 가꾸어 놓은 성과를 후대에서 아무 의미가 없게 0으로 만들어 버리는 일이 종종 있습니다. 금강산 관광과 개성 공단 사업은 남북 평화의 상징으로 뜻있는 일이어서 모두 반기고 칭송했던 것입니다. 갑자기 형세가 틀어지면서 시시포스의 신화처럼 0으로 아무 의미가 없는 것으로 치부되었습니다. 일시적으로 2018년 한반도 해빙 기운이 퍼지면서 다시 사업 재개를 기다리고 있었던 적이 있었습니다.

　국민들은 이 소식을 들으며 다시 금강산을 가게 되는 꿈을 그렸던 적이 있었습니다. 기다리던 소식이라 무척 반가웠지마는 또다시 형세가 뒤

틀어져 성과를 0으로 만드는 일이 벌어져 2023년에는 거의 기대할 수 없는 형편입니다.

북한은 2022년 각종 미사일을 60차례 발사했고 2023년에는 남한을 향해 인류 최악의 무기인 핵 사용까지 말하며 긴장을 고조시키고 있습니다. 남북 평화는 온데간데없고 전쟁의 위험에 휘말리는 형국입니다.

북한은 2022년 한 해에만 대륙 간 탄도 미사일을 8차례 발사했습니다. 유엔 주재 미국 대표부는 북한의 지속적인 긴장 고조와 불안정을 야기하는 위협적인 말에 안전 보장 이사회가 침묵을 지킨다며 북한의 위험하고 불법적인 행동을 규탄하고 해결하기를 촉구한다고 말했다는 전언입니다.

한때 남북은 평화 분위기가 찾아온 적이 있었습니다. 김대중 대통령 때와 노무현 대통령 때 그리고 문재인 대통령 때입니다. 그래서 결국 평화 통일이 이루어지는가 기대를 잔뜩 했었지만, 다시 분위기가 틀어진 것입니다.

고 정주영 선생과 정몽헌 선생이 필생의 사업으로 했던 것이라 하늘나라에서도 크게 실망할 것이라는 생각이 듭니다.

9
은행 파산

동아일보　　　　　　　그대여 어리석고도 또 어리석은 이여　　　　2023년 3월 14일

미국 테크기업의 주거래 은행인 실리콘밸리은행이 파산한 충격 소식에 이어 미국 뉴욕에 본부를 둔 가상 화폐 전문 은행 시그니처은행이 파산했습니다.

동아일보 2023년 3월 14일 화요일자 1면 보도 내용입니다. 이런 사태로 대규모 예금 인출인 뱅크런이 우려되자 미국 연방 정부는 실리콘밸리은행 고객은 예금을 모두 보증받고 3월 13일부터 예금을 인출할 수 있다고 발표했고 시그니처은행도 비슷한 조치를 취하고 자금이 필요한 적격 대상 은행에 유동성을 지원할 것이라 보도했습니다.

경제 강대국인 미국에서 이런 사태가 벌어지자 전 세계가 그 여파에 불안감을 크게 느꼈을 것은 당연합니다. 소액이라도 은행에 예금을 한 사람들이 "내 예금은 어떻게 되는 거지?" 하는 불안감이 일었을 것입니다. 실제로 미국에서는 미친 듯 폰으로 돈을 빼냈는데 36시간 새 56조 원이 인출되는 폰 뱅크런이 발생했다는 내용도 알려졌습니다. 메신저를 통해

위기설이 초고속으로 전파됐고 주식이 폭락하고 공포에 휩싸인 고객들이 간편 조작으로 스마트폰 뱅크런에 참여했다는 것은 현재처럼 첨단 기술이 작용해 은행에 가지 않고도 자유자재로 투자할 수도 있고 돈을 인출할 수도 있는 시대이니만큼 스마트폰 뱅크런에 대한 대비가 소홀하다는 지적도 제기되었습니다. 지금처럼 디지털 바이럴(입소문)로 일어나는 뱅크런에 대응할 수 있는 체계가 준비되어야 한다는 것이 주요 보도였습니다.

조선일보 2023년 3월 21일 자 8면 경제 이슈면에는 금융 위기의 승자를 자랑하다 167년 전통의 금융 명가 크레디스위스가 시가 총액의 3분의 1 수준에 헐값 매각되면서 충격이 번지고 있다는 보도가 있었습니다. 크레디스위스가 발행한 채권 가운데 23조 원 정도는 가치가 완전히 사라져 휴지 조각이 됐다는 보도입니다. 위기 상황이 발생하면 주식으로 전환되거나 전액 소멸되는 고위험인 대신 고수익인 조건부 자본 증권으로 불리는 채권이었다는 보도입니다. 채권 시장 전문가는 "유럽을 중심으로 금융 시장에 충격이 번질 수 있다. 은행의 신뢰성 회복에도 문제가 될 것"이라고 말했다는 보도입니다.

2023년 3월 27일 월요일 동아일보 5면은 전면에 걸쳐 글로벌 은행 위기에 대한 기사가 실렸습니다. 미국 실리콘밸리은행에 이어 독일 도이체방크에까지 은행 위기가 미쳤다는 보도입니다. 크레디스위스 채권이 0원이 될 수 있다는 것에 공포가 확산되면서 도이체방크가 다음 위기 은행으로 지목된 것으로 보인다는 보도였는데 위기설이 돌자 도이체방크 주식을 투매해 큰 폭으로 주식값이 하락했다는 것입니다. 글로벌 주요 은행의 주가 하락률을 보면 퍼스트리퍼블릭이 89.86%나 하락했고 크레디스위스가 71.86%, 소시에테제네랄이 25%, 도이체방크가 23.67%, 뱅크오브아메리카가 20.67% 하락했다고 합니다.

머니투데이 2023년 3월 30일 목요일자 10면 보도를 보면 세계 최대 가상 자산 암호 화폐 거래소 바이낸스가 미국 규제 당국으로부터 소송을 당한 데 이어 자금이 대량 이탈하는 겹악재에 직면했다는 내용이 있었습니다.

불과 몇 달 전 세계 3대 가상 자산 거래소인 FTX가 대량 예금 인출 뱅크런을 겪고 무너지는 것을 목격한 투자자들의 불안감이 커지고 있다는 보도입니다. 최근 1주일간 바이낸스이더리움 블록체인에서 2조 7,000억 원이 인출됐다는 소식입니다. 일부 투자자는 지난해 FTX를 무너뜨린 뱅크런이 또다시 발생할 가능성이 있다고 보고 바이낸스에서 자금을 빼고 있다는 것입니다.

만약 자신이 예금한 돈이 은행에 묶여 인출할 수 없다면 그보다 더 고약한 일이 있을 수 없습니다. 어쨌든 금융 시스템이 불안하다니 국가가 사회가 미리 정비해야 할 문제입니다. 국민이 금융 시스템을 믿지 못하는 **'어리석은'** 사회는 아니어야겠습니다.

10
돈보다 중요한 것

세상살이에서 돈이 중요한 것은 엄연한 사실입니다. 돈이 부족하면 여러 가지 어려움에 부닥치게 됩니다. 하다못해 교육비가 부족하면 배움의 길에서 멀어지게 됩니다. 한겨울 연료비가 부족하다면 추위에 움츠러들게 됩니다. 이런 이유로 돈만을 바라보고 돈만을 생각하며 생활하는 일이 벌어지게 됩니다.

그렇지만 돈보다 더 중요한 것, 가치가 있습니다. 생명이나 사랑, 우정, 양심을 지키는 것, 대의를 위해 힘쓰는 것, 예절 등 돈으로 환산할 수 없는 가치 있는 일들이 너무 많습니다. 돈을 벌려고 맹목적으로 나서다 건강이나 생명에 위험이 있다면 돈이 무슨 소용이 있습니까? 생명을 잃은 다음 돈이 무슨 효용이 있겠습니까? 생명을 담보로 돈을 벌려고 한다면 이보다 더 어리석은 일이 없습니다. 양심을 저버리면서까지 돈을 벌려고 범죄에 말려든다면 너무나 안타까운 일입니다.

평범한 일상을 살아가는 사람들의 불안한 심리를 이용해 보이스 피싱으로 돈을 가로채는 등 사회에 나쁜 짓을 하는 흉악한 인간들이 분명 있습니다. 이런 행위는 피해자가 있게 마련이어서 피해자가 끝까지 갈취한 사람을 쫓게 되고 결국 법망에 걸려들게 됩니다.

2017년 6월 28일 수요일자 동아일보 12면 사회면 보도 내용입니다. 480만 원을 빼앗고 외제 차를 몰던 40대 여성을 납치 살해한 6촌 형제가 법망에 걸려들었다는 소식입니다.

골프 연습장에서 고급 차를 모는 여성을 납치 살해한 강도 중 1명이 경찰에 붙잡혔는데 피해자에게서 빼앗은 돈이 480만 원이었다는 것으로 그 돈 때문에 살인을 저지른 게 납득이 가지 않는다며 경찰까지 의문을 이야기했다는 후문입니다.

청년이었는데 무직이었고 6촌 형과 형의 여자 친구도 범행에 가담했다고 합니다. 그들은 2017년 6월 14일 오후 골프 연습장에서 돈이 많을 것 같은 주부를 납치 살해하고 시신을 유기한 뒤 빼앗은 신용 카드로 돈을 인출했다는 것입니다. 이들은 주부를 협박해 신용 카드 비밀번호를 알아낸 뒤 목을 졸라 살해했습니다. 주부의 신용 카드에서 금융 기관 현금 인출기를 통해 돈이 인출된 기록이 경찰에 추적되면서 범인이 검거되기에 이릅니다.

같은 날짜 2017년 6월 28일 동아일보 사회면에 실린 사건이 또 하나 있습니다. 2009년 6월 자신의 친어머니를 돈 때문에 살해한 40대 남자가 사형시켜 달라며 울부짖었다는 보도입니다. 공사장에서 일하다 추락해 허리를 다친 남자는 장애 6급 판정으로 월 150만 원을 받으며 생활했는데 회사 합의금으로 5,000만 원을 받았다고 합니다. 그런데 아무 일도 하지 않다 보니 생활이 쪼들렸다고 합니다. 그런데 이 남자의 어머니가 병원에 입원 중이었는데 병원비 때문에 아들을 가엾게 여기며 1,700만 원가량의 통장을 보여 주었는데 아들은 돈 욕심 때문에 어머니를 살해했다는 것입니다. 남자는 전세 보증금 700만 원까지 가로챘고 어머니가 생존해 있는 것처럼 꾸며 1,100만 원가량의 기초 연금까지 타 냈습니다.

세상에서 최소 한도로 지켜야 하는 것이 몇 있습니다. 그중에 자신의 부모를 보호하고 봉양하는 것입니다. 봉양과 보호는커녕 돈 몇 푼 때문에 힘없고 늙고 병든 모친을 살해했다니 정말 이해하기 힘든 패륜 사건입니다.

조선일보 2023년 9월 9일 토요일자 18면에는 돈으로 모두 해결하려고 한다면 괴로움만 남게 된다는 정신과 전문의의 책을 소개하고 있습니다. 저자 김정일 씨는 서울 강남에서 개업해 환자를 돌봐 온 경험을 바탕으로 강남의 이면을 책에 담았는데 그는 "부자들이 자신과 자식 인생을 망치는 것을 많이 봤다. 돈이 많은 강남 사람 중엔 열심히 살 필요가 없어서 에너지가 남아도는 분들이 있다. 한가로워 생기는 괴로움을 마약과 도박으로 푼다. 진료를 와서 환자가 회칼을 꺼내 보인 적도 있다. 가장 흔한 질환은 불면증인데 최근에는 마약 중독, 피해망상 같은 질환도 늘어났다"고 썼습니다.

그는 정신 질환이 사회적 문제로 불거지는 요즘의 기저에는 돈이 있다고 봅니다. 돈으로 모든 걸 해결하려 하고 자기만 잘살면 된다는 인식이 예전보다 커졌다고 썼습니다. 돈에 대한 맹목적 추구에서 벗어나 다양성을 추구했으면 좋겠다고 말했습니다.

그는 책에 대해 주변에 말하니 '한국이 정신 병동'이라고 말하더라는 것입니다. 돈에 열등감을 느끼다 보니 서로 더불어 살아가기가 어렵다는 것입니다. 그래서 남을 공감하고 배려할 수 있는 교육이 필요하다고 저자는 이야기합니다. 결국, 돈이 모든 것을 해결해 주려니 생각하는 것은 어리석은 것이라고 저자는 일깨워 줍니다.

나쁜 일을 저지르면 나쁜 결과로 재앙을 만납니다. 세상일은 결코 만만하지 않습니다. 세상일에 쉬운 것은 하나도 없습니다. 나쁜 짓을 저지르면 심성이 점점 나빠져 자신이 저 자신을 미워하게 만드는 일이 벌어지게 되고 모습이 흉악하게 돼 자신이 자신을 버리는 자포자기 상태가 됩니다. 스스로 만든 재앙은 피할 길이 없다고 합니다.

막다른 길, 그릇된 길, 파멸의 길로 가려는 사람은 누구도 막을 수 없어 악마의 길로 가는 것을 자초한다고 합니다. 좋은 일을 하면 인상이 좋아져 하는 일이 잘 풀린다고 합니다. 혼자 있을 때 삼가라는 말이 있습니다. 신독(愼獨)은 홀로 있을 때도 도리에 어긋남이 없도록 언행을 삼간다는 것입니다. 혼자 있는 것을 삼가라는 의미는 아닙니다. 방종하지 않는다는 것입니다. 여러 사람이 보고 있을 때는 착하고 양심 바르게 생활하고 자제하고 조심하는 것처럼 보이지만 혼자 있을 때는 제멋대로 하는 것이 대개 인간의 심리입니다. 자제하려는 사람은 적고 쾌락에 탐닉하는 사람이 많다는 것입니다. 이렇듯 세상살이에서 조심할 것이 많은데 **'어리석은'** 생각을 하고 있다가 엉뚱한 짓을 저지르고는 파멸의 길로 들어섭니다.

돈보다 중요한 것이 너무 많습니다. 건강도 그중의 하나입니다. 그것을 진작 깨달았어야 하는데 세상의 온갖 악행만 접하다 세상을 오해하고 범행한 뒤 후회하다니 너무나 허망하고 **'어리석고도 어리석은'** 가엾은 인생입니다.

종명누진(鍾鳴漏盡)이라는 사자성어는 때를 알리는 종이 울리고 물시계의 물이 다했다. 시간이 다 지나가고 밤이 깊어짐을 알린다는 것으로 목숨이 얼마 남지 않음을 비유한 것입니다. 시간은 쉼 없이 흐릅니다. 자연은 영원하지마는 생명체는 시한이 있습니다. 살아 있을 때 의미 있는, 가치 있는 일을 생각하고 행하여야 합니다.

악목불음(惡木不蔭)이라는 사자성어는 나쁜 사람에게는 바랄 것이 없다는 비유어입니다. 악방봉뇌(惡傍逢雷)라는 사자성어는 더러운 놈 옆에 있다가는 벼락을 맞는다는 것입니다. 세상에는 분명 착한 사람들이 많이 있는 반면 악한이 수도 없이 활개를 칩니다. 악한 사람들을 함부로 자주 만나면 근묵자흑(近墨者黑) 사자성어대로 악에 물들기 쉬운 어리석음에 빠지게 됩니다.

11
과음

　술을 너무 많이 마시면 여러 사고에 연루되게 됩니다. 물론 적당한 음주는 긴장도 완화되고 친구 회사 선후배들과 친목이나 유대관계를 강화할 수 있는 양면성이 있습니다. 과음으로 인한 사고나 명예 실추가 끊이지 않습니다. 술을 많이 마시는 것은 자신을 망치게 하는 어리석은 일이 분명합니다.

　술을 마신 상태에서 다른 화학 약품인 감기약이라든가 수면제를 같이 먹으면 사람 몸에 치명적인 영향으로 사망에 이르게 한다고 하니 조심해야 할 일입니다.

　선량한 사람들을 나쁜 길로 이끄는 악한들이 분명히 세상에 존재합니다. 그들은 사람들에게 미끼를 주는 방법으로 현혹합니다. 대개 술과 돈과 색정의 유혹입니다. 이것을 3불혹이라고 합니다. 넘어가지 말아야 하는데 대개 사람들은 너무 쉽게 걸려들어 인생을 후회하게 하고 망치고 맙니다. 끊기 힘든, 헤어나지 못하는 **'어리석은'** 일입니다.

혼자 있을 때 근신하고 생각을 바로 해야 하는데도 그렇지 않게 상상의 날개를 끝없이 펼치다 끝내는 망상에 다다릅니다. 쓸데없는 생각을 하면서 공연히 아무 일도 없는데 별별 생각을 다 하게 됩니다. 실제로 일어나지 않는 일을 일어나는 것처럼 망상에 빠지니 개인이 발전이 없게 됩니다. 공상에 빠져 귀중한 시간을 낭비하다니 너무 안타깝습니다. 사람들이 번뇌 망상에 얽매여 있다고 합니다. 지혜는 얕고 우둔하기만 하다고 합니다. 올바른 이치를 깨닫지 못해 의혹을 끊고 진리를 아는 힘이 부족하다는 것입니다. 식견이 얕아 식욕 색욕 그리고 감각적인 일에 몰두하게 됩니다. 사물에 대해 지나친 욕심을 부리고 어리석음에 빠져 인생에 대한 공부나 수행이 없이 무의미하게 인생을 낭비하게 된다는 것입니다. 마음이 어둡고 이치를 깨닫지 못하고 헤매는 것입니다.

술을 많이 마시면 어리석게 행동을 하게 되며 자제력을 잃게 됩니다. 거기에다가 쓸데없이 성적 충동을 일으키게 된다고 합니다. 올바른 판단에 해로운 영향을 끼치게 되고 흥분하기 쉽게 돼 여러 가지 혼란스러운 일에 연루되게 됩니다.

음주와 연관되는 수많은 사건이 오늘도 일어나니 절제해야 할 일입니다.

12
험담

험담하는 것은 큰 허물로 많은 사람들이 지옥에 떨어지는 이유라고 합니다. 험담하고 다니느니 차라리 낮잠을 자는 것이 낫다는 생각입니다. 험담은 사람들의 화목을 깨뜨리고 이간질을 하고 싸움을 붙이며 험한 쌍욕을 하게 해 자신을 저질 속물로, 품격 없는 인간으로 떨어뜨리는 계기가 된다고 합니다.

악한 말로 다른 사람을 비난하는 동안 착한 마음이 줄어들어 가는 곳마다 나쁜 일만 생긴다는 것입니다. 술을 많이 마시는 것보다 더 지독한 허물이 있다고 성현께서는 말씀하십니다. 그것은 막말 험담으로 도박이나 술로 재산을 탕진한다 하더라도 그 허물은 작다고 합니다. 험담이야말로 가장 큰 허물이라는 것입니다.

지옥에 떨어지는 일로, 질투하는 마음으로 자신을 얽어매고 방일로 아무 일도 하지 않고 밤이 되면 성욕으로 자신을 속박하는 것이 포함된다고 합니다. 과음하지 않으며 애욕 색정에 물들지 않는 사람에게는 청정하다는 말씀이 맞는 것입니다.

또한, 고주망태로 주정하지 않으면 자신도 성숙하고 어엿한 인간이라고 할 수 있겠습니다. 애욕에 빠지니까 술을 너무 많이 마시니까 험담하니까 근심 걱정이 생기고 성가신 일, 송사에 걸리는 일이 생긴다는 것입니다.

겉모습이 그럴듯하다고 좋은 사람은 아니라고 합니다. 마음이 깨끗하고 영혼이 순수하고 정직해야 좋은 사람이라는 것입니다. 겉모습만 가지고 사람을 평가하는 오류를 저지르는 것이 흔히 사람들이 하는 일이라고 합니다. 겉모습이 어수룩하다고 업신여기는 마음을 내지 말라고 합니다. 욕심, 애욕, 결박을 끊고 청정한 마음으로 악마의 항복을 받으니 그것이 성인의 본모습이라는 것입니다.

나쁜 사람의 전형은 험담 잘하고 세력 있는 사람에게 아첨하고 아부하고 거짓되며 약한 사람에게는 여지없이 결점을 찾아내 비난하고 조롱하고 멸시하는 것이라고 합니다. 타인을 속이고 믿지 않으며 특히나 양심의 부끄러움이 없고 타인에게 미안함이 없고 마음이 번거로우며 배우지 않고 살피지 않으며 타인의 과오와 죄를 들춘다고 합니다.

'어리석음'이 나타나는 것은 자신이 어떻게 마음을 먹느냐에 따른다고 합니다. 마음이 불안하다거나 욕심에 들떠 있다거나 다른 사람을 해치려는 음흉한 마음이 든다거나 하는 이유입니다.

공자께서 하신 말씀입니다. 덕행(德行)으로 품위 있는 사람이 되고 말조심을 해야 한다는 것입니다. 적게 말할수록 실수가 적어진다고 합니다. 다언삭궁(多言數窮)이라고 많이 말할수록 궁해진다는 것입니다. 설자무심청자유의(說者無心聽者有意)라는 말은 말하는 사람은 그런 의도가 없었지만 듣는 사람이 그렇게 이해했다는 말로 자신도 모르게 시비에 휘말리게 될지 모른다는 무서운 말입니다. 선현의 가르침은 변할 수 없는 진리입니다. 시간과 공간을 초월해 영원히 지나가는 세월 속 그침 없이 이야기되는 것입니다.

깨달음과 깨닫지 못함의 차이는 자신에게 허물이 있는 것을 아는 것과 자신에게 수많은 허물이 있는 것을 모르는 것의 차이라고 합니다. 비난을 받을 때 자신을 변호하거나 반박하지 않고 자신이 고쳐야 할 허물이 있음을 알아서 어떤 보복도 하지 않는다는 가르침입니다. 모든 상황에서 순응한다는 것입니다.

13
가상 인간

　과학 기술이 너무나도 놀랍게 하루가 다르게 도약 발전하고 있습니다. 1990년대 말까지 컴퓨터의 영향은 거의 없었습니다. 인쇄의 기술 발전을 보면 정말 기술 혁신을 깨닫게 됩니다. 문선이라고 해서 글자를 하나하나 뽑아서 납을 이용해 인쇄하던 시대에서 컴퓨터를 이용해 순식간에 출판까지 해 버리니 너무나도 놀랍습니다. 활자가 필요 없게 됐고 문선을 하던 인력이 허망하게 일자리를 잃게 됩니다. 컴퓨터의 영향으로 교정을 컴퓨터로 한다고 해서 교정 인력이 한꺼번에 사라진 적이 있었습니다. 그렇지만 교정을 컴퓨터로 할 수 없다는 교정의 한계를 깨닫기 시작하면서 교정 인력이 다시 필요하게 됐습니다.

　20여 년이 지난 2023년 현재에서 보면 화보를 찍고 물건을 팔고 가족 전체가 가상 인간인 최신모델이 등장했다는 보도입니다.

　이런 가상 인간을 흠모하는 팬들의 집단인 팬덤까지 등장했다는 것으로 가상 인간 패션모델까지 등장했다고 합니다.

생활문화기업 LF에서 가상 인간 모델이 데뷔해 화보를 찍었다는 소식입니다. 거의 실제 사람의 모습인 가상 인간의 모습은 정말 놀랍습니다. 과학 기술의 발전이 어디까지 도달할지 정말 가늠할 수 없습니다. 스포츠조선 2023년 6월 2일 금요일자 19면 보도 내용입니다. 가상 인간 패션모델 '나온'은 광고 모델로 새로운 수익 창출을 기대하게 한다는 것입니다. 가상 인간 모델이라는 한계 없는 존재가 패션 피플들의 자유로운 상상을 자극한다는 보도입니다.

가상 인간 모델은 콘텐츠를 자유자재로 만들 수 있다며 광고비를 아낄 수 있고 부정 이슈로부터 자유로운 장점이 있다는 보도 내용이었습니다. 실제 모델을 사용하지 않고 가상 인간을 내세운다는 정말 새로운 이야기인 셈입니다.

세계는 하루가 다르게 변화하고 있는데 예전의 국한된 세계에 갇혀 있다면 정말 **'어리석은'** 한계에 부딪히는 셈입니다.

14
토머스 홉스와 무력

　토머스 홉스는 17세기 영국의 철학자로 인간은 이익을 따지는 본성이 있다는 이론을 주장했다고 합니다. 그런 이유로 국가 권력을 이용하는 세력에 중요한 근거를 내보였다는 것입니다.

　무력은 생존에 필요한 필수적인 요소로 강력한 수단이 필요할 때 두려워하지 말고 망설이지 말고 사용한다는 이론을 내세웠습니다. 저서로 『리바이어던』이 있고 사회계약론을 폈던 학자입니다.

　거기에다 생존하기 위해서는 "선제적 공격이 필요하다. 자신의 적이 공격할 기회를 주지 말고 미리 나서서 압도한다. 적의 의도를 무력화하고 자신의 생존 이익을 보장한다. 공격적이고 확실한 전략을 구사한다. 지배력을 통해 주변 환경을 통제하고 자신의 이익을 최대한 추구한다. 모든 상황에서 우위를 차지하고자 노력해야 한다. 자신의 지위나 권력을 확립하기 위해 노력한다. 자신의 이익을 위해 어떤 행동도 할 수 있다. 타인의 이익을 무시하거나 희생시킬 수 있다. 권력을 가지면 자신의 이익을 보장하고 확장할 수 있다. 국가의 존재를 이용하여 자신의 이익을 극대화한다. 국가가 제공하는 권리와 보호를 활용해 자신의 이익을 챙긴다. 승리를 위해 무기와 기술을 갖추어라. 경쟁에 성공하기 위해서는 지식 실력 자원 인맥이 필요하다. 주변의 변화에 적응하고 대응할 수 있는 능력을 기른다. 나를 위해 경쟁자를 제거한다. 나를 위해 무슨 짓이든 해야 할 때이다. 현실에서 살아남기 위해서는 냉철하고 이지적인 마음가짐이 필요하다. 상대를 압도하는 전략과 자원을 활용한다. 도덕과 정의에 매몰되지 말고 자신의 이익을 추구한다"는 것입니다. (유튜브 토머스 홉스의 인생의 지혜, 인생의 길잡이 중에서 인용)

토머스 홉스의 사상은 국가 폭력에다 서양 물질문명을 숭배하는 것에 더해 철저히 경쟁 상대를 제압하는 이기주의를 극명하게 보여 주는 본보기입니다. 인류의 너무나 위대한 스승이 2,500여 년 전에 말씀하신 자리이타(自利利他) 정신과는 너무 배치되는 것입니다.

이 정신은 다른 사람도 이롭고 자기 자신도 이로운 것, 자기 자신도 잘 살고 다른 사람도 잘사는 것으로 나를 이롭게 하는 것은 물론 남을 이롭게 함으로써 자기완성의 지혜를 이루는 길이라는 것입니다. 은혜와 자비를 베푸는 복락의 길이라고 알려 주셨습니다. 상생(相生)이 결국 서로 잘 되는 길임을 일깨우셨습니다.

다른 사람의 희망을 잃어버리게 하거나 끊어 버려 다른 사람의 앞길을 방해하거나 가로막아 진리 정의의 흐름을 거스르는 것은 결국 서로 다치게 하는 상극(相克)으로 항상 충돌하는 상태로 간다는 것입니다. 다른 사람들이 모르게 자기 자신만을 위해 행동하는 것은 결국 악행에 해당한다고 준엄하게 지적하셨던 것입니다. 어지럽고 허망하고 그릇된 것이라고 이미 오래전에 지적했던 것인데 토머스 홉스 훨씬 이전의 말씀입니다.

마음이 깨끗하지 못해 다른 사람을 속이려 하고 진실을 덮고 숨기며 이상한 말을 전해 사람들이 혼란에 빠진다는 것입니다. 자기 자신만을 위한 탐욕은 금기시되는 악이라고 벌써 적시했던 것입니다. 결국, 홉스 말을 들을 때는 본인 자신이 어떤 말이 맞는 것인지 확실한 기준을 세워 잘 판단해야겠습니다.

무력을 사용하여 상대를 살상하는 일은 현대 국제 사회에서도 일어나고 있는 비극입니다. 2023년 현재 우크라이나 러시아 전쟁은 이를 잘 보여 줍니다. 현대 무기를 이용해 상대를 압도하려는 것이 홉스의 말과 비슷합니다. 살상을 극대화하는 최신 무기를 사용해 자국 자신의 이익을 쟁취하려는 일로 참상이 그대로 드러나 세계는 큰 충격에 빠져 있습니다. 서로 죽이고 죽는 끔찍한 일이 현재 벌어지고 있는 일입니다. 바흐무트 지역에서의 전투는 1차 세계 대전 이후로 또다시 벌어진 참호전이라는 전언입니다. 진흙투성이의 참호에서 극한 상태의 비참하고 처절한 인류 최악의 죄악을 저지르는 참상입니다. 서로 미워하는 극단의 혐오 발언이 이어 쏟아지고 있습니다.

우크라이나는 미국 영국 등 나토의 무기를 지원받아 러시아와 맞서는 길을 택했습니다. 결국, 나토와 러시아의 대리전쟁으로 비화하는 형국입니다. 세계 전쟁사에 대리전쟁은 수없이 많이 벌어졌던 일입니다. 최근의 시리아 사태와 대만 문제도 비슷하게 전개되었습니다. 2023년 말에는 또다시 이스라엘 팔레스타인 무장 단체 간 전쟁이 벌어져 수만 명 이상의 사상자가 발생하는 인류 역사상 최악의 사태가 발생하였습니다. 세계의 양심 있는 사람들이 즉각 살육을 멈추라고 호소하지만 극악무도한 무리들은 안하무인으로 대포를 쏘아 대고 전투기 폭격을 자행했습니다.

전쟁이 일어나니 군수 산업은 수만 종의 최신 무기를 생산하며 호황을 맞이합니다. 군비 증가는 결국 실업자 증가와 인플레이션을 일으키게 되어 있습니다. 막대한 국방 예산은 고도의 에너지와 자본이 투입되어야 합니다. 이것은 인간의 노동력이 차지하는 비율이 작아지게 해 실업이 일어나게 됩니다. 인명을 대량 살상하는 치명적 무기를 대량 생산하게 됩니다. 과학 기술이 발전하면서 지리를 파악해 스스로 방향을 조종하는 미사일을 만들게 됩니다. 거기에다 우주 공간에서 쏘아 대는 죽음의 입자 광선뿐 아니라 살인 위성이 작동되고, 이러한 군사 무기 작동에는 막대한 에너지가 필요하게 됩니다. 이러한 군사비 지출로 민생, 기아, 기후 문제 등은 소외되게 됩니다.

  이런 일들이 진정 올바른 길인지는 너무나 쉽게 알 수 있는 일입니다. 살생을 멈추고 홉스의 이론을 배척하는 인류의 큰 스승의 길을 따르는 것이 마땅합니다.

15
수면제 등 약물 남용

　덕이와 현이라는 유명했던 남매 가수가 있었는데 히트곡도 여럿 남겼었습니다. 그 중 〈소녀와 가로등〉이라는 곡은 지금 들어도 감흥이 솟습니다. 그런데 여동생 가수가 과로한 상태에서 감기까지 걸려 감기약을 복용했는데 늦은 밤쯤 잠이 잘 안 와 수면제까지 먹었습니다. 이렇게 약을 겹쳐 먹으면서 부작용이 발생했고 그만 사망하고 말았습니다. 너무 안타까운 사건으로 약을 잘못 먹으면 위험하다는 사례를 남겼습니다.

　다른 사건으로 유명 여배우가 잠이 잘 안 오자 졸피뎀이라는 수면제를 먹었는데 이 약을 계속 먹으면 위험한 행동을 하게 하는 충동을 유발한다는 너무나 충격적인 사실을 알게 되었습니다. 약물이 평소와 달리 위험한 행동을 하게 한다는 것입니다.

　또한, 운전할 때 감기약을 복용하고 운전하면 졸음이 오게 됩니다. 졸음운전이 음주 운전보다 더 사고 위험이 크다고 하는데 이 사실을 모르고 감기약을 먹고 운전한다면 이 얼마나 **'어리석은'** 일이겠습니까? 운전하기에 부적합하게 만드는 상태가 되게 하는 약에는 진통제, 혈압약, 염증약, 진정제, 안정제, 다이어트약, 수면제 등이라고 합니다. 이런 약품들은 평소와 달리 위험한 행동을 자신도 모르게 하게 만든다는 것입니다. 약을 복용한 후에는 최소 7시간이 지나야 약의 부작용을 겪지 않게 된다고 합니다. 다음날 운전을 해야 한다든가 중요한 약속을 이행해야 한다든가 하면 약을 아예 복용하지 않아야 합니다.

잠옷 차림으로 수면제 졸피뎀을 복용하고 눈이 풀린 간호사가 교통사고를 내고 재판을 받았는데 벌금 800만 원이 선고됐다는 보도가 있었습니다. 광주 지방 법원 형사11단독은 특정 범죄 가중 처벌 등에 관한 법률 위반, 위험 운전 치상으로 31살 여성에 이같이 선고했는데 2022년 6월 4일 오전 3시 운전을 하다 차량을 들이받아 상대 운전자를 다치게 한 혐의인데 향정신성 의약품인 수면제 졸피뎀 1정을 복용한 채 잠옷 차림으로 운전대를 잡았다가 교통사고를 내고 몸을 가누지 못한 채 사고를 낸 사실도 전혀 기억을 못 했다고 합니다. 계속 운전을 하려는 등 이상 행동을 보이다 경찰에 제지당했다는 것입니다.

2023년 2월 말 체중을 줄이려고 식욕 억제제 즉 다이어트약을 먹은 여성이 운전하다가 다른 차를 여러 대 들이받는 사고를 냈습니다. 계속 운전을 하려고 하자 경찰이 추적 끝에 차 유리창을 깨고 검거했다고 하는데 이 여성은 다이어트약의 영향으로 거의 정상이 아닌 상태에서 운전한 것으로 밝혀졌다고 합니다. 이 여성은 약을 복용한 것으로 밝혀졌는데 경찰 조사 과정에서 약의 부작용으로 인해 사고에 대해 전혀 기억을 못 하는 등 횡설수설했다고 합니다.

현대 사회에서 과잉 진료가 성행하고 있다는 지적이 있습니다. 질환의 80%는 자연적으로 치료될 수 있는 것인데 의사에 의해 만들어지는 병이 생긴다는 것입니다. 당연히 의료비 상승으로 이어지고 의사 병원 약품 의료 기구 등으로 이루어지는 카르텔로 인한 질환이 생겨 원래 생긴 병보다 더 무서운 병을 가져다준다는 것입니다.

약품은 독성이 있기 마련으로 치료되면 다행이지만 그렇지 않고 부작용이 생기는 게 문제입니다. 항생제의 독성은 비참하기 이를 데 없다는 것으로 무차별로 박테리아를 죽여 건강한 몸을 유지하는 데 필요한 체내 조직력을 파괴합니다. 오히려 저항력이 강한 박테리아가 생긴다, 이른바 내성이 생긴다는 것입니다. 악성 박테리아는 약의 투여나 회복 능력으로는 극복 안 된다는 지적입니다.

병을 치료하는데 효험이 거의 없는 화학 약품 때문에 부작용으로 인한 폐해가 극심하다는 보고입니다. 물론 질환을 치료하는 데 꼭 필요한 약품이 있는 것은 사실입니다.

조선일보 2023년 3월 21일 화요일자 10면 사회면 보도를 보면 수면제를 먹어야 잠을 잘 수 있는 20대가 4년 새 34%나 급증했다는 보도입니다. 전 세대 불면증 환자가 50만 명이나 된다고 하며 젊은 층은 취업난과 카페인 과용이 원인이라는 것입니다.

병원에서 주로 처방하는 다수 수면제는 과용할 경우 중추 신경계에 작용해 의존성 부작용 우려가 있는 향정신성 의약품이라는 보도입니다. 전문가들은 환자가 빠르게 늘어나는 만큼 불면증을 개인의 문제가 아닌 사회적 문제로 다뤄야 할 시점이라고 지적했다는 보도입니다. 수면 부족이 근로자의 집중력과 업무 효율을 떨어뜨려 각종 안전사고로 이어질 수 있어서 그렇다는 것입니다.

불면증은 우울증 등 다른 정신 질환과 동반되는 경우가 많은데 처음부터 약물에 의존하기보다는 국가적 차원에서 심리 상담이나 정신 건강 프로그램을 더 효율적으로 제공할 필요가 있다는 것이 전문가의 의견이라는 보도입니다.

우리나라 도로 현실 중 안타까운 것 또 하나가 도로 맨홀 뚜껑 아래의 지하에 있는 오염 물질을 제거할 때 일어나는 사고입니다. 혹은 공장 대형 건물의 지하 시설 오염 물질 제거 때 기체가 인체에 미치는 치명적 작용으로 일어나는 사고입니다.

가스에 질식해 사망하는 사고가 이어지고 있습니다. 작업자나 작업 지시자나 지하 시설에 유독 가스가 퍼져 있을지 모르니 예방책으로 방독면을 쓰든지 환기를 잘하든지 조심해야 합니다.

광어와 장어 양식장에서 일하던 외국인 노동자가 보호구 없이 포르말린 화학 약품을 사용하다가 백혈병에 걸려 업무상 질병인 산업 재해로 인정받았다는 보도가 있었습니다. 경향신문 2023년 5월 22일 월요일자 사회면 8면 보도 내용입니다.

이 노동자는 양식장에서 1급 발암 물질인 포름알데히드가 포함된 포르말린을 취급해 왔다는 것입니다. 스리랑카 출신인 간 무바실불라는 2010년부터 광어 장어 양식장 노동자로 일해 왔는데 미역 다시마 전복 양식장에서도 일하다 2021년 1월 몸에 이상을 느껴 대학 병원을 찾았는데 만성 골수 백혈병 진단을 받고 치료에 들어갔고 일했던 양식장에서 사용한 포르말린이 백혈병의 원인이라며 산업 재해를 신청했습니다.

이 이주노동자는 매월 2회 1급 발암 물질인 포름알데히드가 포함된 포르말린을 희석해 기생충 제거와 수조 청소 등에 포르말린을 사용했는데 호흡 보호구가 없는 상태로 살포했다는 것입니다. 산업 재해 보상 보험법은 포름알데히드에 노출돼 발생한 백혈병이나 비인두암은 직업성 암에 해당한다고 규정하고 있다는 보도로 업무상 질병 판정 위원회는 "신청인이 근무한 양식장에서 포름알데히드 사용이 확인되고 작업 환경 측정 결과 단기 고농도 노출 기준에 근접하거나 초과한 노출이 있었다"고 판단했습니다.

"포름알데히드는 작업 양상과 최대 노출량에 의해서도 백혈병의 발병 위험을 높일 수 있고 신청인의 경우 평균 발병 연령보다 낮은 점을 종합적으로 고려할 때 업무와의 상당한 인과 관계가 인정된다"고 밝혔다는 보도 내용이었습니다.

이 보도 내용을 보면서 일상생활에서 사용되는 화학 물질의 위험성에 대한 사실을 알게 됩니다. 무심코 사용하는 화학 물질이 인체에 치명적 부자용을 낳게 되어 몸을 해치게 되는 것입니다. 잘 알아야 되지만 알지 못하는 **'어리석음'** 때문에 문제를 일으킵니다.

16
전세 사기

문화일보   그대여 어리석고도 또 어리석은 이여   2023년 5월 11일

2020년대 우리나라 사회에 미증유 전세 사기 사건이 알려집니다. 갭투자 빌라 투자 등의 부동산 투자가 유행했던 후의 일입니다. 2023년 들어 네 번째 전세 사기 피해자가 숨졌다는 안타까운 보도입니다. 2023년 5월 11일 목요일자 문화일보 사회면 12면 보도 내용입니다.

빌라왕이라고 불리던 사람으로부터 전세 보증금을 돌려받지 못한 30대 여성이 숨진 채 발견됐습니다. 이 여성은 2021년 6월 빌라왕으로 불리는 40대 김 모 씨와 보증금 3억 원에 전세 계약을 맺었는데 이 중 2억 4,000만 원이 대출금이었습니다. 임대인이었던 김 모 씨는 무자본 갭 투자 방식으로 서울 일대에 1,000여 채를 소유하다가 임차인들에게 전세 보증금을 돌려주지 않은 채 사망했습니다. 피해자 대다수는 대위 변제 절차까지 밟지 못했고 피해 금액만 170억 원에 달했습니다.

100억 원대 전세 보증금을 가로챈 혐의를 받고 있는 남 모 씨로부터 전세 보증금을 돌려받지 못한 피해자 3명이 잇따라 극단 선택을 한 이후

또다시 이런 안타까운 일이 벌어진 것입니다.

피해자가 다수 생겨나면서 전세 사기가 사회 문제로 비화 됐습니다. 피해를 당한 사람들은 생활이 어려운 데도 일정액을 푼푼이 아끼며 전세금을 모았던 사람들이었습니다. 사기를 당해서 전 재산이나 다름없는 전세금을 잃게 되어 버렸으니 그 상실감은 이루 표현하기 어려운 끔찍한 현실입니다.

이런 어찌 보면 순진하기 이를 데 없는 사람들한테 사기를 치는 사람들이 여럿 생기기 시작했습니다. 전세 사기 피해자 중 한 사람은 전세 보증금 6,400만 원을 날릴 뻔하다가 최우선 변제금 2,200만 원을 돌려받았다며 나머지 보증금을 돌려받는 것에 대한 불안을 호소했다고 합니다.

전세 사기에 대한 피해자의 울분과 비탄이 쏟아지자 전세 사기 피해 지원 대책이 나오게 됩니다.

사기를 칠 데가 없어서 한 푼 두 푼 아껴서 모은, 개인에게는 정말 아끼운 돈을 갈취한다고 하니 하늘에서 보고 있다가 철퇴를 내립니다. 이런 사기 행각은 결국 탄로가 나는 **'어리석은'** 짓이 분명합니다.

17
거래세 사상 최대

서울경제신문   그대여 어리석고도 또 어리석은 이여   2015년 11월 14일

증권 거래 세수가 2015년 역대 최대치를 경신할 것으로 전망된다는 보도가 있었습니다. 서울경제신문 2015년 11월 14일 토요일자 5면 종합면 보도 내용입니다.

한국예탁결제원 증권 포털 사이트인 세이브로에 따르면 증권 거래세는 2015년 10월 말 기준 5조 5천7백억여 원에 달할 것이라는 보도입니다.

증권 거래 세수가 늘어난 것은 기준 금리가 떨어지고 주식 시장으로 자금이 몰린 영향이라는 것인데 은행에 돈을 맡기면 물가 상승률 세금 등을 고려해 사실상 손해를 보기 때문이라는 것입니다.

개인 투자자들이 돈을 조금이라도 더 벌려고 은행에 맡기지 않고 주식 투자에 나서는 경향이라는데 그래서 일각에서는 개인 투자자들의 증권 거래세율을 내려야 한다는 목소리가 있다는 보도입니다.

0.3% 수준의 지금의 거래세는 저금리 상황을 고려하면 과도한 수준이라는 비판이 있고 개인 투자자 비중이 높은 코스닥 시장만이라도 거래세

를 낮추는 방안이나 거래세 대신 자본 이득에 대한 양도 차익에 대해서만 과세를 하는 방안이 필요하다는 주장이 있다고 보도는 전하고 있습니다.

증권 시장에서는 거래세뿐 아니라 거래수수료도 있는데 거래세에 거래수수료마저 내야 하니 개인 투자자들은 투자에 이익을 보기가 어렵다고 합니다.

18
주가 조작

동아일보   그대여 어리석고도 또 어리석은 이여   2023년 4월 28일

SG(소시에떼제네랄)증권 사태로 인한 주가 폭락이 작전 세력이 연루된 대형 주가 조작 스캔들로 번지면서 파장이 계속되고 있다는 보도입니다. 동아일보 2023년 4월 28일 금요일자 12면 사회면 보도 내용입니다.

금융 수사 당국이 주가 조작 의심 세력의 사무실 등 10여 곳을 압수 수색하면서 휴대 전화 200대도 압수했다는 보도입니다.

서울 남부 지방 검찰청 금융 증권 범죄 합동 수사단도 주가 조작에 관여한 것으로 의심되는 일당 10명에 대해 출국금지조치를 내렸다는 소식입니다. 100어 건의 피해 사례가 접수됐고 피해액은 500억에서 1,000억 원에 추산된다는 것인데 주가 조작 세력이 1인당 최소 3억 원 이상의 투자 금액을 받았다는 것입니다. 투자자 명의로 휴대 전화를 만들어 주식을 사고팔며 시세 조종을 했다는 전언입니다.

주가 폭락 사태를 부른 차액 결제 거래는 주식을 직접 보유하지 않고도 가격 차익만 결제하는 장외 파생 상품이라고 합니다. 증거금만 적립한

뒤 최대 2.5배의 레버리지를 일으킬 수 있어 주가가 오르면 수익률이 극대화된다고 하며 주가 급락으로 증거금이 부족하면 증권사가 반대매매로 강제 매각할 수 있다고 합니다. 실제로 차액 거래 결제 대금은 2017년 1조 9,000억 원이었는데 2021년에는 70조 1,000억 원으로 개인 비중이 97.8%에 이르렀다는 무서운 보도 내용입니다.

삼천리 주식값은 2020년 1월 2일 83,900원이었는데 2023년 4월 3일 518,000원이었다가 4월 27일 124,500원으로 급락했습니다. 서울가스, 대성홀딩스, 선광 다우데이타 등 주가가 연속 하한가를 나타냈습니다.

만약 자신이 이런 주식에 투자했다면 큰 손실을 보았을 것인데 조작을 하는 실행 당사자들이 반대로 큰 이익을 얻었다니 참으로 이해할 수 없는 사태입니다. 어쨌든 큰 이익을 바라고 투기에 가까운 투자는 **'어리석은'** 일임이 분명합니다.

SG증권 사태로 인한 무더기 주가 폭락 사태 이후 주식 시장에 대한 부정적 인식이 번지며 개인 투자자가 투자한 돈이 증권 시장에서 빠져나가고 있다는 보도가 있었습니다. 기업의 발전과 주가의 상승을 기대하며 주식 투자를 하는 것인데 주식 시장이 사기성 도박판이 됐다는 비난이 일었고 우량하다는 가치 주식이 주가 조작의 재료가 되고 말았다는 것입니다. 동아일보 2023년 5월 15일 월요일자 동아경제 B 1면 보도 내용입니다.

주가 조작 사태를 부추긴 원인으로 지목된 차액 결제 거래의 위험성이 부각되면서 빚을 내 주식 투자를 하는 것에 대한 경각심이 높아졌다는 보도입니다. 주가가 폭락한 대성홀딩스 삼천리 서울가스 등 9개 종목의 시가 총액이 급감했다는 소식입니다. 2023년 4월 21일 이후 5월 12일 기준 9조 795억 원이나 증발했다는 무서운 소식입니다.

투자 신뢰가 상실되고 신용거래 융자는 2조 원 가까이 줄었으며 투자자 예탁금도 3조 원 넘게 빠져나갔다는 보도입니다.

2023년 6월 15일 목요일 보도된 내용을 보면 또다시 소시에떼제네랄 사태와 비슷한 판박이 사건이 벌어졌다는 소식입니다. 무더기 하한가 5개 종목이 발생했는데 3년간 거의 200% 이상 폭등했던 주식값이 하한가로 추락했다는 것입니다. 동일산업 방림 만호제강 대한방직 동일금속 등 단 28분여 만에 시가 총액 5,066억 원이 감소했다는 것으로 여기에 투자한 주식 투자자에게는 큰 충격을 주었습니다.

주가가 하한가로 떨어진 것에 대해 자연적으로 작전 세력에 의한 시세 조종을 의심하게 됩니다. 포털 사이트 투자 카페에서 해당 종목을 추천했다는 것입니다. 이 사태로 주식 투자 심리가 얼어붙으며 증권 시장의 주식값이 추풍낙엽처럼 떨어졌다는 소식입니다. 이 사태를 보며 주식 투자가 위험하다는 것을 이미 알고 있었지만, 작전 세력이 있다는 소식에 놀라지 않을 수 없습니다. 전혀 사실을 모른 채 무턱대고 거액의 주식 투자를 한다니 너무 **'어리석은'**일이 아닐 수 없습니다.

공수래공수거(空手來空手去)라는 말이 있습니다. 빈손으로 왔다가 빈손으로 간다는 것입니다. 인생의 무상함과 허무함을 나타냅니다. 죽을 때는 모아 놓은 모든 것을 그대로 두고 떠난다는 것입니다. 특히 돈은 물론 권세 명예에 지나치게 탐닉하지 말고 수양하라는 말입니다. 죽음을 미화해서 하늘나라로 간다, 혹은 하늘 여행을 떠난다고 말하며 먼저 죽은 이를 하늘나라에서 만나자며 슬퍼하는 사람도 많습니다. 하기는 사거, 사망, 별세, 죽음 따위의 표현보다는 하늘로 표현하니 그나마 위안이 됩니다.

맹목적으로 금전을 추구하는 것은 결국 **'어리석은'** 일입니다.

19
학살 만행 인종 청소

유대인을 학살한 히틀러의 고향이 오스트리아 린츠 지역이라고 합니다. 그 지역은 유럽의 다른 곳과 마찬가지로 푸른 평원이 끝없이 펼쳐지는 곳입니다. 너무나 아름답고 여유로운 공간 한없이 고요하기만 한 곳입니다. 그런 곳에서 어떻게 수많은 목숨을 빼앗게 한 인물이 태어나 세계를 혼란스럽게 했는지 너무나 의문입니다. 유럽에서는 감명 깊은 곡을 만든 음악가가 많이 배출됐습니다. 모차르트, 슈베르트, 비발디 등, 이미 세월이 많이 지났는데도 여전히 그들의 곡을 기억하고 듣고 있습니다. 그런 곳에서 감흥을 주는 음악가가 아니라 폭탄과 총소리가 난무하게 만든 인물이 나왔다니 너무나 역설적입니다. 1차, 2차 세계 대전으로 수많은 사상자와 물적 피해가 막대했었습니다. 그 후 소련이 해체되면서 유고슬라비아 연방에서 예전 무지막지한 히틀러와 비슷한 세르비아의 밀로셰비치란 인물이 나타나면서 유고슬라비아 연방 내전으로 비화 됐습니다.

보스니아헤르체고비나 세르비아 크로아티아 몬테네그로 등 유고슬라비아나 연방이 해체되면서 그곳에서 슬라브족 이슬람족 등 인종 간 그리고 가톨릭 이슬람 정교 등의 종교 간 갈등이 폭발해 또다시 무자비한 인종 청소 학살이 자행됐던 것입니다.

비극이 다시 재현됐다니 사람들은 역사를 공부하지 못했고 이해하지도 못했다는 증거를 남겼습니다.

이미 2,000여 년 전에 인류의 큰 스승께서 말씀하셨던 것입니다. 차별하지 말라, 구별하지 말라, 시비를 가리지 않는다, 모든 것을 평등하게 본다고 하신 말씀입니다. 티토란 위대한 인물이 나치 저항운동으로 남슬라브 족속을 융합시켜 유고슬라비아 연방이라는 전무후무한 미증유의 나라를 탄생시켰던 위대한 곳입니다. 처참하게 다시 갈라졌다니 자기 족속만 챙기려는 국수주의가 얼마나 위험한 것인지 알게 됩니다.

성현의 말씀은 아랑곳하지 않고 대포 총 등 온갖 인명 살상 흉기로 어제는 이웃으로 어울려 살던 이민족, 다른 종교를 가진 사람들을 무차별 무자비하게 학살했다는 것입니다.

다른 사람의 희망을 끊거나 타인의 앞길을 방해하거나 역사의 순행하는 흐름을 거역하는 것은 정신적 도덕적 살생 학살이라는 것입니다.

이 세상에 생명이 있는 것은 모두 평등하다고 합니다. 거기에다 인종 간 종교 간 차별은 인간이 사악한 마음으로 만들어 낸 틀에 불과한 것입니다.

구별 분별 시비를 가리는 인간의 **'어리석은'** 마음으로 참혹한 전쟁을 치르고야 말았습니다. 성현께서는 이 사태를 보시면 너희는 너그러운 마음이 있어야 한다고 분명히 강조하실 것입니다.

20
반대로 간다

서울경제신문 　　　　　　 그대여 어리석고도 또 어리석은 이여 　　　　　　 2017년 7월 15일

　　서울경제신문 2017년 7월 15일 토요일자 27면 오피니언면에 신정근 성균관대 유학대학장의 '고전 통해 세상 읽기' 칼럼에 '돌아가는 것이 도의 움직임(반자도지동:反者道之動)'이라는 글이 게재됐습니다.

　　신 학장은 "사람이 하는 일은 매번 잘 될 수가 없다. 잘 나가는 때가 있고, 꽉 막혀서 암울할 때가 있다. 잘 나가다 힘겨운 시절을 보낼 때 너무 절망하지 말고, 희망을 가지자. 반자도지동(반대 상태로 돌아가는 것이 도의 움직임이다)이라고 했으니 내가 지금 처한 상태에서 영원히 머무르지 않고, 언젠가 다른 상태로 돌아갈 수 있으리라는 희망을 품을 만하다"고 썼습니다.

　　그는 음양이 교차하는 자연 섭리처럼 사회에도 물극필반(物極必反)의 원리 아래에 있어 달라지려는 노력을 해야 열세 상황을 반전시키는 동력이 될 것이라고 칼럼에서 이야기했습니다.

　　물극필반이라는 사자성어는 사물이 정점에 이르면 반대로 간다는 것

입니다.

암울한 현실 속에서도 현실을 타개하려는 노력이 있으면 기회가 기다리고 있다는 학장의 말씀 속에 그래서 희망을 버릴 수 없다는 것을 알게 됩니다. **'어리석은'** 것은 현실을 타개하려 하지 않고 무기력하게 아무 노력도 하지 않습니다.

좋은 글을 읽으면 앞을 내다볼 힘을 기르게 됩니다.

2장

—

무자비한 공격

21
무서운 세상

점조직 형태로 운영된 장기 매매 알선 비밀 조직이 경찰에 적발됐다는 무서운 소식입니다.

주변에 없어져도 실종 신고를 하지 못할 대상자를 찾아보라고 28살 알선책이 후배에게 지시했다는 믿지 못할 내용이 보도되었습니다.

동아일보 2015년 11월 20일 금요일자 사회면 보도 내용입니다.

실제로 고아인 18살 이 모 군 형제가 장기 매매가 이루어지기 직전 경찰에 구조됐다는 것입니다. 비밀 조직의 은신처에서 장기 매매 스티커 1만 8천 장과 대포폰 13대 등이 경찰에 압수됐습니다. 이 조직은 '간은 일부 이식해도 재생된다. 콩팥은 한 개 없어도 생명에 지장이 없다'는 식으로 터미널이나 기차역에서 스티커를 보고 찾아온 사람들을 상대로 간은 1억 원, 콩팥은 5천만 원에 사들인 뒤 간은 2억 원, 콩팥은 1억 5천만 원에 되팔기 위해 매수자를 골라 찾던 중 검거됐다는 것입니다.

시중에 흉흉한 소문이 떠도는 것도 이런 흉악한 조직이 단지 돈을 목적으로 생명을 유린하는 흉계를 꾸미기 때문이라는 느낌입니다. 수원에서도 흉악범이 순진한 여성을 아무 이유도 없이 살해해 흉악한 짓을 벌이다 경찰에 잡히는 무서운 일이 벌어졌었습니다.

서울신문 2023년 5월 31일 자 10면 사회면에서는 겹겹이 포개진 채 발굴된 유골 60여 구의 모습이 담긴 사진 설명이 보도되었습니다. 2기 진실 화해를 위한 과거사 정리 위원회가 충청남도 서산 부역 혐의 희생 사건 유해 발굴 현장을 공개한 것입니다.

6.25 전쟁 당시 군경에 의한 민간인 집단 학살을 보여 주는 유골이 발견되었다는 것입니다. 유해는 폭과 깊이가 각각 1m 이하인 좁은 교통호를 따라 빽빽한 상태로 처참한 모습을 드러냈다는 사진 보도입니다.

희생자들은 옆으로 누워 있거나 고꾸라져 있는 모습으로 겹겹이 포개져 있어서 처참했던 상황을 생생히 증언했다는 사진 보도입니다.

이 사진을 보면서 민족의 비극을 다시 한번 생각하게 됩니다. 어쨌든 인류의 최고 가치는 생명의 보존입니다. 어떤 이유로든 생명을 함부로 대할 수 없습니다. 일생에 죽을죄가 있기는 있겠지만, 과연 죽을죄라는 것이 얼마나 많이 있겠습니까? 연쇄 살인마? 아니면 국가 반역의 수괴? 아니면 또 다른 이유? 수많은 사람을 사망하게 하는 커다란 범죄? 연쇄 살인범? 전쟁 중의 상대 군인? 뼈로 남은 돌아가신 분들의 명복을 빌겠습니다.

게임 아이템을 사려고 노인을 강도 살해한 중학교 2학년 16살 학생이 대법원에서 징역 15년이 선고됐다는 보도입니다.

서울신문 2023년 5월 31일 수요일자 9면 사회면은 세상만사 여러 이야기가 보도되었습니다. 그중 눈에 띈 것이 게임 아이템을 사기 위해 돈을 훔치려다 발각되자 노인을 살해한 어린 학생이 있었다는 충격 보도였습니다. 화분으로 때리고 흉기로 찔렀다는 것인데 발각되어서 도망을 가다가는 다리를 잡아 머리를 찧게 했다는 것입니다. 어린 학생이 학업뿐 아니라 인생 공부에 매진해야 하는 때 그런 짓을 했다니 너무나 무서운 세상임을 알려 줍니다. 반항할 힘이 없었던 고령의 피해자가 상상하기 어려운 극심한 고통을 겪었을 것으로 보인다며 징역 15년을 선고했습니다.

어려서부터 성인의 가르침을 따르고 부모 교사 선배에 순종해야 하는데도 빗나가다니 참 앞으로가 크게 걱정되는 학생입니다. 부디 반성하고 참인생을 살기를 바랍니다.

22
공동선 생각

천주교 서울대교구장 염수정 추기경께서 성탄 메시지를 발표했는데 물질 만능 주의와 이기주의에 빠져 피폐해져 가는 세상에서 심각한 불안정을 야기한 지도자들은 정의 안정을 바라는 민의를 받들어 본래 맡은 바 직분에 충실해야 한다고 밝혔다는 보도입니다.

서울경제신문 2016년 12월 15일 목요일자 37면 보도 내용입니다.

염 추기경께서는 겸손하게 자신을 되돌아보는 자성의 자세를 지녀야 하며 사랑과 희생, 자비와 정의의 힘을 보여 줄 때라는 말씀을 하셨다는 보도입니다.

정치인들은 공동선을 먼저 생각하고, 국민을 섬기는 본래의 직분에 충실하기를 염 추기경께서는 바랐다는 것입니다.

한국기독교총연합회도 성탄 메시지에서 다른 사람을 섬기는 것과 자신을 내어주는 나눔의 삶을 강조하고 소외되고 병든 이웃을 사랑하고, 섬기고, 품고, 보듬어 상처를 싸매 주는 종교인이 되기를 바란다고 밝혔다는 보도입니다.

세상에 있는 모든 사람들이 평화롭게 여유 있게 삶을 살았으면 하는 바람이지마는 현실은 너무나도 동떨어져 있습니다.

그래도 말이라도 착하게 하는 분들이 세상에 있으니 그나마 천만다행입니다.

일념통천(一念通天)이라는 사자성어가 있는데 한마음으로 열심히 하면 하늘이 감동되어 일을 성취할 수 있다고 합니다.

종교인들이 사회를 밝게 유지해 주는 여러 가지 좋은 일을 하고 있습니다. 그들 뜻대로 이루어지기를 바랍니다. 자신의 이익만 챙기는 극도의 이기주의는 결국 **'어리석은'** 것입니다.

23
노가다 예술

조선일보   그대여 어리석고도 또 어리석은 이여   2023년 1월 12일

건설 노동자 송주홍 씨가 철근공 미장공 등의 삶을 섬세하고 유려한 문장으로 『노가다 가라사대』라는 책을 냈다는 소식입니다. 조선일보 2023년 1월 12일 목요일자 16면 문화면 보도 내용입니다.

철근공 비계공 미장공 등의 건설 현장 노동자들의 이야기를 엮어 에세이를 낸 것인데 건설 노동의 가치에 대해 말하고 싶었다고 말합니다.

국어국문과를 졸업하고 잡지사 기자 생활을 했다가 건설 노동을 시작했다는 작가는 새벽 5시에 일어나 오후 5시까지 중노동을 했고 체감 온도 40도를 넘는 여름 현장에서 일을 마칠 때쯤이면 입에서 딘내가 날 정도였지만, 행복감을 느꼈다고 전합니다.

'벽면 등 구조물의 거푸집을 만드는 형틀 목수 일은 콘크리트를 얼마나 부을 것인지 압력을 계산하는 베테랑의 노하우에 크게 의존한다. 일종의 과학이자 예술'이라고 저자는 기술합니다.

저자는 '전국의 건설 현장에서 매일 목숨을 잃는 사람이 나온다. 아무

도 현장 안전에 관심을 갖지 않는다. 불법 다단계 하도급 구조를 개선해야 한다. 일용직 노동자들은 안전 관리자보다도 인사권을 가진 하청 업체와 공정별 책임자를 무서워한다'며 2021년 한 해 동안 건설 현장에서 죽은 사람은 417명, 하루 1.1명꼴로 사망자가 발생한다고 썼습니다.

그는 '하루하루는 성실하게 인생 전체는 되는대로'가 삶의 모토라며 노동자들의 이야기를, 육체노동의 현장을 기록하는 삶을 살고 싶다고 썼습니다.

그의 이야기를 보면서 비록 힘든 일을 하고 있지만, 긍정적으로 열심히 사는 모습을 보며 주위에 긍정적인 영향을 끼치는 것을 보게 됩니다. 비록 지금 상황이 힘들지만, 열심히 성실히 사는 삶을 보면 너무 희망적입니다. 좋은 조건에 있는 사람이 방황하며 이기적 탐욕적 생활을 하는 것을 보는 일이 있습니다.

노가다 생을 살지만 성실히 삶을 사는 사람이 있는가 하면 남부러울 것이 없는 부자로 높은 지위에 있지만 엉뚱하게 허랑방탕 삶을 사는 사람이 하루아침에 추락하게 되는 일이 너무 많이 일어납니다.

좋은 조건인데도 결국 탐욕적 생활을 하게 되면 자신을 망치게 됩니다. 모든 것은 결국 자신이 어떻게 건전한 생활을 해야 하는지 마음을 바로 잡아야 한다는 생각입니다.

부귀와 빈천(貧賤) 그리고 죄고(罪苦)와 복락(福樂)을 누리는 종자는 따로 없다고 합니다. 평범한 사람으로 있을지라도 착하고 어진 사람이 되기 위해 노력하고 또 공부하면 훌륭한 일을 하는 사람이 된다고 합니다. 뜻을 세우고 분발해 좋은 사람이 되기 위해 하루하루 성실히 생활하다 보면 그렇게 될 수밖에 없을 것입니다.

자신만 챙기는 이기적 탐욕적 생각은 결국 **'어리석은'** 일입니다.

24
양심의 가책

기업 회계 감사에서 알게 된 미공개 정보로 주식에 투자해 억대의 뒷돈을 챙긴 회계사와 고객이 맡긴 예금을 아예 자기 주머니로 빼돌린 은행원이 발각됐습니다. 공적 업무를 활용해 비위를 저지른 사실이 적발돼 직업 윤리 의식이 실종된 것이라는 비난을 받았다는 신문 보도가 있었습니다.

동아일보 2015년 11월 20일 금요일자 14면 사회면입니다. 회계 감사 대상인 회사의 미공개 실적 정보를 이용해 주식 선물에 투자해 억대 이득을 챙긴 회계 법인 소속 회계사 2명을 검찰이 구속, 기소했다는 보도입니다.

29살 회계사 이 모 씨와 약식 기소된 30살 이 모 씨는 메신저 대화에서 회계사가 다른 직업에 비해 갖는 유일한 장점이 회사 숫자를 좀 빨리 본다는 건데 이렇게 돈 버는 것이 답이라며 양심의 가책을 전혀 느끼지 않는 모습을 보였다는 것입니다. 검찰은 기업 회계의 감시자로서 자본 시장의 파수꾼 역할을 해야 할 회계사의 대규모 불법 행위라고 설명했다는 보도 내용입니다.

검찰은 또 고객 2명의 예금 4억 9천여만 원을 모두 6회에 걸쳐 인출해 횡령한 혐의로 46살 은행 직원 모 씨를 불구속 기소했다고 합니다.

사람들의 온갖 비난을 받는 딱한 처지가 되었습니다. 그렇게 된 까닭은 그렇게 될 수밖에 없는 이유가 있다는 것입니다. 그럴 만한 까닭이 있고 원인이 있고 이유가 있다는 것입니다. 충족이유율(充足理由律)이라는 성어가 있습니다. 어떠한 것도 이유가 없는 것은 없다는 것입니다. 하나의 사물이 존재하고, 한 사건이 일어나고, 하나의 진리가 생기기 위해서는 충분한 근거가 있어야 한다는 의미를 담고 있다는 것입니다. 그렇게 불법을 저지르게 한 것은 지나친 욕심이 앞섰다는 증거입니다.

중요하거나 급할 것이 없는 그래서 천천히 해도 되는 일을 말변사(末邊事)라고 합니다. 그만두어도 될 일을 하다가 그만 사달이 나고 말았습니다.

끊임없이 내면에서 일어나는 나쁜 생각을 끊어 버렸어야 합니다. 행동의 대상이 되는 온갖 욕심을 버렸어야 합니다. 나쁜 생각을 멈추고 허깨비 장난에 생각이 놀아나지 않도록 해야 합니다.

바르지 못한 생각, 치우친 생각, 거짓된 생각, 망령되고 사악(邪惡)한 생각, 사사(私邪)로운 생각을 하면 자신을 파괴하게 됩니다.

이런 직원을 잘못 만나 돈을 맡겼다가 돈을 잃어버리면 당한 사람이 얼마나 억울할지 짐작이 갑니다. **'어리석고도 어리석은'** 짓을 한 은행 직원입니다.

25
행운을 바라는 마음

서울 어느 지역의 로또 복권 판매점에는 주말 로또 복권 추첨일이 다가오면 로또 복권을 사려는 사람들로 길게 줄을 섭니다. 로또 복권에 당첨되려는 사람들이 몰려든 것입니다. 실제로 당첨될 확률은 거의 0에 가까움에도 행운을 바라는 사람들로 붐빕니다.

아무 희망없이 사는 것보다 로또 복권 하나 사 놓고 기대하는 게 좋다고 말하는 사람도 있습니다. 그렇지만 주말이 지나면 당첨이 안 된 것을 확인하면서 또 그렇지 하고 체념을 합니다. 로또 복권 사는 돈으로 차라리 과일 두세 개, 과자 한두 봉지 사는 게 훨씬 나았다는 후회를 합니다.

쓸데없이 기대하게 하는 것도 그렇지만 뻔히 안되는 것을 알면서 그런 기대를 하게 하는 것은 또 무엇입니까? 국가가 관리하는 카지노 경마 경륜 등 여러 제도에 행운을 기대하게 하고 결국에는 절망에 빠지게 하는 것이 많으니 참으로 이해가 되지 않는 제도입니다.

도박은 이해하기 어려운 인간의 **'어리석은'** 심리 중의 하나입니다.

26
불황 속 서민

　월세 내기도 버거운 상황에서 매달 불입해야 하는 보험료를 감당하기가 어려워 변액 종신 보험 상품을 고민 끝에 해약했다는 자영업자가 신문 보도로 소개됐습니다.

　서울경제신문 2015년 11월 14일 토요일자 1면 보도입니다. 이 자영업자는 매월 33만 원씩 4년이 넘게 모두 1,300만 원가량의 보험료를 납부했지만 해지 환급금은 712만 원에 불과했다고 합니다. 그는 10년은 넘어야 원금 이상을 돌려받을 수 있다며 보험사가 계약 해지를 만류했지만, 내일이 막막한 상황에서 어쩔 수 없는 선택을 했다고 말합니다.

　출구 없는 터널과 불황이 지속되면서 보험 상품을 이같이 해지하는 사람들이 급증하고 있습니다. 보험은 해약하면 무조건 손해라는 인식 때문에 주요 금융 상품 중 마지막에 손을 대는 상품으로 분류되지만, 살림살이가 어려워져 손해 보는 선택을 강요하고 있다는 것입니다.

27
편안히 쉬지 못한다

서울경제신문   그대여 어리석고도 또 어리석은 이여   2016년 8월 4일

가계를 책임지는 가장은 여러 가지 집안 사정 때문에 마음이 복잡합니다. 편안히 휴일에 쉬어야 하는데도 가계 때문에 특근, 야근 등에 시달립니다. 쉬고 싶을 때 쉬어도 되는 사회, 여유 있는 사회, 평안한 사회가 되었으면 좋겠습니다. 서울경제신문 2016년 8월 4일 자 26면을 보면 하루를 휴가 내어 가고 싶은 곳을 보도해 안내하고 있습니다.

강원도 정선의 해발 1,100m 능선을 연결하는 운탄고도 하늘길에 광활한 야생화 꽃밭이 조성돼 있는데 백두대간의 능선이 한 폭의 수묵화를 연상시킨다는 것입니다. 과연 신문에 보도된 사진 설명에는 아름다운 자연 경관에 눈길이 저절로 가게 됩니다. 이렇게 수려한 자연은 실제로 석탄을 운반한 옛길이었다는데 그래서 운탄고도라는 이름이 붙었다고 합니다.

1960년대 석탄이 주요한 에너지원이었을 때 이곳에서 광원들이 힘들게 석탄을 캐 국가 경제에 이바지했던 곳이었습니다. 그 후 에너지원이 원자력 수력 발전 등으로 바뀌면서 탄광의 문을 닫게 되면서 지금의 자연

상태로 돌아오게 되었습니다.

지하의 뜨거운 열기 속에서 석탄을 캐며 사회를 위해 이바지했던 광부, 그들을 가정에서 탈 없이 일을 마치기를 빌며 기다리던 광부의 부인, 광부의 자녀들이 이곳에서 겪었던 애환이 느껴집니다. 특히 도롱이 연못이란 곳이 인상 깊은데 광부의 부인들이 이 연못에 살고 있는 도롱뇽에게 남편 광부의 무사고를 빌었다고 합니다. 광부 아내들의 남편을 향한 간절한 기원이 깃든 곳입니다.

광산이 폐쇄되자 자연이 고스란히 되살아났고 이 아름다운 자연을 품은 하늘길로 재탄생되면서 수려한 경관을 보러 찾는 사람이 늘고 있습니다. 그리고 가는 곳마다 옛 석탄촌 탄광의 삶의 자취가 고스란히 남아있습니다. 과연 인생의 여정에서 건강을 위해서도 휴식과 여행은 필요한데 그때 이런 곳을 찾아 여유 있는 시간을 보내면 얼마나 좋을까 하는 생각이 듭니다.

석탄을 캐는 광산에서 오래 일하면 규폐증이라는 무서운 병을 앓게 됩니다. 무리하게, '**어리석게**' 자신의 건강을 해치면서까지 과로를 하지 않는 사회가 되었으면 하는 바람입니다.

28
무자비한 공격

피도 눈물도 없는, 수익을 위해 상식을 넘어선 공격적 수단도 마다치 않는 투기 자본인 엘리엇 헤지펀드의 실체를 폭로한 신문 보도가 있었습니다.

동아일보 2015년 6월 29일 월요일자 8면 보도 내용입니다.

미국계 헤지펀드 엘리엇 어소시에이츠의 경영자인 폴 엘리엇 싱어 회장은 유대인으로 재산 2조 원으로 미국 공화당의 최대 개인 기부자라고 전하고 있습니다. 싱어 회장을 추적해 온 미국 기자 그레그 팰러스트에 의하면 그는 수익을 위해서 무자비하게 경제 아닌 추악한 정치의 힘을 빌려 공격한다는 내용입니다.

엘리엇 매니지먼트의 주요 공격 사례를 보면 2001년 채무 불이행을 선언한 아르헨티나 국채 액면가 13억 3,000만 달러어치를 4,800만 달러의 헐값에 사들인 뒤 액면가 100%를 돌려달라고 소송을 내 2012년 승소했는데 액면가와 이자를 합쳐 16억 달러 배상 판결을 받았다고 합니다. 아르헨티나가 지급을 미루자 가나에 정박한 군함과 대통령 전용기를 압류했다고 합니다.

2000년에는 페루 국채를 액면가 2,000만 달러어치를 1,140만 달러에 사들인 뒤 액면가와 이자를 합쳐 5,800만 달러 지급 소송을 내 승소했는데 페루 정부가 돈을 내지 않자 알베르토 후지모리 대통령의 전용기를 압류해 전액을 받아 냈다 합니다.

"엘리엇펀드는 국가건 기업이건 무자비하게 공격하고 높은 이익을 요구한다. 그의 투자에는 늘 정치의 그림자가 눈에 어른거린다. 경제적 계산을 통해 돈을 버는 것이 아니다. 자연재해, 정치적 암살, 경제적 혼란 등을 이용해 돈을 번다. 추악한 정치의 힘을 빌려 돈을 버는 것이다. 엘리엇펀드는 콩고 페루 아르헨티나 등 위기에 빠진 나라가 발행한 정부 채권을 서방은행에서 싸게 산다. 그런 뒤 해당 정부를 상대로 소송을 낸다. 죽음을 앞둔 미국 석면 노동자의 궁핍한 처지를 압박해 보상금을 줄이는 방식으로 돈을 벌었던 인물이 싱어 회장이다. 재산의 50% 이상을 기부한다고 서약했지만, 돈은 공화당이나 억만상자의 이익을 위해 쓰이지 않을까? 싱어 회장은 공화당 지원 정치 자금 모금 단체 미래 회복을 주도하고 있다"고 기자는 밝혔습니다.

돈을 버는 방법도 여러 가지입니다. 하루하루 폐지를 주워 리어카로 힘들여 폐지 수집상에 운반해 몇천 원 버는 힘겨운 노인들이 있는가 하면 이렇게 기부를 하면서 뒤에서 정치인을 조종해 돈을 많이 버는 인사도 있다니 놀라울 뿐입니다.

도시 광업이라고 해서 폐지를 주워 재생하는 것이 산에서 나무를 베고 그것을 토막 내서 펄프를 만들어 종이로 만드는 것보다 수율이 높다고 합니다. 비슷하게 도시에서 고철이나 폐가전제품을 분해해 금속을 얻어 내는 것이 광산에서 힘들게 광석을 캐내 불리고 선광을 하는 복잡한 작업보다 수율이 높다는 것입니다. 사회적 가치로 따지자면 싱어 회장보다 더 가치 있는 작업을 하는 것이 폐지 수집하는 분들입니다.

다만 돈이 올바로 쓰여야 하는 이유가 있는 것은 억울한 돈의 출처가 있기 때문이라는 생각입니다. 올바로 쓰이지 않는 돈은 결국 **'어리석은'** 결과로 남게 됩니다.

29
안전하지 못한 직장

2022년 가을 SPC그룹의 일터에서 일하던 근로자가 사망하는 끔찍한 사건이 일어났습니다. 빵을 만드는 직장이었다고 하는데 보도가 되면서 사회에 파문이 일었습니다.

그룹의 제품에 대해 불매 운동이 일었고 일하다가 다치지 않고 죽지도 않는 안정된 직장, 안정된 생활을 할 수 있는 근로 환경을 요구하게 되고 그룹책임자가 결국 고개를 숙이게 됐습니다.

그런데 애꿎게 SPC그룹의 가맹점 업주들이 불매 운동으로 피해를 봤다는 것입니다.

사실 가족을 위해 일하러 나서는 가장에게 안전한 직장 환경, 두둑한 보수는 꿈인지 모르겠습니다. 돈 몇 푼 벌러 나섰다가 무엇보다 최우선 가치인 건강이나 생명을 잃는다면 돈이 무슨 소용이 있겠습니까?

생명을 잃은 근로자의 처참한 모습과 이를 지켜봐야 하는 가족들이 처절히 울부짖는 모습은 너무 처연합니다. 비극 중의 비극일 것입니다.

기업에서 이익을 내는 것은 필요한 것이겠습니다. 그렇지만 이익보다 더 우선인 것이 근로자를 보호하는 안전이고 기업의 양심을 지켜야 하는 것이겠습니다.

뒤늦게 근로자가 생명을 잃은 다음 소 잃고 외양간 고치는 격으로 나서는 모습은 너무 **'어리석다'**고 보입니다.

30

강대국 간 충돌

　미국 국방성은 2022년 11월 29일 중국 군사력 보고서에서 중국군은 한반도 급변 사태에 대비해 항공 육상 해상 및 화학 방어 훈련 등 군사 훈련을 실시하고 있다며 중국지도부는 한반도 위기 상황 시 북구전구사령부에 다양한 범위의 작전을 명령할 수 있다고 지적했다는 신문 보도가 있었습니다. 동아일보 2022년 12월 1일 목요일자 1면 보도 내용입니다.

　중국이 유사시 한반도 북핵 확보를 위해 군사 개입을 할 것이고 북한을 완충 국가로 유지하기 위한 것이 포함될 수 있다고 미국 국방성의 보고서는 지적했다는 것입니다. 한반도 위기는 중국과 러시아 등 다른 핵보유국 개입과 더 광범위한 분쟁 위험을 증가시킬 수 있다고 지적했고 중국의 핵무기 증강에 대해 운용 중인 핵탄두가 400기가 넘을 것으로 추정된다며 2035년에는 1,500기의 핵탄두를 배치할 가능성이 크다고 밝혔습니다.

　이어서 중국은 군함을 340척 보유해 세계 최대 규모라고 하며 거기에 중국 군사 외교의 대표 사례 중 하나가 한국과 중국의 군 핫라인이 개통

돼 군사 밀착이 우려된다고 미국 국방성 보고서에서 지적하고 있습니다.

중국은 한국과 2021년 3월 해공군 직통 전화 개설에 대한 양해 각서 개정에 서명했다며 중국이 외국군 지휘 체계와 부대 구성, 작전 훈련을 관찰하고 공통된 안보 우려에 대한 접근법을 형성하기 위한 기회로 활용하기 위한 것일 수 있다고 지적했다는 보고서 내용이었다고 합니다.

이는 유사시 한중간 우발적 군사적 충돌을 막겠다는 취지라고 합니다.

미국과 중국 두 강대국의 패권 경쟁을 들여다볼 수 있는 보도 내용이었습니다. 두 강대국에 끼인 우리나라 형편이 힘겨워 보입니다.

1970년대 미국-중국 핑퐁 외교의 주역인 키신저 전 미국 국무장관이 중국 공산당 기관지 인민일보와의 인터뷰에서 양국의 협력 필요성을 강조했다는 보도가 있었습니다. 동아일보 2015년 9월 15일 화요일 국제면 23면 보도 내용입니다.

키신저는 미국-중국 양국이 충돌하면 양국 모두에 불행이며 그 어느 쪽도 충돌의 대가를 감당할 수 없을 것이라고 경고했습니다. 양국은 공통의 기회와 마주하고 있다며 기후 변화, 환경 오염, 핵 확산, 대량 살상 무기, 인터넷 안전 위협은 중국이나 미국 혼자 해결할 수 없는 문제라고 적시했다고 합니다.

그는 미국 공화당 대통령 선거 주자들이 중국 때리기를 하는 것에 대해 위험을 초래하는 어리석은 짓이라고 비판했으며 중국을 비난하는 주장을 들으면 중국이 일련의 경제적 군사적 정책들로 미국을 위협하고 있다는 생각이 들 수 있으나 중국도 거대한 경제적 정치적 변혁을 겪고 있는 중이라고 말했습니다.

대립 관계를 부추기는 것이 아니라 누그러뜨리는 그의 말을 들으며 과연 훌륭한 인물이라는 생각이 듭니다.

세계를 살상의 시대로 내몬 많은 인물이 있었습니다. 독일 히틀러, 일본의 군국주의자, 유고슬라비아 국수주의자 등입니다. 반대로 평화 안정의 시대로 이끈 인물들이 있었습니다. 프란치스코 교황, 흑인 노예들의 비참한 처지를 탈출시킨 링컨 전 미국 대통령, 목수로 해비타트 봉사 활동을 한 지미 카터 전 미국 대통령 등입니다.

2023년 들어서도 세계는 혼란을 겪고 있습니다. 전쟁, 에너지 위기, 기아, 추위, 기후 변화 등 온갖 견디기 힘든 일들이 터져 나왔습니다. 2022년 세계는 러시아와 우크라이나 전쟁을 목격하게 됩니다. 심지어 우크라이나 러시아 전쟁을 공공연히 제3차 세계 대전이 일어났다고 이야기하는 사람들까지 생겨났습니다. 세계 각국은 친러시아와 친우크라이나 양 진영으로 갈라져 극심한 반목을 낳고 있습니다. 미국, 영국, 프랑스, 독일, 일본, 한국 등 국가는 친우크라이나이고 북한, 시리아, 벨라루스, 니콰라과, 말리 등이 친러시아인데 중국, 인도, 남아공 등이 중립 편에 섰습니다. 전쟁으로 인해 무기 탄약 수출이 늘어나고 있고 세계는 끝없는 대결로 치닫고 있습니다.

이 와중에 조선일보 2023년 3월 3일 금요일자 16면 월드면 보도를 보면 미국이 대만에 미사일 등 8,000억 원대 무기 판매 승인을 했다는 보도가 실렸습니다. 첨단 중거리 공대공 미사일 200기, 고속 레이더 파괴용 공대지 미사일 100기 등에 대한 수출계획이 승인을 받았다는 보도입니다. 중국은 대만 해협의 안정을 해친다며 무기 판매에 대해 반발했습니다.

심지어 인류 최악의 무기인 핵무기 사용의 가능성이 우려되는 극심한 혼란 상태로 빠져들었습니다. 자신, 자기 가족, 자신이 소속된 단체, 자신의 나라, 이렇게 국한된 소견으로는 세계를 평화, 화평의 시대로 이끌 수 없습니다. 양보, 이해, 화합, 협조, 보호와 같은 단어는 2023년 봄으로 접어드는 시기에 정말 안 들어맞는 것입니까?

키신저의 말대로 불행의 시대를 맞이하기 시작했습니다. 상대를 인정하지 않고 이해하지 않고 몰상식한 포탄이 공중을 날아다니며 인명 살상과 자연을 무자비하게 파괴했습니다. 상대의 말을 듣지 않고 몰이해한 정말 **'어리석고 또 어리석은'** 짓입니다.

한국에 사드 배치 선언에 이어 남중국해 영유권 문제로 미국과 중국 간 물리적 충돌이 일촉즉발이고 서방에서는 나토가 폴란드 등 4개국에 대규모 파병으로 러시아의 군사 위협에 강경 대응하고 있어서 지구촌이 신 냉전 시대에 접어들었고 한반도도 격랑에 휩쓸리고 있다는 보도가 있었습니다.

2016년 7월 1일 월요일자 서울경제신문 1면 보도입니다. 한반도가 신 냉전 대립 구도의 분출구로 부각되는 가운데 남중국해와 유럽에서도 미국 등 서방 세력과 중국, 러시아가 대치 국면으로 돌입했다는 내용입니다. 미국과 중국의 패권 경쟁은 미국과 합세해 중국을 포위하려는 일본, 호주, 인도와 경제 위기를 미국 등 서방에 맞선 군사 패권 강화로 극복하려는 러시아의 가세로 아시아태평양 전 지역에 걸쳐 대립 구도로 번질 태세라는 보도 내용입니다. 사드 배치 결정 이후 러시아는 중국과 동일한 입장이라며 동북아에 군사력을 재배치하는 등 군사 대응까지 만지작거리고 있는 실정이라는 것입니다.

신구 패권의 강 대 강으로 사사건건 대립하고 있는데 미국은 아시아 중심축 전략, 중국은 신형 대국 관계, 러시아는 옛소련 영광의 재연을 노리며 힘겨루기가 최악으로 치닫고 있다는 것입니다.

전 세계에 배타적 국수주의가 기승을 부리고 있고 패권 경쟁의 불똥이 아세안 인도 등 주변국으로 확대되고 있다는 것입니다.

이 같은 복잡한 세계 구도에서 한국은 사드 배치 결정 후 중국의 극렬 반대에 부딪혔고, 공을 들였던 러시아와의 관계까지 붕괴 우려가 있다는 보도입니다.

외교부는 그래서 전략적 균형 찾기에 골몰하고 있다는 것입니다.

이 보도를 보면서 세계 관계에서 이 나라가 주권을 지키며 영원히 발전하고 국민이 평온하게 잘 살 수 있는 적절한 방안이 무엇인가 골똘히 생각해 보게 됩니다.

러시아의 우크라이나 침공 이후 우리나라도 전쟁 위기에 말려드는 상황입니다. 2023년 4월 세계는 극심한 분열로 서로 반목하며 세계가 질식할 것 같은 상태로 빠져들고 있습니다.

러시아 우크라이나 전쟁으로 2차대전 이후 최대 난민 사태를 맞고 있고 이웃 나라 폴란드가 156만 명이나 난민을 수용했다는 것으로 체코로 49만 명, 미국으로 27만 명이나 이주했다고 합니다.

블라디미르 푸틴 러시아 대통령은 대륙 간 탄도 미사일, 잠수함 발사 탄도 미사일, 장거리 전략 폭격기의 증강에 힘쓰겠다고 말하며 최신형 대륙 간 탄도 미사일 사르마트를 실전 배치하고 킨잘과 지르콘 극초음속 미사일의 대량 생산 및 공급을 앞당기겠다고 말했다고 합니다.

평화를 유지하고 국민을 안심하게 하는 정치가 아니라 대립, 반목, 질시, 위협, 살상 등 온갖 극악한 말들이 쏟아져 나오는 시기를 맞았습니다.

어서 평화를 이끄는 지도자가 나와 세계를 안전하게 이끌어 주었으면 하는 바람입니다.

러시아 우크라이나 전쟁은 점입가경 극한 대결로 치닫고 러시아가 점령한 지역 헤르손 주의 카호후카 댐이 폭파되면서 홍수가 발생해 생태계 학살로 이어지고 있다는 소식입니다. 댐 파괴 배후의 책임을 상대에게 떠넘기는 비겁한 일이 벌어졌습니다.

우크라이나는 대반격에 나서며 서방의 무기 지원을 받고 있습니다. 러시아의 극초음속 미사일 킨잘을 요격하기 위한 무기로 미국이 패트리엇 미사일을 지원했고 영국이 장거리 공대지 순항 미사일 스톰 섀도를 지원했다고 합니다. 전에 들어 보지 못했던 가공의 첨단 무기들이 전쟁에 동원되며 인명 살상을 주도하고 있습니다.

31

약자를 보호하지 않는 사회,
인간에게 봉사하지 않는 정치

동아일보   그대여 어리석고도 또 어리석은 이여   2015년 9월 25일

    동아일보 2015년 9월 25일 자 20면 국제면 보도 내용을 보면 성현인 교황의 면모를 살필 수 있습니다. 교황은 미국 의회 연설에서 개인과 사회에 말할 수 없는 고통을 안겨 주려고 계획하는 이들에게 살인적인 무기가 팔리는 이유를 함께 생각해 볼 필요가 있다고 말씀하시며 그 이유는 무기 판매로 이익을 얻은 돈이 특히 무고한 자들의 피로 물든 돈이라며 수치스럽고 죄스러운 침묵에서 벗어나 무기 거래를 중단시키는 것이 우리의 의무라고 무기 판매를 비난했다는 것입니다.

    교황은 사형 제도에 대해 모든 생명은 신성하고 인간은 천부적인 존엄을 부여받았으며 유죄판결을 받은 죄인을 재활시켜 사회도 혜택을 받을 수 있다며 사형제 폐지를 공개 건의했다고 합니다.

    교황은 또 정치는 인간에게 봉사해야 하며 그러기 위해서는 경제와 재력의 노예가 되어서는 안 된다며 정치의 금권화를 비난했다고 합니다. 그

는 취약하고 위험에 빠진 이웃, 가난하고 힘든 노인과 젊은이들을 이야기하며 약자에 대한 사회적 책임을 강조했다고 합니다.

또 종교와 이념, 경제 체제 때문에 발생하는 폭력에 대해서도 경고했다고 합니다.

기후 변화 대응에 대해서도 언급하셨는데 환경을 위해 온실가스를 줄이려는 노력을 치하했고 재계의 이익을 대변하려는 정치 세력을 비난했다고 합니다.

난민 문제, 굶주림과 총탄에 죽어 가는 어린이들, 가난하고 병들고 늙어 짐이 되는 노인 문제, 전쟁, 폭력, 마약의 피해자 등도 도움이 필요한 이웃들이라며 약자에 대한 책임을 강조하셨다고 합니다.

교황은 또 양극화에 대해서도 언급하셨는데 양극화에 맞서야 한다며 보수와 진보, 부자와 가난한 사람과의 간극이 커져 가는 현실에 염증을 느끼는 사람들에게 호소했다는 것입니다.

과연 교황은 성현이십니다. 사람들이 말씀을 듣고 감화되어 따르려 합니다.

2015년 보도였는데 2023년 11월 말 지금 현실은 2015년보다 나아졌습니까? 미국의 무기 판매는 여전하고 심지어 배움의 현장인 학교에서조차 총기 난사로 학생이 숨지고 있습니다. 무기 판매업자들은 전쟁이 일어나서 무기를 판매해야 이익이 생기니 참으로 이율배반, 모순의 연속입니다.

사형 제도도 몇몇 국가에서만 폐지됐을 뿐입니다. 모든 생명은 신성한 것인데도 심지어 갓 태어난 어린아이까지 어른들의 무모한 어리석음 때문에 숨지고 있습니다.

인간에게 국민에 봉사해야 하는 정치는 정치 세력 간의 권력 다툼에서 예전이나 지금이나 벗어나지 못하고 있습니다. 민생 경제, 국가 경제는 아예 뒷전이고 세력 간의 끝없는 다툼에 진력이 나는 상태입니다.

약자를 보호하고 자신의 이익은 양보하려는 양심을 가진 세력은 정말 안 나타나는 것입니까?

상대의 상황을 이해하고 도와주려는 생각은 없고 자신의 이익을 위해서는 절대 양보하려 하지 않는 꽉 막혀 버린 사회여서 교황 같은 성인의 위치에서 보면 정말 이런 사회는 **'어리석고 또 어리석은'** 사회입니다.

2023년 11월 현실에서도 나라 발전에 힘써야 할 정당이 여야로 갈려 상대 당을 비난하는 데만 열중하고 있어 참으로 안타까운 마음입니다. 언제나 서로 국가를 위해 사회를 위해 국민을 위해 서로 의논할지 백년하청(百年河淸)이라는 사자성어대로 백 년이 지나도 일이 이루어지기 힘들다는 말이 딱 들어맞습니다. 사사건건 화합 협조하지 않고 분란을 일으키고 있습니다. 여당은 야당을, 야당은 여당을 비난만 하지 비평은 없는 극단 행태를 보이고 있습니다. 상대의 잘못만 보지 말고, 상대와 같이 나라 발전으로 나아가는 생각을 하며 국운이 트이는 미래를 볼 수 있는 자세를 가졌으면 하는 마음입니다.

2020년대 현세를 보내며 이 세상에서 성인을 꼽으라면 단연 프란치스코 교황을 먼저 생각하게 됩니다. 누구보다도 더 다른 사람의 처지, 가난한 사람이나, 역경에 처한 사람이나, 고국에서 멀리 떨어져 의지할 데 없는 사람들 등에게 힘을 주는 의미 있는 발언과 행동을 보여 주신 성인입니다. 다른 사람의 처지를 이해하는 훌륭한 분입니다.

프란치스코 교황이 또다시 이 세상 사람들에게 의미 있는 말을 들려주었습니다. 2017년 3월 23일 목요일 서울경제신문 37면 사람과 사람 면에 실린 내용입니다. 교황은 소셜 미디어나 텔레비전 쇼에 등장하는 가짜 인생의 유혹을 경계하며 진정한 삶의 주인공이 되라고 이야기하였습니다.

인터넷이 발전하며 실제와는 달리 과장되게 확대해서 사실이 부풀려지는 경우가 너무 많습니다. 교황은 젊은이들이 소셜 미디어에서 실제 삶을 대략적으로 보여 주는 사진을 많이 올리는데 이것들이 정말 역사인지 목적과 의미가 부여되고 소통될 수 있는 경험인지 모르겠다고 말합니다. 텔레비전에는 큰 계획 없이 하루하루를 사는 캐릭터들의 순간이 카메라 앞을 스쳐 지날 뿐인, 즉 진짜가 아닌 리얼리티 쇼가 넘쳐난다고 말하며 리얼리티라는 가짜 이미지에 빠지지 말라고 지적하였습니다.

교황께서는 또 우리는 삶에서 많은 기억을 하고 있지만, 이 중 우리의 진짜 기억이 되는 것이 얼마나 되겠으며 우리의 마음을 울리고 다른 이들의 삶에 의미를 주는 데 도움이 되는 것이 얼마나 되겠냐고 되물었다고 합니다.

교황은 젊은이가 산만하고 얄팍하다고 하지만 그런 말은 틀렸다고 말하며 청년들에 대한 희망을 이야기하였다고 합니다.

현세에서는 다른 사람의 처지를 이해하기는커녕 오히려 이용해 상대를 꺾고 올라서려는 이기주의 세력이 넘쳐나는데 교황께서는 항상 이런 것들에 대해 잘못을 지적하고 그런 세력에 동조하지 말라고 경계합니다. 그럴 때마다 교황에 대한 전적인 신뢰를 어쩔 수 없이 보내게 됩니다. 프란치스코 교황이 한 말 중에 사상이 아닌 사람에게 봉사하라며 자본주의에 이어 공산주의까지 비판한 내용이 언론에 보도되었습니다.

2017년 9월 22일 화요일자 동아일보 21면 국제면에 실린 내용입니다. 교황은 쿠바를 방문해 쿠바 수도 아바나 혁명 광장에서 집전한 미사에서 사상이 아닌 사람에게 봉사하는 삶을 살라, 봉사는 전혀 이데올로기적이지 않다고 말하며 우리는 사상에 봉사하는 것이 아니라 인간에 봉사하기 때문이라고 말했다는 보도 내용입니다.

또 교황은 특정한 이익을 얻는 자리로 가는 사다리를 제일 먼저 기어오르기 위해 남에게 봉사하지 않고 권력을 남용하는 이들은 반성해야 한다고 강조했다는 것인데 이에 대해 언론은 공산당 독재 국가에서 관료주의에 찌든 쿠바 권력자들에 대한 경고로 들리기에 충분했다는 평을 했다는 것입니다.

평소 자본주의를 비판해 온 교황은 사제 신학생을 상대로 한 기도회에서 교회가 가난의 정신을 받아들여 성직자들이 돈에 대한 집착에서 벗어나 빈자와 약자를 돕는 데 더 노력해야 한다고 말했습니다.

이러한 교황의 행보는 미국 언론 여론 조사 결과 89%의 지지를 받았다는 보도 내용입니다.

서울경제신문 2017년 9월 4일 월요일자 37면 보도 내용을 보면 프란치스코 교황이 한국 순례단을 만나 아름다운 한국 땅에 평화와 화해의 선물을 보낸다는 기도를 하였다고 합니다.

교황은 로마 바티칸에서 '우리는 단지 목소리를 높이는 것이 아니라 소매를 걷어붙이고 희망의 씨앗을 뿌려야 한다'며 '미래는 개인 공동체 시민 국가 간 분쟁을 거부하고 조화로 나아가야 한다'고 말하였다고 합니다.

교황은 또 '따뜻함과 진실은 존중과 정직에서 나온다'며 빈곤, 폭력, 부패, 도덕의 붕괴, 가정의 위기 등 이슈에 대해 이야기하며 해답을 찾아야 하고 책임을 나누어야 한다고 말하였다는 보도였습니다.

순례단의 천주교 주교회의 의장 김희중 대주교는 '전쟁 상태인 정전 협정 체제에서 벗어나 평화 협정으로 나아가기를 기도하며 행동하고 있다'며 한반도 평화를 위해 교황님의 기도를 호소한다고 요청했다는 보도 내용이었습니다.

과연 가톨릭 최고 지도자답게 교황의 말은 폐부지언(肺腑之言: 마음 속을 찌르는 참된 말)이 많습니다.

32
타인을 탓하는 사회

동아일보　　　　　그대여 어리석고도 또 어리석은 이여　　　　　2017년 5월 15일

5월 15일은 성년의 날이라고 합니다. 1973년 1회 성년의 날을 맞았던 1953년생 인사들이 후배 청년들에게 주는 말이 보도되었습니다. 동아일보 2017년 5월 15일 월요일 14면 사회면 보도 내용입니다.

전직 권투 선수로서 성공한 삶을 이어왔던 패션 업계 회장은 10대 시절 권투를 하면서 3분만 버티면 꿀맛 같은 1분의 휴식이 찾아온다며 조금만 더 버티자는 정신을 배웠고 아무리 힘들어도 꿈을 포기하지 않는 것이 필요하다고 당부했다고 합니다.

'어른이란 자기의 삶을 책임질 수 있어야 한다. 어려움은 누구에게나 닥치지만 책임질 수 있는 사람은 많지 않다. 주변을 탓하기보다 스스로에게 문제의 원인과 해결책을 찾아야 한다. 그렇기에 고통스러운 순간도 기회가 된다. 똑같이 실연을 당하고도 어떤 사람은 폐인이 되고 어떤 사람은 시인이 된다. 자신만의 철학이 필요하다.'

이 말은 유명 대학교수가 후배 청년들에게 준 말이었습니다. 교수는 시

련 속에서도 답을 찾아야 한다고 말했다는 보도입니다.

'서른 살 먹은 사람의 말은 믿지 말라'며 청년일수록 스스로 생각하고 깨닫고 바로 서는 과정이 필요하다는 말은 방송국 사회자로서 가수로서 활동하는 유명 연예인의 말이었습니다.

세월은 쏜살같이 흐른다는 말이 있습니다. 노인들에게 세월에 관한 질문을 하면 그런 대답이 돌아온다고 합니다. 실제로는 길고 지루하게 지나갔을 수 있겠지만, 순식간에 세월이 흐른 것처럼 느껴진다고 합니다. 광음세월(光陰歲月)이라고 시간은 영원히 지나가기만 합니다.

지나가면 다시는 돌아오지 않습니다. 나그네는 떠나면 절대로 다시 돌아오기 어려운 것과 비슷합니다. 청년은 세월이 이렇다는 것을 알고 시간을 아껴 공부에 힘쓰고 일상에 충실해야 하겠습니다. 허투루 시간을 낭비하면 장년이 되어 후회하게 됩니다.

역려과객(逆旅過客)이라는 사자성어가 있습니다. 삶은 세상이라는 여관에 잠시 머물다 가는 나그네와 같다는 것입니다. 과연 길게 보면 그런 것 같은 기막힌 사자성어입니다.

사회에서 문제가 되는 사건이 발생하면 우선 남 탓으로 책임을 모면하려는 것을 너무 많이 보게 됩니다. 2022년도 많은 사건이 발생하였습니다. 그때 내가 잘못했다고 자인하는 경우는 거의 없고 다 다른 사람, 다른 관계자 탓을 합니다. 결국, 자기에게 잘못한 모든 책임이 있다고 밝혀지면 그때야 고개를 숙이는 뻔뻔한 자세를 보입니다. 너무 **'어리석고도 또 어리석은'** 일입니다.

세상은 정의를 지키는 세력이 있어야 하는데 이권에 매달려 조그만 이익도 양보하려 하지 않고 내 것부터 챙기려 합니다. 그래서 너나 나나 모두 이기심에 빠져 큰일을 해내지 못합니다. 개인의 이익을 지키려는 사람이 끝까지 싸우려 들며 상대에게 양보하라고 강요합니다. 끝없는 이기심이 극대화된 사회가 현재 우리가 살고 있는 세상이라고 이야기할 수 있을 것이라는 판단입니다. 배려 정신을 가져야 한다고 이야기하지만 나는 타인을 배려하지 않고 상대가 나를 배려해야 한다고 우기는 그런 사회는 안 되어야겠습니다.

싹이 없다고 이야기하는 것은 가능성이 없어 보인다는 것인데 미래를 보는 눈이 있어야 하겠습니다. 나이 든 사람을 가능성이 없어진 희망이 사그라든 것으로 여기고 함부로 대하는 것은 그 사람의 경험을 무시하고 쌓아 놓은 지식을 업신여기는 것과 같다고 할 수 있겠습니다.

많은 사람들이 무책임하게 일을 잔뜩 벌여 놓고 사고가 터지면 남 탓을 하며 빠져나가려 합니다. 제발 이번 이태원 대형 참사는 그런 일이 없기를 바랍니다.

한겨레신문 2023년 9월 5일 화요일자 6면은 육군 사관 학교의 홍범도 흉상 철거 논란을 자세히 다뤘습니다.

소설가 방현석 씨의 기고가 실렸는데 독립운동가로서 큰 족적을 남긴 홍범도 장군의 어록을 소개하며 홍범도 지우기는 안 된다고 적시했습니다. 만주 연해주를 전전하며 항일 독립 투쟁을 이어온 긴 여정을 자세히 기술한 소설을 남긴 그는 수많은 문학상을 받은 인사로 중앙대 교수로 재직 중인 분입니다.

"남 탓하는 자 믿지 마라. 남 욕하기 좋아하는 자 멀리해라. 대체로 남 탓하고 남 욕하는 자들이 더 나쁘다"고 홍범도 장군의 어록을 소개하며 장군은 말 많고 남 탓하는 사람을 아주 싫어했다고 알려 주었습니다. 말에는 그 사람의 생각뿐만 아니라 행동하는 방식까지 담겨 있다고 합니다.

그리고 블라디보스토크 부두의 하역 노무자로 일하며 총기를 장만했고 시베리아 광산의 광산 노동자로. 어선의 어부로 일하며 모은 땀 젖은 돈으로 탄환을 구입한 홍 장군의 노고를 지적했습니다. 그래서 조선 유림의 최고 수장이었던 유인석이 자신의 호인 여 자와 같은 돌림자인 여천이라는 호를 홍범도에게 붙여 주며 형제의 예로 홍 장군을 존중했다고 알려 줍니다. 그런 홍범도를 무시하고 멸시할 사람은 아무도 없습니다.

홍 장군의 어록에 "남의 근력이 아무리 세면 뭐하오. 남의 근력이 내 근력이 되는 걸 보았소? 우리에게 필요한 건 우리의 힘이오"를 소개하며 방현석 소설가는 남 탓하며 정작 자신이 해야 할 일을 하지 않는 이를 지적하는 홍범도 장군의 어법을 소개했습니다. 책임을 떠넘기기 좋아하는 자들이 쓰는 가장 흔한 수법이 없는 차이를 만들어 남 탓하는 것이라고 썼습니다.

없는 차이를 만들어 책임을 떠넘기면서 갈등을 부추기는 것을 결코 용납하지 않는 장군이었고 장군이 존경을 받는 이유는 항일 무장 투쟁의 영웅이기 때문만은 아니고 책임을 기꺼이 감수했던 장군이었기 때문이라고 기술했습니다. 조국의 독립을 위해 자신의 모든 것을 바친 영웅을 이토록 모욕하면 이 나라의 앞날이 어떻게 되겠는가라고 쓰며 "잘못하지 않는 사람은 없다. 오직 잘못을 알고도 고치지 않는 사람만이 잘못된 사람이다"라는 홍 장군의 어록을 소개하며 잘못을 반성하는 지도자들이 되기를 소설가는 바랐습니다.

홍 장군은 승리 앞에서 오만했던 적이 없고 패배 속에서도 비굴했던 적이 없었다고 기술하며 헌신은 무한했으나 바란 대가는 전무했다고 독립 영웅의 노고를 치하했습니다.

홍 장군은 노선과 이념, 계급으로 사람을 가르고 상대한 적이 한 번도 없었다고 쓰며 오직 자신의 힘으로 자기 앞의 문제를 돌파했던 홍범도 장군의 삶은 오늘을 살아가는 우리 모두가 여전히 배우고 따라야 할 모럴이라고 썼습니다. "권력은 유한하고 모럴은 영원하다. 그의 흉상은 바로 영원한 표상으로 육군 사관 학교 교정에 서 있다. 홍범도의 흉상을 1cm도 옮기지 마라"고 소설가는 역설했습니다.

이렇게 훌륭한 독립 영웅이 있었습니다. 많이 알려져서 여러 사람이 그의 본바탕을 알고 그 정신이 이어졌으며 좋겠습니다.

남 탓하는 버릇을 가진 지도자들을 만나 그런 말을 듣게 되면 남 탓하는 사회 분위기가 생기고 그것이 으레 사회의 규범인 양 잘못 알게 됩니다. 제발 가톨릭에서 한때 벌였던 캠페인 '내 탓이오'라고 말하는 일이 다시 벌어졌으면 하는 바람입니다.

33
허황된 고수익 보장

서울경제신문　　　　　　그대여 어리석고도 또 어리석은 이여　　　　　2017년 5월 12일

　서울 수서경찰서가 2017년 5월 월 5%의 고수익을 돌려주겠다고 속여 투자금을 가로챈 10명을 유사 수신 행위로 구속했다는 보도가 있었습니다. 서울경제신문 2017년 5월 12일 금요일자 28면 사회면 보도 내용입니다. 2016년 여의도에 사무실을 차린 일당은 투자 설명회를 열었는데 처음 몇 달은 돌려막기 수법으로 투자자들에게 수익금을 입금했지마는 곧 입금이 끊겼다는 것입니다. 피해자는 400여 명에 이르고 피해 금액이 180억여 원에 이른다는 것입니다. 피해자들은 퇴직금이나 자녀 결혼 비용을 투자한 중장년층 사람들이었다는 것입니다.

　높은 수익을 바라는 중장년층들에게 짧은 기간에 2~3배의 수익을 보장한다며 허황된 조건을 내건다는 것입니다.

　2017년 4월에 서울지방경찰청 지능 범죄 수사대에 검거된 일당은 월 8%의 수익을 준다며 교인 등 150명을 상대로 197억여 원을 가로챘다고 합니다. 목사 박 모 씨는 교회에 투자 연구소까지 설립해 조직적으로 투

자 설명회까지 열며 하느님의 계시로 주식에 투자해 수익을 낸다고 속였다고 합니다.

고수익이라는 돈을 더 많이 받겠다는 이기심, 사탕발림에 평생 모은 재산, 또는 부모 자식의 재산, 지인들까지 끌어들여 피해를 보았다는 것입니다.

이익을 더 주겠다고 현혹하는 사기 수법에 속아 넘어간 수많은 사람들이 밤잠을 설치고 억울해하며 울화병까지 나게 됐다고 합니다.

미끼에 걸린 어리석은 사람들이 돈을 잃고 울며불며 통곡하는 모습이 눈에 선합니다.

금융 회사로 위장해 금융 상품이라고 속이면서 나름대로 합리적인 수익률을 제시하고 보험 설계사까지 동원하는 등 범죄가 정교해지고 있다고 했습니다. 소셜 네트워크 서비스나 스마트폰 애플리케이션 등 핀테크를 활용한 첨단 유사 수신 범죄도 발생하는데 투자금을 입금하면 가상 화폐인 코인을 전자 지갑에 넣어 주는 방식의 앱을 개발해 1,500명으로부터 178억여 원을 가로챘다고도 합니다.

유사 수신으로 짧은 기간에 수백억 원 정도의 자금을 모집해 잠적하는 치고 빠지기식 유사 수신이 늘고 있다니 함부로 투자하는 것은 위험합니다. 고수익이라는 허황된 미끼에 걸리는 **'어리석은'** 투자라고 하겠습니다.

사기를 치는 사람들의 유형은 거의 비슷합니다. 단기간에 이익을 많이 줄 것처럼 떠벌이는 것입니다. 거기에 속아 수십 년간 애써 모은 돈을 투자했다가 모두 잃어버리고 허탈해하며 오열하는데 결국 욕심이 앞섰다는 이유입니다.

서울경제신문 2016년 10월 11일 화요일자 오피니언면 데스크칼럼 권구찬 증권부장의 '조작된 진실, 조작된 주가' 칼럼을 보면 그 내용을 알 수 있습니다.

칼럼에서는 이희진이라는 사기꾼의 면모를 볼 수 있습니다. "주식 투자로 수백억대 재산을 끌어모았다는 것과 법망을 교묘하게 피하는 방책, 동생을 대리인으로 끌어들인 데다 유사 투자 자문 회사를 금융 당국에 신고하고 운영하면서 합법적 브로커로 활동했다"는 것입니다.

검찰은 이희진을 무인가 주식 매매와 유사 수신, 사기성 부정 거래 등의 혐의로 구속했다고 합니다. 이희진은 청담동 주식 부자로 소문이 나 있었는데 "전력이 나이트클럽 웨이터와 막노동을 전전하다 수영장 딸린 호화 주택에다 여러 대의 슈퍼카를 거느렸다"는 것입니다.

"돈과 탐욕 앞에 나만 살면 된다는 몰염치와 무책임, 희박한 죄의식"의 이희진은 "60대 노인의 노후 자금을 털어먹고 10년을 저축한 돈을 한방에 가로채고도 일고의 반성이나 일말의 죄의식조차 찾을 수 없다"고 칼럼은 적시하고 있습니다.

야바위꾼들이 다른 사람의 돈을 가로채 먹는 수법은 현혹하는 것인데 대개 돈 욕심에 덜컥 나서게 되는 경우입니다. 사기꾼들이 이런 사람들을 유혹하는 수법은 간단합니다. 아무 이유 없이 큰 이익을 줄 것처럼 말하는 사람을 구별해야 합니다.

34

보험 사기 환자

동아일보   그대여 어리석고도 또 어리석은 이여   2016년 10월 14일

보험 사기 의심 환자뿐 아니라 이들의 사기를 눈감는 병원의 실체가 건강 보험 심사 평가원 빅데이터 분석으로 처음으로 확인됐다는 보도가 있었습니다. 동아일보 2016년 10월 14일 금요일자 14면 보도 내용입니다.

39번의 교통사고, 그때마다 교통사고가 발생한 장소와 상관없이 특정 병원 2곳만 찾아가 진료받은 김 모 씨가 자동차 보험을 이용한 사기 행각을 벌였고, 병원도 보험 사기를 방조하거나 도왔을 가능성이 높다는 보도입니다. 교통사고를 여러 번 겪은 환자는 2013년 7월~2016년 6월까지 10~19회 857명, 20회 이상 78명 등 935명에 달해 병원 수익을 위해 보험 사기 의심 환자를 적극 활용하는 양심 불량 도덕 불감증 병원이 있다는 사실이 지적됐다는 것입니다.

수법도 갈수록 진화하면서 2015년 보험 사기로 적발된 금액이 6,549억 원에 달했다고 합니다. 정부는 자동차 보험 진료비 심사 자료를 활용해 보험 사기 의심 환자와 병원을 찾아내는 보험 사기 빅데이터 정보 공

유 체계를 구축하는 방안을 마련 중이라는 보도입니다. 보험 사기 의심 병원을 파악하면 사기 유형을 분석할 수 있고, 해당 유형을 보험 지급 대상에서 제외함으로써 선량한 피해자를 줄일 수 있다는 것입니다.

아무 일도 하지 않으면서 돈을 갉아먹으려는 보험 사기꾼들의 양심 불량 행태가 낱낱이 드러나 도로에서 함부로 날뛰는 일이 없어졌으면 하는 바람입니다.

춘치자명(春雉自鳴)이라는 사자성어는 봄철에 꿩이 저절로 운다는 뜻으로 시키거나 요구하지 않아도 때가 되면 스스로 한다는 것입니다. 저절로 도로 교통법에 따라 잘 운행하는 차를 고의로 들이받으며 보험 사기를 쳐 돈을 갈취하는 악당들이 있다니 너무나 고약한 세태입니다.

저절로 굴러가게 내버려 두어도 되는데 일부러 교통사고를 내는 것은 너무도 **'어리석고도 또 못된 짓'**이라고 할 수 있겠습니다.

35
필러 부작용

방학과 휴가철이 되면 성형을 하려는 사람이 는다고 합니다. 미용 성형에 보톡스와 필러, 실리콘젤 등이 사용된다고 합니다. 얼굴을 예쁘게 하려고 또는 가슴이나 엉덩이, 종아리 볼륨 확대를 위해 쓰인다고 하는데 필러 부작용이 심각하다고 합니다.

성형으로 쓰이는 필러가 상대적으로 가격이 제일 싸다고 하는데 부작용으로 염증, 피부 괴사, 통증, 시력 감소 등이 발생할 수 있다는 것입니다. 혈관이 많이 분포된 부위에 시술할 때 심각한 부작용이 발생할 수 있다는 것입니다.

전문가는 주사기만 있으면 쉽게 필러 시술을 할 수 있어 사용하지 말아야 할 부위에까지 무분별하게 쓰이는 사례가 있는데 안전성이 검증되지 않은 수술을 감행하다가 부작용에 시달릴 수 있으니 수술받기 전 꼼꼼하게 점검하는 각별한 주의가 필요하다고 조언했다고 합니다. 동아일보 2015년 7월 28일 화요일자 14면 사회면 보도 내용입니다.

식품 의약품 안전처 자료에 따르면 성형용 필러 부작용 신고 건수가 2013년 73건이던 것이 2017년 102건으로 대폭 늘었다는 보도입니다.

예뻐지는 것은 좋지마는 값싸게 성형 수술을 하려다 부작용으로 오히려 얼굴이 이상하게 변하는 성형 부작용을 부르다니 놀라울 뿐입니다.

결국, 값싼 성형을 하려다 얼굴을 괴사시킨다니 정말 **'어리석고도 또 어리석은'** 사례입니다.

조문상덕(彫文喪德)이라는 사자성어가 있습니다. 티가 없는 옥에 글자나 무늬를 새기는 것은 도리어 훌륭한 옥의 따뜻함과 윤택한 덕을 상하게 한다는 것입니다. 가만히 놓아두면 자연미가 생기고 자연적으로 아름다움이 유지되는 것인데 오히려 손을 대면서 자연미가 없어지고 오히려 더 흉하게 변형되는 일이 많습니다.

늙어지면서 자연스럽게 노년 미가 나오면 좋은데 오히려 변형되는 일이 많습니다. 거기에다 성형 부작용까지 생기면 그야말로 선풍기 아줌마처럼 성형 괴물이 되기 쉽습니다.

예전에 보도된 적이 있는 선풍기 아줌마 사건은 성형이 얼마나 무서운 것인지 알게 해줍니다.

본명이 한혜경 씨인데 처음 사각 턱을 갸름하게 만들고 싶다는 생각에 거듭 성형 수술을 받았고 급기야 자신이 직접 주사기를 이용해 유해 물질을 얼굴에 투여했다는 것입니다. 이후 얼굴이 부풀어 오르며 돌이킬 수 없게 얼굴이 비대해지는 부작용에 시달렸다는 것입니다.

그런 이유로 우울증에 걸렸고 경제적으로도 어려움에 처하게 됐다는 것입니다. 기초 수급자로 생활하다 2018년 사망했다고 합니다. 젊었을 때는 뚜렷한 이목구비로 누구보다도 예뻤고 가수로 활동하며 일본에서도 공연했다는 소식입니다.

36
성형 지원 대출 광고

유흥업소에서 일하던 여대 학생이 얼굴을 예쁘게 해 돈을 더 벌 생각으로 성형 지원 대출 광고를 보고 오뚝한 코와 갸름한 턱선 성형 목적으로 1,000만 원이 넘는 대출을 받았는데 쉽게 빚을 갚을 줄 알았지만 실제로는 매달 원금과 이자로 100만 원이 가까운 돈을 갚기가 버거웠다고 합니다.

동아일보 2017년 7월 11일 화요일자 12면 사회면 보도 내용입니다. 대출금 상환이 밀리자 대부업자는 여학생을 협박했고 음란 방송에 나가거나 성매매를 해서 빚을 갚으라고 강요했다는 것입니다.

이같이 유흥업소 여종업원에게 성형 수술을 미끼로 고금리 대출을 해주고 폭력과 협박을 한 일당이 경찰에 붙잡혔다는 보도입니다. 무등록 대출업체를 운영하며 수백 명에게 법정 이자율을 초과한 이자를 뜯어낸 대부업자 2명이 구속됐고 관계자 20명이 불구속 입건됐다는 보도입니다. 이들로부터 성형 수술 여성을 소개받고 수수료를 건넨 성형외과 원장 등

3명도 의료법 위반 혐의로 불구속 입건됐다고 합니다.

378명에게 55억여 원을 빌려주고 수술을 받도록 했다는 것인데 연 25%인 법정 이자율보다 높은 34.9%의 이자율을 적용했다는 것인데 병원은 수술받는 여성 1명마다 수술비의 30%를 수수료로 건넸다는 것입니다.

대부업자 일당은 19억 원가량의 이자와 알선 수수료를 챙겼다고 합니다. 피해자들은 대부분 유흥업소 종사자로 20대 초반 여성이었고 성형을 하면 예뻐져 대우를 받을 수 있다거나 인터넷 검색을 통해 업소를 알게 됐다고 합니다.

대부업자는 그렇다고 하더라도 여기에 의사도 연루됐다니 안타깝습니다. 의료인이라면 고등 교육을 받아 직업 윤리가 있어야 하는데 고리 대부업자와 결탁해 젊은 여성을 등친 사례가 되고 말았습니다. 유혹에 넘어가 거금을 주고 성형 수술을 받는 여성들도 결국 성형 부작용이 만만치 않아 돈도 잃고 얼굴의 자연미도 잃게 되는 **'어리석은 짓'**을 하게 되는 셈입니다.

37
권한 남용

　개인 목적을 위해 위법하게 지위를 악용하는 사례가 끊이지 않는다는 보도가 있었습니다.

　2016년 6월 9일 목요일자 서울경제신문 31면 보도 내용을 보면 그 전말을 자세하게 알려 주고 있습니다. 호가호위, 자치 단체장의 높은 지위에 그 부인들이 사리 분별을 못 하고 부당 행위를 하고 있다는 것입니다. 모 시장의 부인은 시장 유럽 출장 때 시비로 부인 항공권 858만 원을 부담했고, 모 시장 부인의 종교 활동에 업무용 차량과 운전기사를 제공했고, 모 지사 부인의 개인 행사에 지방 공무원을 수행 요원으로 동원했고, 모 군수 부인의 서명 운동에 공무원과 관변 단체를 동원했고, 모 시장 부인의 개인 행사에 시청 여성 공무원을 출장 지원했다는 것입니다. 이 같은 내용은 지자체장 부인들의 과도한 권한 남용으로 비난받아 마땅합니다.

　정부 관계자는 지자체장 부인의 사적인 행위에 예산을 지원하거나 공무원을 동원하는 것은 위법 부당하다고 지적했다고 합니다.

남편의 지위에 편승해 관용차를 마치 내 차처럼 타고 다니며 위세를 부렸을 것을 생각하면 그런 것을 허용하는 우리 사회가 너무나 한심스럽다는 생각이 듭니다. 사자성어를 찾자면 남의 위세를 빌려 방자한 행동을 하는 것을 호가호위(狐假虎威)라고 하는데 여우가 범의 위세를 빌려 행동한다는 뜻입니다.

38
분노 충동 살인 타인을 파괴한다

동아일보   그대여 어리석고도 또 어리석은 이여   2017년 6월 19일

2017년 6월 초 지방의 아파트에서 일어난 충격적인 사건입니다. 아파트 13층에서 밧줄에 매달려 보수 작업을 하던 사람을 주민이 시끄럽다며 밧줄을 끊어 버려 숨지게 했다는 보도입니다. 동아일보 2017년 6월 19일 월요일자 12면 사회면 보도 내용입니다.

일하던 사람은 부인과 자녀 5명이 있었는데 하루아침에 가장을 잃게 됐다는 것입니다. 건강 보험 심사 평가원 자료에 따르면 충동을 제어하지 못해 치료받는 사람이 2009년 3,720명, 2014년 5,544명에 이르렀다는 보도입니다.

또 다른 사건은 인터넷 속도가 느리다며 불만을 가진 원룸에 살던 사람이 인터넷 수리 기사에게 고성을 지르며 무차별 흉기를 휘둘러 살해했다는 보도입니다. 인터넷 수리 기사는 노모를 모시며 아들과 딸의 대학 생활 뒷바라지를 하던 성실한 가장으로 열심히 일하며 직장을 다니던 터였다는 것입니다.

두 사건 모두 피해자가 유흥을 일삼으며 일없이 지내던 사람이 아니라 성실히 일하던 사람이라 너무 안타깝다고 하겠습니다. 살해 이유도 너무 사소한 것이라 어이가 없다고 하겠습니다. 범인들이 순간적인 충동으로 이런 **'어리석은'** 짓을 벌였다고 하는데 사람이 우선 인간다워야 한다는 말이 새삼스럽습니다.

아무리 학교 공부를 열심히 하고 성적이 좋고 돈이 많다고 해도 먼저 사람다워야 한다. 인격–인성을 갖춰야 한다는 사실입니다. 학교 다닐 때 선생님들이 강조하신 말씀이 있었습니다. 먼저 인간이 되라는 말씀이십니다. 출세도 좋고 돈 많이 버는 것도 좋지만 먼저 인간다운 인성이 없다면 모래 위에 성을 쌓는 셈입니다. 사회 유명 인사가 하루아침에 나락으로 떨어지는 경우가 그렇습니다.

'어리석은' 짓을 벌인 두 사람입니다. 착한 마음을 가지면 대상이 누구든 착하게 대할 것입니다. 악의, 적의를 가지고 사람을 대하면 세월이 지나가면 아무것도 아닌 것에 대해 화를 내며 나쁜 짓을 벌이게 됩니다.

반사회적 인격 장애를 가진 사람(사이코패스)을 진단하는 테스트가 있다는데 항목을 보면 다른 사람을 잘 속이고 깊이 없는 인간관계를 가지며, 죄책감이 없고 공감 능력이 결여돼 있으며, 무책임하고 충동적인 생활을 하며, 어릴 때부터 반사회적 행동을 한다는 것입니다.

동아일보 2016년 1월 29일 금요일자 12면 사회면 보도 내용을 보면 트렁크 시신 살인범 김일곤이 법정에서도 유가족을 모욕하는 등 대상을 안 가리는 분노의 시한폭탄이어서 연쇄 살인범 유영철보다도 더 독한 사이코패스라는 것입니다

사이코패스 체크 리스트에서 김일곤은 점수가 너무 높게 나왔다는데 그 같은 사이코패스 성향을 가진 사람들은 타인의 고통에 냉담하고 거리

낌 없이 살인을 저지르며, 강자에게 약하고 약자에게는 강한 성향이 있어 약한 사람에게 유독 잔혹한 화풀이를 한다는 것입니다

김일곤을 진단한 범죄 행동 분석관(프로파일러)은 연쇄 살인범 강호순, 유영철보다도 더 지독한 살인범이 김일곤이라며 유영철과 강호순은 부유층이나 여성 등 특정 대상을 골라 범죄를 했지만, 김일곤은 대상을 가리지 않고 분노를 표출한 성향이 있고, 어릴 적 가출을 해 범죄로 삶을 이어 가며 피해 의식과 사회에 대한 증오를 키워 사소한 일에도 충동 조절이 불가능한 시한폭탄 같았다고 분석했다는 것입니다.

김일곤은 아무 연루도 없는 여성을 납치해 여성이 반항하자 살해하고 시신을 잔혹하게 훼손해 차 트렁크에 싣고 도피 행각을 벌이다 차량에까지 불을 지른 잔혹한 살인마라는 보도였습니다.

우리 사회가 금품 성욕 원한 같은 뚜렷한 동기 없이 아무 관련도 없는 대상을 노린 이상 범죄 시대로 들어섰다는 보도가 있었습니다.

보도는 자신이 겪는 불행한 감정을 타인을 파괴하는 데서 풀려는 잔혹한 감정을 드러내는 이상한 범죄가 늘어난다고 전했습니다.

이상 범죄자들의 특징은 불특정 대상 중 주로 여성을 공격하고, 차량 파손 등 전조 현상을 보이기도 하는데 약한 상대를 정확하게 골라내는 비열함이 이상 범죄자의 속성이라는 것입니다.

분노 충동에 휩싸여 이성을 잃은 상태에서도 정확하게 자신보다 약한 사람을 고르는데 바닥에는 자기 보호 본능이 깔려있다는 것입니다.

이상 범죄는 묻지마형, 분노 충동 조절 실패형 등 유형이 있다는 보도입니다. 자세한 내용은 동아일보 2016년 5월 28일 토요일자 4면과 5면에 실려 있습니다.

예전에는 원한 치정 등 범행 동기가 뚜렷했으나 지금 시대에는 분노 충동 범죄가 빈번히 일어나고 있다고 합니다. 길에서 우연히 마주친 여성을 살해한 40대 남성은 가출한 아내와 닮은 게 싫었다는 이유가 되지 않는 해명을 했습니다. 순간적 분노를 못 참고 끔찍한 행동을 하는데 정신 질환이 아닌 경우도 적지 않다는 것입니다.

우리의 이웃이 돌변해 세상을 향한 적개심을 드러냅니다. 세상이 점점 더 삭막해지고 **빡빡한** 상태로 여유가 없어지는 것 같은 느낌입니다. 서로 이해하고 보호하는 미덕이 아니라 서로 해치고 괴롭히는 이상하고 **'어리석은'** 사회로 가고 있다니 너무나 답답합니다. 하루빨리 공동체로 서로 다독이는 사회로 나갔으면 하는 바람입니다.

사자성어에 천도불용(天道不容)이 있습니다. 하늘은 공정해서 악인을 용서하지 않는다는 것입니다. 착하게 살며 하늘의 뜻을 거스르지 않으면 지금은 불편하더라도 언젠가는 평안한 날이 꼭 오고야 말 것입니다.

39

건강 보험 악습

건강 보험 부당 청구로 적발돼 건강 보험 공단이 환수하기로 결정한 금액이 2009년 기관 수 50,411곳에 448억 9,200만 원이었던 것이 2016년에는 기관 수 16,435곳, 6,204억 3,100만 원이었다는 보도입니다.

비양심적인 병의원, 한의원, 약국이 요양 급여를 부당하게 타내는 수법은 건강 보험이 적용되지 않는 비급여 진료비를 환자에게서 받은 뒤 건강 보험 공단에서도 요양 급여를 이중 청구하는 게 대표적인 수법이라는 보도입니다.

동아일보 2017년 1월 17일 화요일자 12면 사회면 보도 내용입니다.

진료 기록부를 조작해 부당 청구하는 경우도 있는데 미적발 부당 청구액을 추산하면 2조 원을 넘는 어마어마한 액수일 것이라는 보도입니다.

공단이 방문 확인 적발한 것은 빙산의 일각일 것이라는데 이 정도이면 의료인들의 비양심이 적나라하게 드러난 것이라는 생각입니다.

겉으로는 생명을 보호한다는 번드르르한 일면만 보이고 속으로는 이익을 타내려는 검은 속마음이 그대로 드러나 너무나 처참한 이중인격 양심 불량 의료인의 모습이라는 생각입니다.

거기에다 부당 청구 조사 권한을 놓고 공단과 의료계가 갈등을 보이고 있는 데다 공단이 권한을 행사하려고 하면 의료계가 반발해 공단의 권한 강화가 쉽지 않다는 보도입니다.

국민에게는 세금과 다름이 없는 건강 보험료가 부당하게 쓰이는지 최소한의 감시조차 받지 않으려는 의료계를 납득할 수 없다는 전문가의 의견입니다.

건강 보험 재정을 흔드는 악습의 근절책이 시급하다는 보도 내용입니다.

40
정신 감정 신청

동아일보   그대여 어리석고도 또 어리석은 이여   2015년 12월 15일

치료 감호소인 국립법무병원에 정신 감정을 요청한 건수가 2009년 537건이던 것이 2013년에는 722건으로 늘어나 피고인들이 정신 감정을 마구잡이로 신청하고 있다는 보도가 있었습니다.

동아일보 2015년 12월 15일 화요일자 12면 사회면 보도 내용입니다.

갑갑한 교도소를 떠나 환자 취급을 받으며 상대적으로 자유로운 수용 생활이 가능한 점을 이용해 정신 감정을 희망하는 피고인들이 적지 않다는 보도입니다. 피고인의 책임 능력이나 행위, 증언 능력 등을 판단하기 위해 정신 장애 여부와 정도를 진단하는 정신 감정은 결과에 따라 심신 장애로 판단되면 처벌을 면하거나 감형될 수 있다는 것입니다.

살인 성폭행 등 강력 범죄를 저지른 피고인들이 정신 감정을 요청하는 건수가 늘면서 국내 한 곳뿐인 공주 치료 감호소의 과밀화 우려가 제기된다는 보도입니다.

피고인 입장에서는 콧바람을 쐬는 데다 재판은 늦추어지고 정신 감정

기간이 형에도 포함돼, 교도소에서 보내는 수감 기간이 줄어들 수 있고, 이런 도피성 수요를 간파한 변호사들이 일종의 변호 전략으로 피고인들에게 정신 감정 요청을 부추기는 경우도 있다는 보도입니다.

보도를 보면서 흉악 범죄자가 수감 기간을 감소시키려는 의도가 있는 것을 알게 됩니다. 죄를 저질렀으면 죄를 반성하는 자세를 갖는 것이 아니라 오히려 더 간악한 방법으로 죄를 경감시키려 하고 있다니 개탄스럽다고 하겠습니다. 간악한 범죄와도 같은 이런 사태를 막지 못하는 **'어리석은'** 사회가 되지 않아야 합니다.

3장

여유 없는 삶

41
갓난아이 시신

2명의 여자 갓난아이를 돌보지 않아 숨지게 한 생모가 경찰에 붙잡혔다는 기막힌 보도가 있었습니다. 동아일보 2017년 6월 19일 12면 사회면 보도 내용입니다. 자신이 낳은 2명의 여자 아기 시신을 냉장고에 보관하던 30대 여성이 영아 살해 및 시체 유기 혐의로 구속 영장이 신청됐다는 보도입니다.

이 여성은 검정 비닐봉지에 아기 시신을 담아 냉동 보관했다는데 첫 번째 아기는 아기를 낳았지만 키울 여력이 안 돼 방치해 숨겼고 두 번째 아기는 혼자 출산 직후 기절해 2시간 정도 지난 뒤 깨어 보니 숨져 있어 냉동실에 보관했다는 진술입니다. 여성의 진술이 처연하고 안타깝습니다. 지혜가 있는 처신이라면 주위 도움을 받았어야 한다는 생각입니다. 너무 자신의 안위, 비밀을 지키려다 오히려 더 큰 화를 입게 되었습니다.

아기 시신을 냉장고에 유기한 사례는 서울 서래마을에서 프랑스 여성이 자신의 아기 둘을 살해해 냉동실에 보관한 이후 두 번째라고 합니다.

사람이 일생을 살면서 평안하게 순조롭게 평탄하게 지내면 괜찮겠지만 그렇지 않은 사건이 너무 많이 일어납니다. 무슨 큰 실수를 하거나 많이 다칠 때, 아니면 일이 잘 풀리지 않을 때, 어그러질 때는 공교롭게 일이 겹치며 문제가 일어납니다.

동아일보 2016년 1월 18일 월요일자 12면 사회면 보도입니다. 초등학생 아들의 시신을 훼손해 냉동 보관했던 사건의 부모가 구속됐다는 믿기 어려운 사실입니다.

초등학교 입학 두 달 뒤부터 아동이 등교하지 않아 경찰 교육청 학교 관계자 사회 복지사 등이 추적을 했는데 이 아동의 여동생이 부모가 오빠를 버린 것 같다는 진술을 해 경찰의 조사 끝에 이 아이의 아버지 34살 최 모 씨를 검거했다는 것입니다. 경찰에서 씻기 싫어하는 아들을 강제로 욕실에 끌고 가는데 넘어져 의식을 잃은 것을 장기간 방치해 숨졌다고 진술했다는데 게임 아이템을 판매하는 최 씨가 평소 폭력을 휘둘렀고 아들이 숨지자 발각될까 두려워 시신을 훼손하고 말았다는 보도였습니다.

이 아들은 장기 결석 상태로 4년간 방치됐었는데 2015년 12월 인천 아동 학대 사건을 계기로 장기 결석 아동에 대한 전수 조사를 시작한 뒤에야 해당 학교에서 추적에 나서 발각됐습니다. 아들이 숨진 뒤에도 주위 사람들에게 자녀는 한 명뿐이라며 아들의 사망 사실을 철저히 숨겼다고 합니다. 이 보도를 보면서 생명이 이 세상에서 최우선 가치로 여겨져야 하는데도 이 아이의 아버지는 몰라도 너무 몰라서 공부를 한참 더 해야 한다는 생각이 듭니다.

2023년 여름 전국에서 영아, 유아 유기 살해 사건이 여럿 드러나 사회에 큰 충격을 주었습니다. 아이 출산 숫자가 줄어든다는 사실의 이면에 이런 사실이 드러나며 너무나 실망스러운 일이고 거기에다 당연히 보호되면서 양육되어야 할 아이들이 어처구니없이 숨졌다니 너무 '**어리석고도 어리석은**' 사회의 일면이 드러났다고 하겠습니다.

동아일보 2023년 6월 23일 금요일자 5면 보도 내용입니다. 아이를 숨지게 한 미혼모는 무서웠고 경제적으로 어려웠다고 증언했습니다. 2023년 6월 22일 울산 남구 아파트단지 쓰레기장에서는 영아 시신이 발견됐다는 보도인데 환경미화원이 쓰레기를 수거 차량에 싣다가 알몸 상태로 버려진 영아를 발견하고 경찰에 신고했습니다. 경기도 수원에서는 친모가 영아 2명을 시기가 다르게 출산 후 살해해 냉동고에 보관했다가 영아 살해 시신 유기 혐의로 구속 영장이 신청됐고 경기도 화성에서는 친모가 출산 직후 인터넷을 통해 제삼자에게 넘겨 아동 복지법 위반 혐의로 형사입건됐습니다. 경상남도 창원에서는 생후 76일 여자아이가 영양 결핍으로 사망해 아동 학대 치사 혐의로 미혼모가 구속됐다고 합니다.

2015~2022년 출산 기록은 있지만, 출생 신고가 안 된 아동 2,236명을 전수 조사하겠다는 발표가 있어 놀랄 수밖에 없었습니다. 영유아 건강 검진 기록 등을 활용해 출생 신고가 안 된 아동을 대상으로 위기 아동을 발굴한다는 것입니다. 참으로 이해할 수 없는 일들이 현대에서도 일어나고 있습니다. 숨길 수 없는 사안인데도 이런 일들이 밝혀지고 있다니 '**어리석고도 또 어리석은**' 사회입니다.

42

길게 줄 선 노숙인

동아일보　　　　　　그대여 어리석고도 또 어리석은 이여　　　　　　2015년 12월 15일

2015년 12월 14일 서울역 광장에서는 노숙인들이 점퍼를 받으려고 길게 줄을 서서 기다리고 있는 모습의 사진 보도가 있었습니다. 동아일보 2015년 12월 15일 화요일자 12면 사회면 사진입니다. 봉사 단체인 사랑의 쉼터가 겨울 추위에 떠는 노숙인들을 위해 점퍼를 무료로 나누어 주자 노숙인 등이 길게 줄을 서서 기다리고 있었다고 합니다.

오전 8시 30분부터 2시간여 동안 진행됐는데 점퍼 500벌, 핫팩 1,000개, 빵 2,000개 등을 전달했습니다. 2016년 초까지 매주 월요일 서울역 광장에서 노숙인 등 불우 이웃을 위해 무료로 물품을 나누어 주는 행사가 열린다고 합니다.

사진에 보이는 사람들은 대개 남성이었는데 시간 가는 줄 모르고 길게 줄을 서 점퍼를 받으려는 모습에 추위뿐 아니라 궁핍한 현실을 알 수 있어 쓸쓸한 감이 듭니다. 모두가 잘사는 세상을 꿈꾸지만 현실은 동떨어져 추위와 궁핍이 기다리고 있으니 인생은 너무나도 얄궂습니다.

43
무기 생산 판매

서울경제신문　　　　　그대여 어리석고도 또 어리석은 이여　　　　　2017년 6월 16일

　　2017년 6월 16일 금요일자 11면 국제면 서울경제신문 보도입니다. 사우디아라비아 등 이웃 국가와 도널드 트럼프 미국 대통령으로부터 테러 지원국이라는 낙인이 찍힌 중동 국가 카타르가 미국과 120억 달러 상당 거액의 무기 구매 계약을 체결했다는 것입니다. 미국 국방성은 카타르와 미국산 전투기를 판매하기로 계약을 체결했는데 이것은 트럼프 대통령이 사우디아라비아, 아랍에미리트 등 중동 국가들의 카타르 단교 조치를 자신이 유도했다고 밝히며 카타르가 테러 조직에 자금을 지원하고 있다고 비난한 가운데 이루어졌습니다.

　　정부와 무기 산업체가 연대를 이루어 무기를 세계에 판매하면 무기를 사들인 국가는 국방력이 강력해지는 것과 맞물려 맞서는 상대 국가에 무력을 사용할 수 있는 힘이 생기고 무기를 판매한 업체는 막대한 이익을 얻게 됩니다. 상대적으로 평화와 안정을 바라는 사람들은 무기 판매를 반대할 것이 분명하게 됩니다. 물론 이런 문제는 복잡하고 말로 설명할 수

없습니다. 국가를 이끄는 지도부는 정치 자금 등 통치 금액이 상당량 있어야 합니다.

미국이 카타르에 테러 지원국이라는 오명을 덮어씌운 가운데 무기를 판매했다니 이해하기 어려운 국제 문제를 보게 됩니다. 2017년뿐 아니라 2023년 세계의 현실은 비슷합니다. 우크라이나 러시아 전쟁으로 무기가 대량 생산 판매되면서 무기 수출 수입이 늘고 있는 실정입니다. 대구경 대포에서 발사한 포탄이 공중을 날고 있고 첨단 무기 미사일이 세계 곳곳에서 궤적을 그리고 있다니 평화를 바라는 사람들의 마음을 찢어 놓습니다.

2023년 3월 3일 금요일자 동아일보 8면 외교·안보 면을 살펴보면 전에 알지 못했던 가공할 신종 무기의 이름을 알게 됩니다. 보도를 보면 군이 2023년 3월 초까지 진행되는 티크나이프 한미 연합 특수 작전 훈련에 참여한 미국의 최신예 건십인 고스트라이더가 한반도 상공에서 실사격 훈련을 하는 장면을 공개했다는 보도입니다. 지상 표적에 분당 수천 발의 포탄 비를 뿌리고 정밀 타격도 가능한 고스트라이더의 한반도 전개는 이번이 처음이라는 내용입니다. 합참이 공개한 훈련 영상에는 전라북도 군산 앞바다 직도 사격장에 레이저 유도 폭탄과 공대지 유도 미사일, 기관포, 곡사포 등을 퍼붓는 모습이 담겼다는 보도입니다. 미사일과 기관포, 곡사포가 표적에 명중될 때마다 직도 사격장에는 거대한 화염과 포연이 휘몰아쳤다는 보도입니다.

2022년 2월 24일은 인류가 벌인 전쟁의 또 하나의 기록을 남긴 날입니다. 러시아의 우크라이나 침공 날짜입니다. 2022년 9월 30일은 러시아가 도네츠크와 루한스크 등 우크라이나 영토 4곳을 합병한 날짜입니다. 12월 7일에는 블라디미르 푸틴 러시아 대통령이 핵전쟁을 암시하는 최악의 전쟁 상태로 돌입했습니다. 2023년 1월 25일에는 미국과 독일이 우크라이나에 전차 지원을 결정했고 2월 20일에는 바이든 미국 대통령이 우크라이나 키이우를 방문해 본격적으로 국제 세계 전쟁으로 비화했습니다. 푸틴 대통령은 북대서양 조약 기구가 러시아의 안전 보장을 위협한다며 서방 앞잡이가 된 우크라이나가 러시아인과 러시아 문화를 말살한다며 침공 명분을 내세웠다고 합니다.

우크라이나는 미국과 유럽에서 지원하는 막대한 무기와 경제 지원으로 러시아와 전쟁을 벌이고 있는데 발전소와 변전소 등 중요 국가 시설이 파괴되는데도 러시아 공격을 버티고 있다고 합니다. 시원 무기인 서방의 내전차 미사일, 중거리 정밀 타격 무기 등을 동원해 자포리자 등 빼앗긴 점령지를 탈환했다는 전언입니다.

이는 세계에 영토 야심을 가진 국가가 무력을 내세워 국경선을 침공하는 암울한 시대가 다시 찾아왔다는 것으로 평화를 바라는 군비 축소가 아니라 군비 확충에 나서며 살상 무기를 다시 대량 생산하게 하는 비극이 다시 찾아오는 것입니다. 전쟁의 영향으로 원유 천연가스 등 에너지 가격이 폭등했고 곡물 가격도 크게 올랐습니다. 최악의 물가 상승 사태를 맞은 것으로 정책 금리가 크게 뛰면서 반대로 부동산 주식 가격이 급락하는 사태를 맞게 됐습니다.

2023년 3월 현재 우크라이나 루한스크 지역에서 교전 중인데 양측 사상자가 우크라이나가 119,000명 이상이고 러시아는 10만 명 이상이라는 것입니다. 소모전이 벌어지면서 사상자가 계속 늘어날 것이라고 합니다.

전쟁으로 파괴된 문화 유적지는 2023년 3월까지 239곳이나 되고 파괴된 학교가 3,000곳, 농업 부문 손실이 340억 달러나 된다고 합니다.

살상 무기인 전투기 폭탄 대포 생산 판매 등은 평화 안정 평온을 바라는 대다수 국민들의 생각과는 동떨어진 것입니다. 전쟁이 일어나면 애꿎은 젊은이들이 전투에 휘말려 목숨을 잃게 되고 가족이 애통해합니다. 무기 생산 판매 대신 산업 현장의 생산, 농업 생산, 건설에 힘쓰면 세계 평화가 이루어지고 우리나라도 평화 통일이 될 수 있는 싹이 보일지도 모릅니다. 인류와 세상에 존재하는 모든 생명체는 영원히 지나가는 시간 속이 지구의 유일 개별 생명체들입니다. 모두 평화롭게 잘 살기를 바랍니다. 어쨌든 사람을 살상케 하는 전쟁이나 무기 생산 판매는 결국 **'어리석고도 또 어리석은'** 일입니다.

유럽 연합이 러시아 우크라이나 전쟁으로 러시아에 맞서는 형국이 됐습니다. 그중 폴란드가 우크라이나에 들어가는 서방 무기의 보급 기지가 되고 있다는 보도입니다. 조선일보 2023년 6월 14일 수요일자 18면 보도 내용입니다. 서방 무기가 폴란드 제슈프와 헤움 등 폴란드 동부 국경 도시를 통해 우크라이나로 가는데 장갑차, 자주포, 다연장 로켓 발사대 등의 수리를 하는 곳도 폴란드에 있다는 보도입니다.

44
여유 없는 삶

"법적으로 개인 사업자로 분류되는 특수 고용 노동자에게 노동 시간 규제는 의미가 없다. 다만 거래처의 노동 시간이 늘어나면 이들의 노동 시간도 길어진다."

경향신문 2023년 4월 12일 수요일자 12면 기획면 보도 내용의 한 부분입니다. 화물차 기사 51살 김상범 씨의 1주일 차량 운행 기록(2023년 3월 20일에서 3월 25일 디지털 운행 기록 장치)을 살펴보니 총 노동 시간이 106시간 4분이었다는 보도 내용입니다.

화물차 기사의 말에 따르면 월요일 속옷 5장 챙겨 나와 토요일 귀가한다는 것으로 한 번 운전대를 잡으면 3~4시간 쪽잠을 자며 20시간 운행한다는 것인데 한국 평균 노동 시간의 2배입니다. 주 80시간 이상 마루 시공 노동자는 노동자인데도 개인 사업자 취급을 받고 있고 장시간 노동인데 임금은 오르지 않고 있습니다. 신문은 인건비 현실화와 노동 시간 단축을 위한 정책이 절실하다고 비판했습니다.

또한, 신문은 주 69시간이 무의미한 노동자들을 취재하며 살인적 노동량에 시달리는 특수 고용 노동자의 과로를 고발했습니다. "우리도 엄연한 노동자이다. 사람답게 살고 싶다"는 노동자의 말이 너무나 처연합니다. '남들의 2배 일하고 1시간에 만 원 번다'는 노동자의 사정이 실렸고 '52시간 일하고 비로소 벚꽃 핀 줄 알았다'는 노동자의 말과 노동 시간 사각지대 해소를 바란다는 노동자의 말도 신문은 소개했습니다.

살인적인 집값과 취업난, 경쟁이 일상화된 사회에서 사람들이 여유를 잃어 이웃 간 갈등이 늘어나고 있는데 갈등 해결 방법으로 사소한 마찰에도 경찰을 부르는 경향이 늘어나고 있다는 보도입니다.

2016년 8월 4일 목요일 서울경제신문 31면 사회면 보도 내용입니다. 이웃 간 사소한 갈등에도 대화와 타협을 통해 해결하던 예전과는 달리 경찰이나 지방 자치 단체의 공권력을 통해 해결하려는 경향이 늘어나고 있다는 것입니다. 그런데 예전 방식으로는 갈등을 못 푸는 사회로 변화하면서 이제는 공신력 있는 분쟁 조정 센터를 마련해 이웃 간 갈등을 해결하는 방식으로 바뀌어야 한다는 내용입니다.

현대 사회로 변화하기 전 예전에는 이웃 간 서로 왕래가 잦아 이웃이 서로 화기애애하게 지내던 때가 있었지만, 사회가 변화하면서 이웃에 관심도 없고 이해도 못 하는 사회로 점점 여유가 없는 빡빡한 상태로 되는 것 같아 쓸쓸하기만 합니다.

이웃을 이해하지는 못하더라도 서로 오해하지는 말아야 하는 사회가 되어야 할 것 같습니다.

사자성어에 선악수연(善惡隨緣)이 있습니다. 선과와 악과가 인연에 따라 생긴다는 것입니다. 사회에서 좋은 일을 많이 하면 필연적으로 좋은 일이 많이 따르고 나쁜 일을 하면 좋지 않은 일이 따르게 된다는 것입니다. **'어리석은'** 것 중 하나가 나 자신만의 이익을 따지려는 태도입니다. 세상에는 좋은 말이 많이 있습니다. 그 말을 의심하지 않고 따르면 일이 잘 풀리고 인생도 풍요로워지게 됩니다.

우리나라 직장인들의 절반 이상이 신체적 정신적으로 건강한 상태가 아닌데도 직장에 출근하는 것으로 나타났다는 보도가 있었습니다. 중앙일보 2023년 4월 12일 수요일자 5면 이슈면 보도 내용입니다.

아파도 출근한다는 것이 직업 윤리로 인식돼 노동 문제로서 관심을 받지 않았다며 노동자들의 삶의 질과 미래의 고용에 위험이 되고 업무 능력 저하로 인해 발생하는 사회적 간접 비용이 크므로 사회적으로 중요한 문제라는 것이 전문가의 지적이라는 보도 내용입니다.

신희주 가톨릭대 사회학과 교수는 유급 병가 제도의 제도화를 강조했고 노동 조건의 근본적인 개선을 위해 현행 노동법이 적정 노동 시간, 작업장 자율성 확보, 충분한 작업 인력, 합리적인 임금 수준 등 노동자 권리 확보에 적절한 내용을 담고 있는지 논의가 필요하다며 직장 내 괴롭힘 방지 등 긍정적인 직장 문화를 뒷받침하기 위한 제도를 마련해야 한다고 제언했습니다.

45
미증유의 강간 살인

조선일보   그대여 어리석고도 또 어리석은 이여   2019년 1월 18일

1980년대 우리 사회에 전대미문 미증유의 연쇄 강간 살인 사건이 일어났었습니다. 이른바 화성 연쇄 강간 살인 사건입니다. 이 지역이 완전히 얼어붙은 상태로 공포에 떨며 숨죽이던 때였습니다. 화성 연쇄 살인 사건 10건이 공식 통계로 잡힌 것이었지만 실제론 그렇지 않았다는 사실이 밝혀졌습니다.

이 사실은 최신 첨단 과학 기술 방법으로 범인을 추적하는 기술이 있었기 때문입니다. 범인 이춘재는 희대의 색마, 악마라고 할 수 있습니다. 인간 이하의 색마, 인격 파탄자가 사람의 가면을 쓰고 지역을 활보했기 때문입니다. 결국, 범인은 잡혔고 그간의 이야기가 하나하나 밝혀졌습니다.

그중 하나가 이춘재 연쇄 강간 살인 사건이 일어났던 당시 화성 관내에서 발생한 유사 사건을 은폐하기 위해 피해자 유골을 은닉한 사실이 밝혀졌다는 충격의 소식입니다. 2019년 1월 18일 수요일자 조선일보 12면 사회면 보도입니다. 내용을 보면 자세한 전말을 알게 됩니다. 당시 경찰은

가족에게도 유골 발견을 알리지 않고 살인 대신 단순 실종 사건으로 수사를 종결했다는 것입니다. 이 때문에 화성 연쇄 강간 살인 사건 목록에서는 빠졌으나 이춘재가 검거되면서 자백을 한 계기로 전면 재수사를 하면서 사실이 밝혀졌다고 합니다.

1989년 화성 초등학생 실종 사건 피해자 8살 김 모 양의 유골 발견을 은폐한 혐의로 당시 화성 경찰의 형사계장과 형사 1명을 시신 은닉 증거 인멸 혐의로 입건했다고 합니다. 경찰이 무리하게 자백을 받아 내거나 가혹 행위를 한 사실이 확인된 데 이어 현장에서 나온 유골을 고의로 숨긴 사실까지 드러났습니다.

1989년 7월 경기도 화성군 태안읍 병점초등학교 2학년이던 피해자가 학교에서 귀가하다 실종됐는데 그 뒤 5개월 후에 12월 21일 병점5리 야산에서 옷가지 책가방 등이 발견됐습니다. 그런데 수사 경찰은 유류품 발견 사실을 가족에게 알리지 않았고 피해자 가족의 수사 요청도 묵살하고 실종으로 처리했다는 것입니다. 이춘재는 범행 당시 양 손목을 묶고 줄넘기 줄로 결박했다고 범행 당시 상황을 진술했다고 합니다.

화성 경찰이 실제 범인은 따로 있는데 엉뚱하게도 범인으로 지목한 8차 사건 윤 모 씨는 범인이 아니면서 억울하게 옥살이를 했습니다. 이 여파로 수원지방검찰청 담당 검사도 직권 남용, 체포, 감금 혐의로 입건됐고 당시 화성 경찰의 형사계장, 경찰관 6명도 직권 남용, 체포, 감금, 가혹 행위, 허위 공문서 작성 행사 등 혐의로 입건됐다고 합니다.

경찰은 화성 연쇄 강간 살인 사건 10건을 포함해 범인 이춘재가 자백한 14건 가운데 DNA가 확인된 9건도 입건했다는 보도입니다. 희대의 색마 살인마가 그 지역을 공포에 떨게 했다고 해도 과하지 않은 처참한 미증유의 사건이 일어났던 과거의 우리 사회의 어두운 일면입니다.

사회가 바로 이 사건을 해결하지 못했고 이런 어지러운 사회 분위기에 자신도 일부분 참여한 것이 아닌가 하는 회의가 드는 사건입니다. 일면 우리 사회의 일각이 여지없이 드러났습니다.

음욕은 마음이 혼란해지고 구속되고 얽혀지기 때문에 큰 죄가 된다고 성현께서 이미 2,500년 전에 말씀하셨던 것입니다. 지켜야 하는 계율 가운데 음욕을 첫째로 한 이유입니다. 자신의 행동이 마음의 의지대로 따라 주지 않을 때가 습기 버릇이 나타나는 것이라고 합니다. 행음(行淫), 행도(行盜), 살생(殺生), 망념(妄念)의 습성이 남아있기 때문이라는 것입니다. 음욕은 결국 **'어리석은'** 것입니다.

46

미성년 성 착취

미성년자 성 착취로 미국의 감옥에 갇혀 있던 성범죄자가 목숨을 스스로 끊었는데 그 범죄자는 헤지펀드 매니저 출신 억만장자로 수많은 유력 인사와 친분이 있었다는 보도입니다. 2023년 6월 14일 수요일자 조선일보 5면 내용입니다.

제프리 엡스타인이라는 이 사람은 미성년자들을 유인해 성 노리개로 삼았다는데 모델을 시켜 주겠다, 대학에 보내 주겠다는 등으로 유인했다고 합니다. 피해자가 125명에 달한다는 보도 내용인데 이 범죄자는 미국 버진아일랜드, 뉴욕, 플로리다 팜비치 등에서 지인들을 불러 모아 성매매 파티를 벌였다는 것으로 연루된 유력 인사가 너무 많다는 것입니다.

그는 투자 은행에서 일하다 사모 펀드를 세워 정계 재계 학계 문화계 인사들의 자산 관리를 도왔다는 것으로 10억 달러 이상의 고객 자산을 운용하며 성공을 했었습니다. 이 범죄자는 독방에 갇힌 후 자살로 생을 마감했다는데 그와 연루된 유명 인사가 너무 많다는 충격적인 내용입니다.

앤드루 영국 왕자는 엡스타인 소개로 17세 소녀와 성관계를 했는데 191억 원의 합의금을 지급하고 왕실 직무에서 사퇴했고 마이크로 소프트 창업자 빌 게이츠는 여러 차례 만찬을 하는 등 엡스타인과 친분을 유지하며 불륜 협박도 당했다는 내용도 있습니다. 빌 게이츠는 엡스타인과의 만남을 깊이 후회한다는 사과 성명을 냈다고 합니다. 제이피 모건, 제이미 다이먼 CEO는 엡스타인의 성 착취 사실을 알고도 엡스타인 계좌를 유지하고 거래했고, 피해자들에게 3,741억 원을 지급하기로 약속했다고 합니다.

미국에서는 범죄자가 자살하면 진실을 은폐해 단죄를 지연시키는 사법 방해로 간주해 주변인 조사에 박차를 가해 책임을 지우고 피해자에게 사과할 사람을 최대한 더 끌어내는 계기로 삼기도 한다고 합니다. 엡스타인 사망 후에도 단죄한다는 것입니다. 어쨌든 성범죄는 순수한 영혼을 갉아 먹는 악행이면서도 결국 **'어리석은'** 짓입니다.

47
부장 판사 성매매

서울경제신문   그대여 어리석고도 또 어리석은 이여   2016년 8월 4일

　서울 강남의 한 오피스텔에서 현직 부장 판사가 성매매하다 경찰의 단속에 적발됐다는 보도입니다. 서울경제신문 2016년 8월 4일 목요일 사회면 31면 보도 내용입니다.

　법원 행정처 소속 부장 판사가 성매매 일선 등 행위의 처벌에 관한 법률 위반 혐의로 불구속 입건됐습니다. 길거리에 뿌려진 광고 전단을 보고 업주에게 연락했다고 부장 판사가 진술했다는데 부장 판사는 현장에서 적발돼 혐의가 분명하다고 합니다. 이에 부장 판사는 즉각 사의를 표명했지만, 대법원은 사직 처리를 보류하기로 했다고 합니다.

　부장 판사라면 일반인이 생각할 수 없는 높은 자리에 있는 인사라 생각돼 품위 있게 행동할 것이라 짐작하는데 의외로 인간적인 약점에 어떻게 그렇게 무방비로 당할 수 있을까 하는 생각이 듭니다. 이 세상에 태어나면 얼마나 많은 금기가 있고 또 그것을 깨지 말아야 하는지 다시 생각해 보게 하는 보도였습니다.

세상에는 여러 유혹이 있게 됩니다. 성인이 되려면 이런 유혹에서 벗어나 인격을 쌓는 것이 중요하다고 합니다. 돈을 많이 버는 것보다, 높은 지위를 차지하는 것보다 우선 인간이 먼저 되라는 말이 있습니다. 먼저 인성을 다스리고 그다음이 순서라는 것인데 굳이 이런 경우에 사자성어를 찾아보면 의마심원(意馬心猿)이 있습니다. 마음이 사사로운 욕심에 끌리는 것을 억제하기 어렵다는 것입니다. 생각은 말처럼 달리고 마음은 원숭이처럼 설렌다는 것으로 번뇌와 정욕 때문에 산란한 마음을 억누를 수 없다는 성어입니다.

48

다단계 판매

서울경제신문　　　　　그대여 어리석고도 또 어리석은 이여　　　　　2017년 5월 5일

　허름한 다세대 주택에 대학생들을 합숙하게 한 다음 불법 다단계 영업을 한 다단계 조직이 경찰에 적발됐다는 보도입니다. 2017년 5월 5일 금요일자 서울경제신문 19면 사회면 보도 내용입니다. 취업하려는 대학생과 취업 준비생에게 소셜 네트워크 서비스로 접근해 일자리를 소개해 주겠다며 대학생들이 찾아오면 소개해 주려던 일자리가 다른 사람에게 넘어갔다며 네트워크 마케팅을 해 보라고 제안해 화장품, 건강 기능 식품을 판매하는 불법 다단계 영업에 휘말리게 했다고 합니다.

　물건을 판매하려면 일단 써봐야 한다며 구매를 강요해 강제 합숙시키고 14억여 원을 뜯어냈다는 것입니다. 돈이 없는 학생에게는 2금융권에 연결해 대출을 받도록 유도했고 물건을 팔 때는 몇 배 이상 가격을 부풀렸다고 합니다. 또 합숙비 명목으로 수백만 원씩 뜯어냈다고 하는데 다단계 조직 우두머리는 고급 아파트에 살며 수입차를 타는 등 호화 생활을 했다는 것입니다. 결국, 다단계 조직 우두머리는 경찰에 범죄 단체 조직,

사기, 방문 판매법 위반 혐의로 구속됐다고 하며 나머지 관계자는 불구속 입건됐다고 합니다.

취직하려는 단순하고 순진한 청년들을 꾀어 자신의 사익에 이용한 악질 무리라고 해도 과언이 아니겠습니다. 일자리를 얻어 생활비를 벌려는 절박한 심정을 악용해 오히려 거액의 빚을 지게 만들다니 사람이라면 양심이 있어야 하는데 이런 무리는 양심마저 저버린 셈이 되겠습니다. 젊은 이들도 이건 아니다 싶으면 조직에 휘말려 들지 말고 재빨리 벗어나는 기지가 필요하다는 생각입니다. 다단계 조직에 휘말려 이용당하다니 정말 **'어리석고도 또 어리석은'** 짓입니다.

2023년 현재도 사회는 나아진 것이 없이 여전히 악의 무리가 있습니다. 길을 가다 보면 길을 막고 사람을 유인하려는 것을 직접 겪게 됩니다. 끌려가다 보면 엉뚱하고 생경한 무리를 접하게 되고 곤란한 상황을 맞게 됩니다.

소과무불잔멸(所過無不殘滅)이라는 성어가 있습니다. 가는 곳마다 매몰스럽고 간악한 짓만 벌인다는 뜻입니다. 이익에 눈이 멀어 앞길이 구만리로 큰일을 해야 하는 순진하기만 한 학생들을 이용하려 하다니 하늘이 가만두지 않고 큰 벌을 내립니다.

49

일상의 가치 무시

2016년 10월 18일 화요일자 서울경제신문 38면 오피니언면 데스크칼럼 오철수 부국장의 '행복이 없는 도시' 보도 내용입니다. 행복의 비결이 신뢰, 가족과 친구, 조화, 배려, 여유, 소소한 일상 등인데 이것은 독일 사람 마이케가 가난과 폭력, 부패 같은 심각한 문제가 있는 멕시코나 지진, 추위가 일상화된 아이슬란드보다 경제 대국인 독일의 행복 지수가 낮다는 것에 의문을 갖고 찾아낸 것이라고 오 부국장은 기술했습니다.

우리나라는 인구 10만 명당 자살률이 28.7명으로 OECD 국가 평균의 두 배를 넘는 1위라는 불명예를 안았는데 이는 OECD 삶의 질 평가에서 나타난 것이라고 썼습니다. 오 부국장은 그래서 거리에서는 웃음보다는 분노의 얼굴이 쉽게 눈에 띈다고 했습니다. 우리나라는 왜 행복하지 못한 것일까? 의문을 표시한 오 부국장은 일과 삶의 균형 부문은 꼴찌이고 고용률도 선진국 평균에 못 미친다며 청년 취업률은 최악의 상황이라고 했습니다. 경제 사정이 안 좋아지면 삶의 질도 떨어질 수밖에 없지만, 행복이 경제적인 요인에 의해서만 결정되는 것은 아니라며 못사는 나라도 행복 지수가 높다는 사실을 적시했습니다.

행복 지수가 높은 나라들의 공통점은 신뢰나 가족과 같은 소소한 가치들을 중시한다는 것이라며 다른 사람을 신뢰한다, 어려울 때 의지할 사람이 있다 등 질문에 OECD 국가 평균보다 훨씬 못 미치는 응답이 있었다는 것입니다. 오 부국장은 다른 사람을 믿지 못하다 보니 갈등과 대립이 커지고 있고 진보와 보수 진영의 대립으로 싸움만 벌일 뿐 사안의 본질에 대해서는 진지한 논의가 없다고 기술했습니다. 진영이 다른 사람의 의견은 아예 들으려조차 않는다는 것입니다.

상호 신뢰와 가족, 배려 등 소소한 가치들이 널리 퍼지는 사회 분위기를 만드는 것이 중요하고 사회 구성원들의 얼굴에 웃음꽃이 활짝 피었으면 좋겠다며 기를 쓰고 잘 살려고 하는 것도 결국 행복을 위한 것이라고 적시했습니다.

오 부국장의 칼럼은 갈등을 부추겨 사람 간의 신뢰를 떨어뜨리는 사회 분위기를 비난한 것이라고 하겠습니다. 화합과 조화를 이루는 사회, 서로를 비하하지 않고 존중하는 사회로 나아갔으면 하는 바람입니다. 자신만 옳다고 싸움을 벌이려는 것은 종국에 행복이 없고 갈등만 일어나 행복이 없는 **'어리석은'** 일입니다.

풍진세계(風塵世界)라는 사자성어는 편안하지 못하고 어지러운 세상이라는 뜻으로 바람이 일며 일어난 티끌이 덮인 더럽혀진 세상으로 요란하고 항상 시끄럽다는 것입니다.

50

꺼져라, 파편 같은 것들아

동아일보 2016년 9월 30일 금요일자 34면 오피니언면에 흥미로운 칼럼이 게재됐습니다. 동아광장란에 객원 논설위원 김상근 연세대학교 신과대학 교수가 기고한 글입니다.

논설위원은 로마를 구한 전설적 장군 코리올라누스의 이야기를 전하면서 코리올라누스가 전쟁에 이긴 뒤 집정관의 자리에 있으면서 정쟁 대상자에게 쏟아 냈던 격정적 말을 우리 현실 정치에 빗대는 글을 올렸습니다. 코리올라누스가 격정적이고 분쟁을 마다치 않는 성격을 드러내 정치가가 가져야 할 중요한 덕목, 즉 이성과 수양을 통해 얻어지는 위엄과 관용을 갖지 못했고 그래서 그의 행적은 영국의 극작가 셰익스피어가 관심을 갖게 돼 셰익스피어가 그를 주인공으로 한 작품을 남겼다는 것입니다. 셰익스피어는 정쟁 대상자에게 쏟아 냈던 코리올라누스의 질타를 이런 문장으로 표현했다는 것입니다.

"집으로 꺼져라. 이 파편 같은 것들아."

북핵 사드, 지진, 미르 재단 등 이슈가 많은 현 상태에서 정쟁을 이어가는 안타까운 현실을 이야기했습니다. 분쟁적 정치를 제발 중단하라고 호소하는 글이었습니다.

　논설위원은 "상대방을 향해 독설을 내뱉는 격정의 정치를 그만두시라, 정쟁을 멈추고 민생부터 살피시라. 그러지 않으면 우리가 당신들을 향해서 셰익스피어의 문장을 소리치게 될 것이다. 집으로 꺼져라. 이 파편 같은 것들아"라고 쓰면서 한국 정치가 민생을 외면하는 모습을 비난했습니다. 글을 보면서 우리 사회에 무엇이 필요하고 필요가 없는 것은 무엇인지 곰곰이 다시 생각하게 되었습니다.

　망징패조(亡徵敗兆)라는 사자성어가 있습니다. 망하거나 패할 조짐이 있다는 뜻입니다. 앞으로 나아가며 미래를 살펴보아야 하는 때에 항상 싸움하며 다투고 있으면 무슨 일이 발전되겠습니까? 일이 풀리지 않고 꼬일 것이 분명한 **'어리석은'** 짓입니다.

51

혐오 부추기는 선거

미국 대통령 선거를 앞두고 있던 2016년 10월에 있었던 일입니다. 동아일보 2016년 10월 17일 월요일자 19면 국제면 보도 내용입니다. 버락 오바마 미국 대통령은 민주당 힐러리 후보 지원 연설에서 관용 정직 배려심 등 소중한 가치가 투표에 부쳐졌다며 도널드 트럼프 공화당 후보가 내 통령으로 뽑히면 관용 정직 등의 가치는 물론이고 민주주의가 몰락할 것이라고 말했다는 보도입니다.

상대의 약점을 파고들며 막말을 퍼 나르고 부정적 내용을 까발리는 선거 유세만 판친다는 것으로 정책 현안들은 사라졌다는 것입니다. 트위터와 소셜 미디어로 유언비어와 상호 비방이 아무런 제약 없이 확산되고 막말로 네거티브 유세를 한다는 것입니다. 검증이 불가능한 각종 주장을 스마트폰을 통해 유포시키며 상대 후보를 혐오하게 한다는 것으로 막장 대통령 선거를 부채질한다고 합니다. 우리나라에서도 대통령 선거가 치러지는데 혐오 부추기기, 상대 후보 비난 등을 막아야 한다는 목소리가 높다고 했습니다.

혐오 여론을 조장하는 정치인이 등장하고 있고 이를 견제할 고민이 있어야 한다는 전문가의 견해가 실렸습니다. 유언비어 견제 장치도 필요하다는 것입니다. 중국은 이런 사상 최악의 진흙탕 싸움의 미국 대통령 선거를 보며 민주주의의 역기능이 드러났다고 비난했다고 합니다.

상대를 이해하고 관용하고 화합하고 협조하고 보호하고 화해하는 등의 인간적 가치를 옹호하는 정책을 펴는 선거는 이미 사라진 지 오래입니다. 심지어 점잖아야 할 선거에서 이런 일도 있었다는 보도입니다. 트럼프 유세장에서 백인 남성은 진보 언론을 믿지 말라며 CNN방송 중계 차량을 향해 가운뎃손가락을 세웠다는 것입니다.

정관정려(靜觀靜慮)라는 사자성어가 있습니다. 고요히 사물을 관찰하고 고요히 생각한다는 것입니다. 사회가 지켜야 하는 가치 중의 하나이겠습니다.

영국이 유럽 연합에서 탈퇴를 결정하는 국민 투표가 2016년 6월 있었습니다. 이후 영국에서는 탈퇴의 선택을 후회하는 여론이 일고 있다고 합니다. 2016년 6월 30일 목요일자 동아일보 1면 머리기사 내용입니다. 영국 정치가들이 아무 대책도 없이 탈퇴를 선동하는 데에만 몰두했다는 이유로 국민들로부터 난타당하고 있다는 것입니다. 미국 대통령 선거에서도 비슷하게 분노를 자극하는 분열의 정치 광풍이 일고 있다고 보도하고 있습니다.

정치인들이 국가 미래를 생각하기보다 대중 영합주의 선동을 통해 단기적 이해를 최우선으로 고려한 결과가 영국에서 일어났다는 것입니다. 우리 사회도 선동과 편 가르기로 공멸하는 것이 아닌 희생과 통합으로 재도약해야 한다는 것이 보도의 주 내용입니다.

미국 공화당 대통령 후보인 트럼프는 우리나라에 유리한 자유 무역주의가 아닌 보호 무역주의자로 만약 트럼프가 당선되면 세계 통상에 큰 영향을 미친다는 보도 내용입니다. 결국, 보호 무역주의가 강화돼 각국이 서로 분쟁을 벌이고 보복을 하는 광풍이 일어날 수 있어 우리나라를 위협하게 된다는 것입니다.

우리나라에 이렇게 불리한 상황인데도 다가오는 선거에서 표만 나오기를 바라 사회를 분열시키고 국민을 혼란에 빠뜨리며 선동만 하는 정치인이 또다시 나타날까 벌써 두렵습니다.

위 이야기에 해당되는 사자성어를 찾아보니 감언이설(甘言利說)이 있습니다. 다른 사람의 비위에 맞게 꾸민 달콤한 말과 이로운 조건을 내세워 다른 사람을 유혹한다는 것입니다. 선거 때는 여러 사람의 이익에 맞추어 그럴듯한 말로 표를 얻으려 하지마는 선거가 끝나면 언제 그런 말을 했느냐는 듯 태도를 바꾼다는 것이니 정말 없어져야 하는 **'어리석은'** 작태라고 할 수 있겠습니다.

미국 공화당 대통령 선거 후보 도널드 트럼프가 공화당 경선 주자를 쓰러뜨릴 때 거침없는 막말로 상대방들이 마음의 상처를 입게 만들었다는 보도가 있었습니다.

면전에서 모욕을 주는 트럼프의 무례한 화술은 기존의 관습을 깨는 토론 기술이라는 내용입니다. 트럼프의 토론 기술은 상대를 당혹하게 만들고 위기 국면에서 탈출로 전환하는 면전에서 모욕 주기, 자신에게 유리하다면 논란이 예상돼도 대상과 주제를 가리지 않고 공격하고, 상대 발언을 조롱하거나 폄훼해 발언을 깎아내리고, 상대방 발언 중 갑자기 끼어들거나 다양한 표정을 지어 시청자의 몰입을 방해하는 발언 잘라 먹기, 반응이 좋았던 발언을 재탕하고 즉흥 발언을 즐기고, 궁지에 몰리면 언론 탓이라며 책임을 회피한다는 것입니다. 트럼프는 상대 후보를 거짓말쟁이, 활기 없는, 사기꾼 등으로 모욕을 주며 조롱과 비난, 억지 발언 등으로 다채로운 화술을 선보였다는 것입니다.

이 같은 화술을 보도한 내용은 2016년 9월 27일 화요일자 동아일보 10면에 실려 있습니다.

이 날짜 동아일보는 사진 설명을 통해 "모든 사람은 평등하게 태어났고 생명 자유 행복 추구라는 양도할 수 없는 권리를 창조주에게서 부여받았다"는 미국 독립 선언서 첫 구절의 가치 있는 내용을 실었습니다.

과연 트럼프의 대통령 후보 연설이 여기에 부합되는지 생각해 보게 됩니다. 학구소붕(鷽鳩笑鵬)이라는 사자성어가 있습니다. 비둘기가 큰 붕을 보고 웃는다는 뜻으로 되지 못한 소인이 위인의 업적과 행위를 비웃는다는 용어입니다. 다른 사람을 비웃기 전에 자신의 행위가 정당한지 우선 살펴볼 일입니다. 자신부터 살펴보고 다른 사람에게 이야기할 수 있는 수양을 쌓았는지 살피고 험한 말을 하면 반향이 있을 것이라는 사실을 염두에 두어야 한다는 생각입니다.

52

보험료 폭탄

건강 보험료 고지서를 받아 보고 눈을 의심했다는 퇴직자의 말이 동아일보 2016년 7월 1일 금요일자 10면에 자세히 보도됐습니다.

퇴직 후 지역 의료 보험에 가입하면 소득 외에 재산, 자동차, 성, 연령을 반영해 건강 보험료를 내야 하기 때문에 회사를 그만두고 고정 수입이 없는데도 직장에 다닐 때보다 2배 가까이 건강 보험료를 더 내야 한다는 것입니다.

전월세로 사는 가난한 사람들에게도 전월세를 재산으로 간주해 무겁게 건강 보험료를 많이 내야 하는데도 수백억 원을 가진 자산가는 직장인 자녀에 피부양자로 등록돼 건강 보험료를 한 푼도 내지 않는 모순이 그대로 드러나고 있다는 것입니다.

이처럼 건강 보험료 부과 체계의 모순이 드러나니 부과 체계를 바꾸어야 한다는 지적입니다. 재산이 적을수록 건보료 부담이 늘도록 설계(평균 재산이 275만 원인 1등급은 1.7%, 30억 원 이상인 50등급은 0.11%)됐다는데 상식을 가진 보통 사람으로서는 도저히 이해되지 않는 **'어리석은'** 일이라는 판단이 서는 것입니다.

2016년 6월 당시 민원이 연평균 6천만여 건이 폭주하고 있다고 하니 심각한 문제라고 아니할 수 없겠습니다. 부과 체계가 정상을 찾아야 한다는 생각이 저절로 드는 것입니다.

부과 체계를 처음 만든 공무원들은 이런 절박한 퇴직자의 사정을 알아야 했는데도 그렇지 못하고 일방적으로 만들었다는 것을 이제라도 알아차리고 부과 체계가 잘못됐다는 것을 인정해야 한다는 생각이 드는 것입니다.

사자성어를 찾아보니 가렴주구(苛斂誅求)가 있습니다. 관료가 세금을 무자비하고 가혹하게 거두어들인다는 내용입니다.

53

막말 행태

2017년 9월 25일 월요일자 동아일보 22면 국제면은 미국 대통령 도널드 트럼프의 "성조기를 존중하지 않는 선수에게는 저 개자식 당장 끌어내라고 말해야 한다"라는 말 폭탄에 대한 보도가 실렸습니다.

트럼프 대통령은 보수 성향이 강한 남부 앨라배마주 연설에서 애국심을 적극적으로 표현하지 않는 선수들은 해고당해야 한다며 비속어를 쓰며 말했다는 보도 내용입니다.

인종 차별에 반대한다는 뜻으로 경기 시작 전 국가 연주 시간에 무릎을 꿇는 퍼포먼스를 벌인 선수들을 개자식이라고 표현했다는 것입니다. 트럼프의 말 폭탄 공격이 정치인과 언론인에서 스포츠 선수들로 확대되자 골수 지지층을 제외한 미국인들은 고개를 절레절레 흔들었다는 보도입니다.

트럼프를 지지하지 않는다고 밝혀온 미국 프로 농구 슈퍼스타 스테픈 커리는 백악관 방문에 가고 싶지 않다며 트럼프에 대해 (특정 개인을 비난하는 것은) "한 나라의 지도자가 하기에는 수준 낮은 일"이라고 말했다는 보도입니다.

트럼프는 거세진 비판 여론도 아랑곳하지 않고 "선수들이 수백만 달러를 받는다면 성조기를 존중하지 않아서는 안 된다. 싫으면 다른 일을 찾아보라"라고 분열적인 발언을 했다는 보도입니다.

이 보도를 보면서 국가 지도자가 사회 통합적인 행동으로 모범을 보여야 하는데도 거꾸로 가는 행태를 보여 마음이 답답해지는 느낌입니다.

유엔 소수자 문제 특별 보고관이 2016년 1월 25일 일본 도쿄 지요다구 변호사회관에서 열린 심포지엄에서 일본의 혐오 발언이 위험한 이유는 집단 학살로 바뀔 수 있기 때문이라고 밝혔다는 보도가 있었습니다.

동아일보 2016년 1월 28일 목요일자 21면 국제면 보도 내용입니다. 그는 인간의 존엄을 부정하는 혐오 발언을 막기 위한 법적 규제가 필요하다고 말했다고 합니다.

그는 '표현의 자유는 절대적 권리가 아니다. 국제법에 따라 제한돼야 한다'고 말했고 '누구는 바퀴벌레라는 식의 발언이 계속되면 점차 상대를 열등한 존재로 인식하고 죄의식 없이 상대 집에 불을 지르게 된다. 인권 교육을 강화하고 독립 기관을 설치해야 한다'고 말하며 여론 지도층은 혐오 발언을 단호히 배격한다는 입장을 밝혀야 한다고 강조했다는 보도입니다. 그는 일본은 1923년 간토 대지진 때 유언비어 때문에 한국인을 학살한 경험이 있고 자민당 의원이 위안부는 직업 매춘부라고 말한 것도 혐오 발언의 일종이라고 비판했다는 것입니다.

이 보도를 보면서 인류에 퍼져 있는 나쁜 사상 때문에 여러 사람이 고통을 받고 있음을 알게 됩니다. 이를 시정 해야 하고 사회 여론을 올바른 방향으로 이끄는 것이 지식인들의 몫입니다.

재벌 회장이었던 인사의 46살 아들(사장)이 수행 운전사에게 폭언, 폭행을 일삼다 크게 문제가 된 것이 보도되었습니다.

동아일보 2016년 4월 9일 토요일자 10면 종합면 보도입니다. 수행 운전사가 지켜야 할 항목이 100여 쪽에 달하는 데다 못 지키면 감봉 및 퇴직까지 시켰다는 내용이었습니다.

출근할 때 모닝콜은 전화를 받을 때까지 악착같이 하고, '가자'라고 하면 번개같이 뛰어 올라가 이동해야 하며, 운전할 때는 빨리 가자는 말이 있을 경우 위험하지 않은 범위 내에서 신호, 차선, 과속 카메라, 버스 전용 차로를 무시하고 목적지 도착이 우선이라는 것으로 너무 우월적 지위를 이용해 운전사를 혹사했습니다. 이런 항목을 지키지 못하면 경위서를 써야 했고, 정신 교육까지 받았다는 처참한 보도 내용입니다.

운전 중에도 사장은 폭언과 폭행을 일삼았고, 길이 막히면 머리를 맞거나 욕설을 당했다는 운전사의 진술이 있었습니다. 이런 논란이 불거지자 사장은 주위 사람들에게 더 잘했어야 함에도 혈기에 자제력이 부족하고 미숙했다며 사과하겠다는 뜻을 밝혔습니다.

도로에서는 차선을 지키지 못하거나, 과속하거나, 신호를 위반하면 교통사고의 위험이 항상 도사리는데 보도된 사장은 그런 것을 무시하라고 했다니 너무나도 어안이 벙벙합니다. 자신이 다치면 그나마 다행이지마는 교통사고는 항상 상대가 있기 마련인데 교통사고가 만일 일어나 피해 상대가 있었다면 어떻게 변명이 될지 너무나 답답합니다.

한편 이 사건과는 다른 사건이 또 있었는데 68살 모 그룹 회장이 소유식당에서 식사를 마친 후 문이 잠겨 있자 건물 경비원 58살 모 씨의 뺨을 두 차례 때린 혐의로 경찰에 입건됐다는 보도입니다.

경비원이 회장을 무시해 일부러 문을 잠갔다면 문제가 있겠지마는 그런 것도 아닌데 폭행을 했다는 것은 아무래도 문제가 큰 것 같습니다. 아무 지위도 없는 힘없는 사람들에게는 가혹하게 대하면서도 조금 지위가 높고 위세가 있다 싶으면 아부 아첨하는 비겁하고 비루한 존재들입니다. 우월적 지위를 이용한다는 것입니다.

'도심의 엄마와 아이들은 가난에 갇혀 있다. 녹슨 공장은 이 나라 곳곳에 묘비처럼 흩어져 있다. 너무나 오랫동안 워싱턴의 소수 그룹이 정부가 주는 보상을 거두어 갔지만, 국민은 그 비용을 떠안았다. 워싱턴은 번창했다. 그러나 국민은 그 부를 나누지 못했다.'

도널드 트럼프 미국 대통령이 취임하면서 연설한 내용입니다.

취임사에 살육, 황폐, 쇠퇴, 상실, 박멸 등 전례를 찾기 어려운 직설 화법으로 연설했다는 것입니다. 동아일보 2017년 1월 23일 월요일자 26면 보도입니다.

정치권을 향해서는 국민이 누려야 할 것을 빼앗아 거두어 간 세력이라고 비난하며 '수조 달러를 해외에 쓰는 동안 미국의 인프라는 황폐해지고 썩어서 쇠퇴했다. 다른 나라를 부유하게 만들면서 우리의 부와 힘, 자신감을 상실했다'는 선동적인 표현을 했다는 것인데 트럼프는 대통령 선거 과정에서 잊히고 소외된 사람들을 대변하는 아웃사이더 이미지를 활용했다는 보도입니다.

트럼프는 미국 7대 대통령 잭슨을 연상시키는 취임사로 파격을 보였다고 합니다. 잭슨은 사회적 신분이 낮은 사람들, 노동자나 농민을 옹호하는 말을 즐겨 사용했다고 합니다. 기성 정치 권력자들이 대부분 싫어했고, 언론도 그에게 호의적이지 않았다는 것인데 그러나 일반 대중에게는 인기가 높았다는 것입니다.

어쨌든 미국 대통령은 세계에서 가장 영향력이 강한 인사이고 그를 따르는 세력도 많으니 그의 언행은 항상 세계인의 관심 사항인 것은 분명합니다.

미국 대통령이 미국도 부와 평화로 이끌고 세계도 마찬가지인 것뿐 아니라 우리나라 한반도도 평화와 번영으로 이끌기를 기대합니다.

우리 사회에서 가학 횡포(갑질)를 저지르는 사람들에 대해 2016년 9월 1일부터 12월 9일까지 100일간 특별 단속한다는 보도가 있었습니다.

경찰에서 2016년 9월 한 달 동안 특별 단속으로 가학 횡포자 1,289건을 적발해 1,702명을 검거하고 이 가운데 69명을 구속했다는 보도 내용입니다.

동아일보 2016년 10월 6일 14면 사회면 보도 내용인데 개 값도 안 된다. 해고해 버리겠다. 일도 제대로 못 한다. 사표 쓰고 나가, 밥 먹을 자격도 없다, 죽여 버리겠다는 등 욕설 막말로 우리 사회가 너무 슬퍼지는 데 대해 경찰이 이를 방치하지 않고 특별 단속한다는 것입니다.

다른 사람을 존중하고 배려하는 자세가 아니고 자신이 항상 먼저인 개념 없는 사람들이 많아 이런 단속까지 벌인다는 것이니 참으로 희한한 사회로 변하는 것이라는 느낌이 듭니다. 한 교수는 "입시 경쟁을 치르고, 군대 문화를 겪으면서 자신도 모르게 사고방식이 위계적, 권위적으로 바뀌어 갑질을 일삼기 쉽다"고 말했다고 보도는 전했습니다.

욕설, 폭행, 성폭행, 성추행 등 전형적 학대 횡포 가해자의 직업은 사업가, 대기업 직원, 교수, 임원 등 잘 나가는 사람이 많았다는 것으로 지위가 높을수록 자중자애, 사회를 밝게 이끌어 나가야 하는 책임을 외면

하고 오히려 힘이 없는 사람을 보호하지는 못할망정 학대 횡포를 부렸다는 것에 대해 너무나도 씁쓸한 마음을 숨길 수 없는 것입니다. 정말 창피하고 가엾은 **'어리석은'** 사회입니다.

촉처봉패(觸處逢敗)라는 사자성어가 있습니다. 가는 곳마다 일이 잘 안 풀려 딱한 처지가 된다는 용어입니다.

우리 사회가 그런 촉처봉패의 사회가 아니라 서로 살펴주고 다독여 주고 위로하는 사회가 되어 사회 구성원 서로서로가 편하게, 마음 놓고 사는 사회가 되었으면 좋겠다는 생각입니다.

54
이웃 독살하려 한 노인

70대 노인이 사이가 좋지 않은 이웃에게 농약을 주사한 두유를 먹이려 했다가 엉뚱한 사람들에게 해를 입히는 사건이 발생했다는 보도가 있었습니다.

동아일보 2016년 1월 18일 자 13면 사회면 보도 내용입니다.

55살 최 모 씨의 여섯 살 난 아들이 집 안에 있던 두유를 마시고 어지럼증과 복통을 호소하다 의식을 잃어 병원에 입원했고 최 씨가 건넨 두유를 받아 마신 남녀 2명이 같은 증세를 일으켜 병원 입원 치료를 받고 있다는 것입니다. 그제야 경찰에 신고한 최 씨는 집안에 16개들이 우유 한 상자가 놓여 있어 누군가 선물을 했을 것이라고 생각했었다는 것입니다. 경찰 조사 결과 두유에서 농약 성분이 검출돼 최 모 씨를 독살하려 했다는 것이 밝혀졌는데 같은 마을 주민 75살 김 모 씨가 몰래 가져다 놓은 사실이 폐쇄 회로 텔레비전에 찍혔습니다.

김 모 씨는 최 모 씨가 자신을 험담하고 다녔고 생활용수를 농업용수로 사용해 말렸는데도 듣지 않아 화를 참을 수 없었다고 진술했습니다.

아무리 자신을 비난한다고 하더라도 이 같은 행위는 금세 탄로 나는 **'어리석은'** 일이고 또 도가 너무 지나쳤다는 생각입니다. 이웃이 서로 사이 좋게 지내는 우리 사회의 고유한 문화가 사라지는 것 같아 너무나도 씁쓸합니다.

55

슬픈 감정 노동

서울경제신문　　　　　그대여 어리석고도 또 어리석은 이여　　　　　2017년 9월 7일

　우리 사회 일상에 자신보다 지위가 낮은 사람에게 반말 욕설 인신공격을 하는 바람에 속앓이를 하는 사람이 많다는 보도가 있었습니다. 서울경제신문 2017년 9월 7일 목요일자 2면 보도 내용을 보면 능력이 그것밖에 안 되느냐, 대학교 나온 것은 맞냐, 그 자리 채울 사람 많다, 이달 월급 줄 테니 나가라, 너 말고 다른 사람 오라고 그래 등 직장에서 정확한 문제점에 관해 이야기하지 않고 질책과 폭언을 일삼는 일이 허다하다는 것입니다.

　직장 내 높은 지위를 이용해 이 같은 짓을 저지른다는 게 일반 직장뿐 아니라 서비스 업계에서는 이러한 폭언이 만연해 있습니다. 피해자들은 현실적으로 대응하기가 어려워 속으로만 끙끙 앓고 있다는 보도였습니다. 더구나 욕을 해도, 행패를 부려도 미소를 지어야 하는 감정 노동자들이 많은데 고객이 왕이라는 사회적 묵인이 그런 행패에 일조하며 과잉 친절이 그런 행패를 유도할 수 있다는 것입니다.

과잉 친절이 절대적 가치처럼 여겨지는 사회에서 과잉 친절이 강요되고 있다는 것입니다. 실제로 서비스 업계에서는 감정 노동자에게 행패를 부리는 경우가 너무 많고 인격 모욕이나 성희롱 발언을 서슴지 않는 사람들이 있어 이대로는 안 된다는 생각을 가진 사람이 많다는 것입니다.

우월적 지위를 이용해 자신보다 낮다고 생각하는 사람을 마구 모욕하는 우리 사회에 무슨 희망이 있겠습니까? 서로를 보호해 주어도 세상살이가 만만치 않은 게 현실인데 정말 우리 사회는 너무 하는 것 같습니다.

성인이 벌써 수천 년 전에 이런 말씀을 남기셨습니다. '자신보다 약한 사람에게 잘해 주어라.'

그것이 성숙한 인격을 가진 사람이 해야 하는 당연한 도리입니다.

저질 속물들의 막말 욕설에 혼자 속앓이를 하는 감정 노동자들이 많이 있습니다.

2016년 6월 30일부터 고객 응대 직원(감정 노동자) 보호를 의무화한 4개 금융업법(보험업법, 은행법, 자본 시장법, 저축 은행법) 개정안이 시행에 들어갔다는 보도입니다. 즉 감정 노동자 보호법입니다. 동아일보 2016년 7월 19일 화요일 동아일보 2면 종합면 내용입니다.

개정안에 따르면 상담사 등 감정 노동자에 대한 치료 및 상담을 지원하고 상시 고충 처리 기구 등을 설치해야 한다고 보도는 전했습니다.

금융사에서 고객 전화상담을 주로 맡았던 24살 여성은 개정안이 시행됐지마는 직원 평가 지표에서 고객 만족도가 차지하는 비중이 높아 부당한 요구에도 죄송하다는 말부터 하게 된다고 고충을 토로했습니다.

은행 영업점 창구에서는 임신 중인 여직원이 진상 고객과 상담하다 하혈하는 일이 발생하기도 했다는 보도 내용입니다.

한 전문가는 회사가 직원을 배려한다는 심리적인 위안을 주는 것이 중요하다며 욕설이나 성희롱을 하는 고객에 대해서는 형사 고발을 하는 것이 한 방안이라고 말했다고 합니다.

자신보다 높은 지위에 있는 사람에게는 아첨과 비굴할 정도로 굽신거리면서도 자신보다 약한 사람에게는 욕설과 막말로 핀잔을 주는 저질 속물들이 이 사회에 많다는 것이 정말 문제이고 **'어리석은'** 사회의 일면이라는 생각입니다.

성현이 말씀하시기를 자신의 공부(수행)가 중요하다는 가르침을 주셨습니다.

사회에 나오기 전에 인생 공부를 한참 해야 했던 인물들입니다.

사자성어에 유불여무(有不如無)가 있습니다. 있어도 차라리 없는 것보다도 못하다는 것으로 세상에 있는 진상들에게 고하는 성어입니다.

2016년 8월 17일 동아일보 23면 문화면 보도 내용을 보면 우리 사회의 아픈 면이 그대로 드러납니다. 미국 뉴욕에서 심리 치료 클리닉을 운영하는 권혜경 정신 분석가의 우리나라 사회를 진단한 내용입니다. 그는 식당 커피숍에서 일하는 우리 젊은이들이 '죄송합니다'를 입에 달고 일하는 게 가슴 아팠으며 약자인 이들이 한없이 자신을 낮추지 않으면 안 되는 사회라는 것을 피부로 느꼈다고 말했다고 합니다. 흔히 말하는 감정을 숨기며 억지로 자신을 낮추는 감정 노동자들이 사회에 많은 것입니다.

그는 불안한 사회일수록 어린이, 가난한 사람 등 약자에 대한 포용력이 떨어진다고 말했다고 보도는 전했습니다. "나도 힘든데 너희까지 봐주지 않겠다"는 심리가 팽배해 있다는 것입니다. 결국, 벼랑 끝으로 내몰린 약자들은 작은 자극에도 쉽게 폭발하고 그래서 분노 범죄가 늘어난다는 것입니다.

그는 가장 약한 아이들부터 보살펴야 한다고 말했다는 보도입니다. 대표적 약자인 아이들을 귀찮은 존재가 아니라 다 함께 보호할 대상으로 여기는 여유가 생겼으면 좋겠다고 말했다는 보도입니다.

"나의 편리함을 위해 얼마나 많은 이들이 힘들게 일하는지 연결 지어 보았으면 좋겠고 그래서 서로가 이어져 있다는 것을 알게 되면 이해의 폭이 넓어지고 분노도 조절할 수 있다"고 말했다는 것입니다.

이 보도를 보면서 자신보다 약한 사람에게는 강압적으로 억누르면서 아무것도 기댈 수 없게 만드는 풍조가 이 나라에 만연한 것에 비해 지위가 높고 권력을 가진 사람, 부자인 사람들에게는 비위를 맞추며 아양을 떠는 이중적이고 한심한 우리 사회의 비극을 이야기하는 것 같아 너무나도 씁쓸한 마음이 듭니다.

사자성어에 유속헐후(猶屬歇后)가 있습니다. 지금보다 더 어려운 사정이 있을 수 있다는 것으로 지금 상태가 다른 사람의 사정에 비해 훨씬 수월한 것일 수 있다는 말입니다.

2017년 9월 세계에서는 허리케인에 신음하는 사람들이 있는가 하면 지진 때문에 수많은 사람이 목숨을 잃는 처참한 지경에 있는 나라도 있습니다. 거기에 비하면 여기 사정은 그보다 조금 나은 것 같기는 합니다. 그런 여유로 다른 사람을 돌봐 주는 것은 사람이 지켜야 하는 도리라고도 볼 수 있겠습니다.

56
물질적 욕망을 추구하다 자기를 잃다

서울경제신문 　　　　　 그대여 어리석고도 또 어리석은 이여 　　　　　 2017년 9월 9일

2017년 9월 9일 토요일자 서울경제신문 27면 오피니언면을 보면 신정근 성균관대 유학대학장이 '고전 통해 세상 읽기'라는 칼럼을 통해 세상사에 관한 이야기를 하고 있습니다. 그는 '도치지민'(倒置之民:물구나무선 채로 살아가는 사람)이라는 사자성어로 우리 사회의 잘못된 일들에 대해 비판을 하였습니다. 여자 중학교 학생들이 동료 여중생을 피투성이가 되도록 폭행한 충격적 사건에 대해 무서운 여학생들이라고 비난만 하는 게 아닌 청소년의 올바른 삶의 방향을 잡아 줄 학교의 역할과 건전한 사회기풍을 만드는 계기로 삼아야 한다는 것입니다.

기존 어른들이 건전한 삶을 사는 사회 기풍이 있어야 하는데 청소년들이 어른들의 잘못된 행동을 똑같이 따라 한다면 분명 문제가 있는 것입니다.

그는 중국 장자의 고전을 인용해 '외물을 추구하다 자신을 잃어버리고 세속을 뒤따르다 본성을 해치는 삶' 상기어물(喪己於物) 실성어속자(失性

於俗者)에 대해 이야기하는데 사소한 것을 중요하다 여기고, 우쭐거리는 것을 영웅적으로 착각하고, 그만두어도 되는 것을 놓지 못하고, 하루 지나면 풀릴 것을 자존심을 걸어서 동료를 원수처럼 여긴다며 현대인들의 조급함, **'어리석음'**을 이야기하였습니다.

정작 자신에게 중요하고 의미 있는 일이 무엇인지 진지한 모색이 필요하다는 것을 칼럼을 통해 지적했습니다. 과연 글을 읽으면서 감흥이 저절로 나오는 훌륭한 칼럼이었습니다.

57

나밖에 모르는 사회

서울경제신문　　　　　그대여 어리석고도 또 어리석은 이여　　　　　2017년 4월 1일

　　서울경제신문 2017년 4월 1일 토요일자 오피니언면 27면 보도 내용입니다. 이상화 기독교목회자협의회 사무총장의 마음 코칭 '자발적 고난을 생각한다' 칼럼입니다. 이 총장은 성장과 성숙을 지향하는 사람은 지불해야 할 대가가 있고 고난의 풀무 불을 통과해야만 한다고 지적하면서 고난에는 자신의 과오로 받는 고난과 자신이 잘못하지 않았는데도 억울하게 고난을 당하는 사례와 자발적 고난이 있다고 썼습니다. 이 총장은 자발적 고난은 공공적인 대의와 가치를 지키기 위해, 타인들을 위한 것인데 공동체적 진보와 공의와 정의, 평화와 사랑의 확장과 심화라는 굉장한 의미가 있는 것이라고 적시했습니다.

　　1912년 간호사의 자격으로 조선에 들어온 독일 여성 엘리자베트 요하나 스헤핑(서서평) 선교사를 예로 들은 이 총장은 서서평 선교사가 성공이 아니라 섬김이라는 생활신조로 광주에 간호사로 일하며 간호사 훈련과 간호 행정 등 공로가 지대했다고 썼습니다. 거기에다 낮은 자를 섬기는

데 헌신했는데 한국 사회에서 거들떠보지도 않던 고아와 거지, 한센병 환자들을 위한 자발적 고난을 행한 공로를 이 총장은 높이 치하했습니다.

무명 베옷과 고무신 차림에 보리밥과 된장국을 먹었던 푸른 눈의 선교사 서서평은 가진 것을 가난한 이에게 모두 내주고 자신은 정작 영양실조로 54세의 젊은 나이에 생을 마감했다는 것입니다. 그녀에게 남겨진 유산이 동전 7전, 강냉이 가루 2홉, 걸인에게 내주고 남은 담요 반 조각이 전부였다고 합니다.

광주 최초의 시민 사회장으로 치러진 장례식에 1천여 명의 참석자들이 일제히 어머니라고 목 놓아 울었다는 것입니다. 이같이 서서평 선교사의 삶은 자발적 고난을 보여 준 사례인데 이 총장은 인간의 악함과 연약함이 소름 끼칠 정도로 드러나는 사회 현실 속에 사심을 내려놓고 타인을 위해 자발적 고난을 받으려는 사람이 너무나 필요하고 그리운 것이 현실이라고 썼습니다.

자발적 고난의 표상은 바로 예수 그리스도입니다. 온 인류가 그래서 그리스도를 인류의 스승으로 흠모하고 따르려고 합니다.

이 총장은 공의를 실현하려 고난을 자처하는 삶을 세상 사람들에게 알려 주는 뜻깊은 글을 썼습니다. 나밖에 모르는 이기주의의 현대 실상의 사회는 크고 길고 넓게 보면 결국 자신에게 이익이 안 되는 것으로 역설적으로 **'어리석고도 또 어리석은'** 일입니다.

58

상상 이상의 증오 범죄

팔레스타인 요르단강 서안 지구의 유대인 정착촌에서 이스라엘 민족주의자 청년들의 방화로 두 살배기 아이와 아버지가 숨지는 비극이 발생했다는 보도가 있었습니다. 동아일보 2015년 8월 10일 월요일자 20면 국제면 보도 내용입니다.

이스라엘 일간지 하이레츠는 이스라엘 수사 당국이 용의자 9명을 체포해 조사 중이라고 합니다. 팔레스타인 주민의 집 2채에 불이 나 태어난 지 18개월 된 남자아이 알리 다와부샤가 숨졌고 아이의 아버지는 아들과 부인을 구해 내다 몸의 80%에 화상을 입고 병원에 옮겨졌으나 숨졌으며 4살 아들과 부인 역시 위독한 상태라는 것입니다.

불은 유대인 정착촌에 사는 극우 성향의 이스라엘인 4명이 다와부샤 집의 창문을 깨고 화염 폭탄을 던져 발생한 것이라고 합니다. 이들은 외벽에 스프레이로 유대교의 상징인 다윗의 별 문양과 히브리어 낙서를 남긴 채 도주했다고 합니다.

초기엔 스프레이로 복수 같은 낙서를 남기는 수준이었지만 점점 과격해져 이번 방화 살인 사건처럼 끔찍한 폭력 사태로 수위가 높아지고 있다고 합니다. 이스라엘 극우파의 팔레스타인에 대한 증오는 상상 이상으로 두 살배기 아이가 불에 타 죽었다는 소식에 어차피 커서 테러리스트가 될 텐데 죽어 마땅했다는 반응이었다는 것입니다.

팔레스타인 이스라엘 분쟁은 2023년 12월이 되어서도 계속되고 있습니다. 그치지 않는 보복으로 세계사에 유례없는 비극이 되고 있습니다.

같은 인류로 태어나 끝없이 서로 죽이고 다치게 하고 서로 미워하는 사이가 되어 평화 안정 사랑 안전이라는 것은 이 지역에서는 절대 통하지 않는 것이 되었습니다.

인류의 큰 스승들은 싸움을 멈추고 서로 화합하고 협조하고 사랑하라는 이야기를 해 오고 그래서 세계 사람들은 잘 따릅니다. 생명은 밝은 빛과 같은 것이라고 합니다. 이 시대가 불행하고 고통스러운 현실인 데다 뜻대로 되지 않고 어둡고 대립과 갈등이라는 바람직스럽지 않은 방향으로 가고 있지만 그래도 지금 같은 상황은 끝나야 한다는 바람이 있습니다.

유독 그 지역뿐 아니라 우리나라는 남한과 북한으로 갈려 평화와 안정이라는 염원은 2023년이 끝나도록 이루어질 수 없는 희망 사항으로만 남은 모양입니다.

평화가 찾아오면 일자리도 늘고 국가도 발전하고 국민은 안정되게 여유롭게 살 수 있을 텐데 큰 스승이 말한 위대한 사상은 온데간데없고 전쟁과 불화만 생기는 **'어리석고도 또 어리석은'** 시대입니다.

2016년 12월 19일 터키 수도 앙카라에서 안드레이 카를로프 터키 주재 러시아 대사가 축사하는 도중 총격으로 사망하는 충격적인 사건이 벌어졌다는 보도입니다. 서울경제신문 2016년 12월 21일 수요일자 11면 국제면입니다.

　범인은 총격 직후 우리는 성전(지하드)을 추구하는 이슬람 선지자 무함마드의 후예라며 누구든 알레포와 시리아의 압제에 관여한 사람은 책임을 지게 될 것이라고 외쳤다는 보도입니다. 알레포에서는 시리아 정부군과 반군 간 교전으로 다수의 인명 피해가 나고 수많은 난민이 발생한 비극의 장소입니다. 바샤르 알 아사드 시리아 대통령 정권을 돕는 러시아에 대한 반감이 외교관 테러로 이어진 것이라는 보도 내용입니다. 범인은 총격 직후 현장에서 터키 경찰의 총격으로 숨졌다는 것입니다.

　12월 19일 독일 베를린에서는 광장으로 대형 트럭 한 대가 돌진해 12명이 사망하고 47명이 부상당하는 테러가 발생했다는 보도입니다.

　19일 밤에는 신원 미상의 남성이 스위스 취리히에서 모스크에서 기도하던 무슬림에게 총격을 가해 3명이 중상을 입었다는 보도가 있었습니다.

　이 사건이 이슬람–난민 혐오 정서가 사건의 원인일 수 있다고 경찰은 시사했다는 보도입니다.

　신문에 보도된 사진 설명에서는 러시아 대사에게 총을 겨누는 총격 살인범의 사진이 선명하게 보이는데 총격 살인범도 결국 경찰에 피격 사망하는 비극적인 종말이어서 너무 슬픈 마음이 드는 것입니다. 평화로운 세상, 다툼 없는 세상, 모두 행복하게 웃으며 사는 세상이 되어야 하는데 서로 죽고 죽이는 비극이 기다리고 있다니 처연하기만 합니다.

　여계(厲階)라는 말은 재해를 받을 빌미이고, 여귀(厲鬼)는 제사를 못받는 귀신, 못된 돌림병을 유행시키는 귀신이라고 합니다.

　이슬람 난민 혐오 정서를 퍼뜨리는 일의 빌미를 제공하는 것은 물론 나쁜 일이고, 거기에다 정서를 이용하는 것 또한 나쁜 것, **'어리석은'** 짓이라는 생각입니다.

2016년에 들어 세계는 이민자 혐오, 흑백 갈등 등 인종 차별적 혐오가 터져 나오고 있다는 보도입니다. 2016년 7월 12일 화요일 동아일보 21면 국제면입니다. 2016년 7월 7일과 8일 미국 텍사스주에서 일어난 흑인의 백인 경찰 저격과 흑인 용의자 사망 사건은 미국 전역에서 시위를 촉발하며 인종 갈등을 격화시켰다는 보도입니다. 1919년 미국에서는 사상 최악의 흑백 충돌 사건이 일어났는데 지금이 그때와 같은 시점이라는 보도 내용이었습니다.

유럽에서는 각국에서 이민자들에 대한 반감이 늘어나 사회적 관리가 필요하다는 것입니다. 어떤 전문가는 "인종 차별 사건은 인터넷 발달로 인한 소셜 미디어를 통해 사회 전체적으로 확산돼 소수자들은 분노를 더욱 강하게 표출하고 기득권은 이에 더 배타적으로 대응하게 됐다"고 말했다고 보도는 전하고 있습니다.

그래서 이민자에 대한 반감을 관리해야 한다는 지적이 나오고 있다고 했습니다.

백인 경찰을 저격한 흑인 저격범은 25살 난 남성이었는데 그의 집에서 폭발물 제조 물질이 발견됐고, 그는 백인 경찰에 대한 강한 증오심을 드러냈다고 합니다.

그 남성은 폭탄 로봇에 의해 폭사했는데 경찰의 손과 발에 의한 제압도 아니고, 그것보다도 심한 저격도 아니고 아주 무서운 신종 무기인 폭탄 로봇에 의해 사망했다는 것이니 미국 일이지마는 너무나 무서운 사건이라는 생각이 드는 것입니다.

경찰이 건물 안에 숨어 저항하는 이 남성 흑인을 전쟁용 폭탄 로봇을 사용해 사살했다는 것으로 이 사건 이후 경찰의 군대화에 대한 논란도 일어날 것이라고 보도는 전했습니다.

경찰 총격 사건은 경찰의 연쇄 흑인 총격 사건에 대한 보복으로 일어났다는데 이 흑인 남성이 경찰 5명을 조준 사살했다는 것입니다. 거기에다가 7명이 부상당했다고 합니다.

이 남성은 미 육군에서 6년간 복무하며 아프가니스탄 파병까지 했던 군인 출신이었다고 보도는 전했습니다.

그는 잇따른 흑인 피격 사건 속에 진행된 '흑인 생명도 소중하다'라는 시위를 계기로 범행을 결심하고 경찰과 대치하다 사살 직전, "백인 특히 백인 경찰을 죽이고 싶다"며 백인 경찰에 대한 강한 분노를 드러냈다는 것입니다.

백인 경찰은 2016년 7월 5일과 6일 미국 루이지애나와 미네소타에서 잇따라 흑인에게 불명확한 이유로 총을 쏴 사망하게 했고 그 현장을 촬영한 동영상이 급속히 퍼지면서 흑인을 중심으로 한 반발 시위가 지속됐다는 보도 내용입니다.

59

말의 네 가지 오류

서울경제신문　　　그대여 어리석고도 또 어리석은 이여　　　2016년 12월 17일

말이 진실을 알리는 공기가 아니라 거짓을 숨기고 사욕을 포장하는 도구가 될 수 있다는 사실을 예리하게 포착한 사람이 맹자인데 맹자는 말이라고 다 같이 진실을 전하는 말이 아니라 사람을 오도할 수 있는 네 가지 오류에 빠질 수 있다고 보았다는 칼럼이 보도됐습니다.

서울경제신문 2016년 12월 17일 토요일자 23면 오피니언면 '고전 통해 세상 읽기' 신정근 성균관대 유학대학장의 칼럼 보도 내용입니다.

그는 "오류에 빠지지 않으려면 상대가 하는 말이 무엇을 뜻하는지 분별할 수 있어야 하는데 1. 한쪽으로 기울어져 공정하지 않은 피사(詖辭)를 들으면 그 말에 드러난 것에 넘어가지 말고 숨겨진 것을 찾아야 한다. 2. 정도가 심해 공사를 구분하지 않은 음사(淫辭)를 들으면 그 말이 어떤 오류에 빠져 있는지 찾아내야 한다. 3. 삐딱하여 정도가 아닌 사사(邪辭)를 들으면 그 말이 보편적 가치로부터 얼마나 떨어져 있는지 살펴야 한다. 4. 책임을 다른 사람에게 떠넘기는 둔사(遁辭)를 들으면 그 말이 어디에 막

히는지 살펴야 한다"는 보도입니다.

책임을 떠넘기는 말을 하는 인사들을 많이 보게 됩니다. 청문회에 출석한 증인들이 대개 책임을 인정하지 않고 발뺌하는 경우가 너무 많습니다.

학장의 말씀대로 다른 사람이 하는 말을 잘 구별할 힘을 기르면 세상을 바라보는 눈이 뜨이게 될 것 같은 느낌이 드는 것입니다.

정경대원(正經大原)이라는 사자성어는 옳고 바른길과 큰 원칙을 뜻하는 것으로 진실을 알리는 바른말을 구별할 힘을 길러 그 말을 따라 올바른 길로 나아가야 합니다. 결국, 세상에 떠도는 수많은 말을 구별하지 못하는 것이 **'어리석은'** 일입니다.

60
타인 비하

배달 음식을 시키면서 아르바이트 직원을 비하하는 메모를 남긴 사람이 비난을 받고 있다는 내용이 보도를 통해 폭로됐습니다. 헤럴드경제 2022년 11월 20일 사회면 보도 내용입니다.

11월 19일 온라인 커뮤니티에 배달 앱 주문 논란이라는 글과 함께 주문 영수증 사진이 올라왔는데 이 주문 영수증 사진은 중고 거래 앱 당근마켓 내 주민 간 소통하는 게시판에 올라온 것으로 손님의 황당한 메모에 분노한 누리꾼들에 의해 다른 여러 커뮤니티로 빠르게 퍼졌다는 보도입니다.

주문 메모에는 '최저 시급 받으면서 열심히 만들어 주셔서 감사합니다. 시간이 지나도 저와 여러분의 위치 변화는 없을 겁니다'라는 메모였다고 하는데 글을 올린 사람은 '진짜 너무 속상하다. 휴학하고 잠깐 아르바이트를 하는 학생인데 도대체 왜 이런 얘기를 들으면서 일해야 하는지 모르겠다'는 반응이었고 다른 사람은 '얼마나 잘 살고 어느 위치에 있는지 모르겠지만 말 함부로 하지 말라'며 어이없다는 반응이었고 또 다른 글은 '부끄러운 줄 알아라. 고작 2만 원어치 시키면서 유난 떤다. 의외로 자존감이 부족한 사람일 수 있다. 방구석에서 저런 메모 쓰는 인생이 애잔하다. 같은 동네인데 부끄럽다. 마음이 얼마나 가난하면 이런 짓을 할까?' 등의 반응이었다고 합니다.

뒤에서 다른 사람을 모욕하고 조롱하고 비하하는 못된 짓을 벌이는 사람 때문에 사회의 화합과 협조가 안 됩니다. 우리 사회에 최저 시급을 받으면서 일하는 사람들이 너무 많습니다. 그 사람들이 일부러 최저 시급을 받으려고 취직한 것은 아닙니다. 좀 더 나은 봉급, 좀 더 나은 일자리를 찾아 분투하는 것입니다. 그런 사람들 앞에 조롱하는 글을 남겼다니 사회를, 사람들을 자주 비교하고 다른 사람들보다 나는 우월하다는 우월감을 나타내는 비열한 사람들이 벌이는 짓입니다.

사회는 평등하고 비교하지 말라는 성현의 말씀은 2023년 3월이 지나가는 현재에도 통하지 않는 공염불입니까? 일반인의 생각과는 동떨어진 이런 일은 시간이 지나가면 저절로 알게 됩니다. 태어날 때부터 열등한 인간 없고 태어날 때부터 고귀하고 고상한 인간이 없다고 이미 2000년 전에 성현께서 말씀하셨습니다. 사람들이 행위로 열등한 인간이 되고 또 고귀한 인간도 된다고 하신 말씀입니다. 이 메모를 남긴 사람은 **'어리석은'** 짓으로 여러 사람으로부터 비난받는 처지가 됐습니다.

4장

분노가 가득한 사회

61
노인을 돌보지 않는 사회

동아일보　　　　　　　그대여 어리석고도 또 어리석은 이여　　　　　2015년 8월 15일

2015년 8월 한여름 찌는 듯한 무더위 속에 쪽방촌 홀몸 노인들의 이야기가 보도됐습니다. 동아일보 2015년 8월 15일 월요일자 사회면 16면 보도 내용입니다.

서울 중구 남대문로5가 쪽방촌에 홀로 사는 68세 정 모 씨는 폭염이 이어지는 때는 거의 아침밥을 거른다고 합니다. 누우면 꽉 찰 정도로 좁은 공간에 TV와 냉장고가 열기를 뿜다 보니 방은 찜통과 같다는 것입니다. 선풍기가 돌아가지만 바람조차도 뜨겁다는 것입니다. 거기에다 밥을 짓기 위해 버너까지 켜면 한증막이 되어 그렇다는 보도였습니다.

그래서 아침을 거르는 날이 많다 보니 한 달 사이 체중이 2kg이나 빠졌고 협심증, 기관지염, 당뇨, 고혈압을 앓고 있어 알약 12개를 먹어야 한다는 보도입니다.

쪽방촌의 홀몸 노인 정 씨는 더위를 피해 쪽방촌을 나와 서울 시내를 떠도는데 지하철을 탄다고 합니다. 지하철 1호선 소요산역과 오산역을

오가면 4시간을 시원하게 보낼 수 있다는데 밤새 더위 때문에 못 잔 잠을 지하철에서 잔다는 보도입니다.

노인의 수입은 기초 생활 수급비 50만 원이 전부인데 쪽방 월세 14만 원과 담뱃값을 감당하기에 너무 부족하다고 합니다. 쪽방으로 돌아온 시간이 오후 6시 50분인데 바깥 기온이 29도이지만 쪽방 안은 33도로 너무 더웠고 그래서 냉수마찰을 하고 방에 누웠는데 5분도 되지 않아 몸은 다시 땀으로 범벅이 되었다는 보도입니다.

이 보도를 보면서 너무나 가슴이 아픈 것은 근로 능력이 없어 돈벌이 할 수 없고 기본 재산도 없는 노인들을 사회에서 돌보지 않는다는 것입니다. 하루하루 지나가서 나이는 먹었고 능력은 없어지는데도 재산은 없다니 슬프기만 합니다. 개인은 이런 현실에 잘 대처를 못 했다니 어쩔 수 없는 일이었다고 하더라도 사회에서 이런 사정에 대처하지 못하고 대책을 세울 수 없다는 것은 애처롭기만 하고 **'어리석은'** 사회이기도 합니다. 개인이 대처를 못 하면 이 사회가 조금 거들어야 하는 것이 맞는 것일 텐데 이런 슬픈 사정을 늙었을 때 정작 자신은 피할 수 있을지 걱정입니다.

62

자살

경찰관이 1년에 20명 가까이 자살하고 있다는 안타까운 보도가 있었습니다. 2017년 3월 10일 금요일자 서울경제신문 27면 사회면입니다. 최근 5년간 자살한 경찰관이 100명에 이른다는 것으로 강도 높은 업무에 따른 스트레스와 우울증, 정신적 외상(트라우마) 등 정신 건강 악화가 원인이라는 보도입니다. 일선 현장의 경찰관들은 끔찍한 사건 사고 현장을 목격하거나 범죄자의 위협을 겪고 나면 정신적 외상에 시달린다는 것입니다.

충격적인 현장을 보거나 극심한 스트레스에 시달리는 경찰관들은 정상 생활을 할 수 없는 경우가 많다는 전문가의 견해인데 경찰 트라우마 센터에서 상담과 치료를 통해 상태가 호전되는 사례가 있다는 희망적인 보도입니다.

경찰은 정신 건강을 위해 서울, 부산, 광주, 대전에 경찰 트라우마 센터를 운영하고 있는데 서울, 부산, 광주, 대전 이외에 더 수를 늘려 의무적으로 정신 건강 진단과 치료를 받도록 해야 한다는 것입니다.

상황이 아무리 나쁘든 자신의 생명을 해치는 것은 중죄에 해당된다는 선현의 수많은 가르침이 있었습니다. 경찰이 이런 사정을 알게 되어 치료 시설을 건설해 경찰관을 보호한다니 다행입니다. 사회가 건강해야 범죄도 줄어들 텐데 사회에 강력한 정신 지도자가 나타나 사회를 깨끗하게 바로 잡아 주었으면 좋겠다는 생각입니다. 어쨌든 자신의 생명을 해치는 것은 가정, 소속 단체, 사회에 엄청난 충격을 주는 **'어리석고도 또 어리석은'** 일 입니다.

2017년 2월 다세대 주택 반지하에서 살던 40대 남성이 숨진 채 발견됐다고 합니다. 서울경제신문 2017년 3월 27일 월요일자 33면 전국면입니다.

이 남성은 5개월 동안 월세가 밀리는 생활고에 시달리다 결국 집을 비우기로 약속한 날 숨졌습니다. 극심한 빈곤으로 월세조차 내지 못해 죽음으로 내몰리는 사람들이 늘고 있다는데 그래서 서울시 당국이 특별 대책을 마련했습니다. 특별 교부금 30억 원을 추가로 들여 위기 가구에 100만 원을 추가 지원하기로 했는데 서울시는 먼저 월세를 내지 못하는 가구에 최대 200만 원을 지원하는 등의 주거 위기 가정 특별 대책을 발표했다고 합니다.

그래서 가구별 지원금은 기존 3인 가구 70만 원, 4인 이상 가구 100만 원에서 최대 200만 원으로 늘어나게 됐습니다.

지원 기준은 재산 1억 8,900만 원 이하, 금융재산 1,000만 원 이하가 원칙이라고 합니다. 일용직 근로자로 실직이 많은 동·하절기에 대상자를 발굴해 지원할 방침이라고 하는데 잠재적 노숙인에 대한 지원도 확대, 임시 주거를 지원하고 일자리 연계 지원 등 자립을 목표로 지원한다고 합니다. 일정한 거처가 없이 여관 등 숙박 시설이나 찜질방 등에서 미성년 자녀와 함께 지내는 가구에 대해서도 종전 500만 원에서 1,000만 원까지 보증금 지원액을 늘린다고 합니다.

노동 능력이 점차 쇠퇴하는 50~60대 장년층 가구가 실직 이혼 등 사회관계가 단절돼 극단 선택을 하는 사례가 있는 만큼 서울시는 정신 건강 검진과 치료도 지원하고 서울 복지 재단에서 운영하는 서울 금융 복지 공익 법 센터를 통해 빚 독촉에 시달리는 가구에 금융 상담과 소송 지원도 한다고 합니다.

사회에 어두운 그늘 속에 지내는 사람들이 있습니다. 그렇다고 해서 세상의 제일 가치인 생명을 가해하는 것은 '**어리석은**' 일입니다. 행정 당국이 따뜻한 손길을 내밀고 있어서 다행입니다.

2023년에도 우리나라 전국에서 어려운 현실 속에 도움을 요청하지 못하는 사람들이 있을지 모릅니다. 지속적으로 이런 정책이 펼쳐져 어려움 속에서 길을 찾는 사람들이 희망을 갖고 의욕적으로 앞길을 밝혔으면 좋겠습니다.

전라남도 장성군의 한 저수지에서 차량 한 대가 빠져 40대 어머니와 대학 1학년 여학생이 숨졌다는 보도가 있었습니다. 동아일보 2017년 8월 29일 화요일자 14면 사회면 보도 내용입니다.

46살 어머니와 19살 딸의 시신이 발견됐는데 어머니는 오래전 남편과 별거하고 다니던 직장도 그만두었다는데 대학에 입학한 딸과 함께 월세로 살고 있었다고 합니다.

최근에는 등록금 마감 납부일인 2017년 8월 25일까지 돈 500만 원가량을 마련하기 위해 애쓴 것으로 전해졌다고 합니다. 결국, 등록금을 내지 못하자 극단적 선택을 한 것으로 보인다는 보도였습니다.

이렇게 사정이 어려운 때에는 여러 사람에게 알려 도움을 요청하는 것도 한 방법이 되리라는 생각입니다. 낙망만 하고 있을 것이 아니라 직업을 구하려는 노력도 필요했다는 안타까운 생각이 듭니다.

건강 보험료 부과 체계 개편 방안의 골자는 고소득자의 건강 보험료는 올리고, 저소득층 보험료는 내리겠다는 것이라고 보도는 전하고 있습니다. 서울경제신문 2017년 1월 24일 화요일자 2면 내용입니다.

서민층의 재산, 자동차 보험료 부담이 완화된다는 것인데 월 4만 8천 원의 건보료를 내다 자살로 세상을 등진 송파 세 모녀처럼 연간 종합 소득이 500만 원 이하인 지역 가입자에게 세대원의 성, 연령과 재산, 자동차를 고려해 매기던 지역 가입자 평가 소득 보험료는 2018년 폐지된다고 합니다. 지역 가입자들은 '왜 우리만 주택 자동차에 대한 건강 보험료를 내야 하느냐, 퇴직 후 별 소득이 없는데도 왜 보험료가 늘어나느냐'는 민원을 제기해 왔다는 보도입니다.

정부의 부과 체계 개편안이 공무원 군인 사학 연금 수입자, 종합 소득이 많은 직장 가입자 등의 보험료를 서서히 올려 반발을 줄이는 데 초점을 맞추었다고 보도는 전했습니다.

지역 가입자는 고소득 자영업을 하는 경우는 다르지만, 직장에 다니지도 않아 월급마저도 없는데 사실상 고액의 보험료를 내게 되는 부과 체계의 모순으로 많은 고통을 받아온 것이 사실입니다. 잘못된 부과 체계를 바로잡아야 하는 것은 당연한 일입니다.

2016년 5월 스스로 목숨을 끊은 2년 차 검사 김 모 씨의 죽음의 배경에 한 상사의 폭언이 있었다는 의혹이 있고, 서울의 최대 버스 회사 대표가 직원에 대해 상습적으로 폭언했었다는 언어폭력 사례가 사회 곳곳에서 퍼지고 있다는 보도가 있었습니다.

2016년 7월 6일 수요일자 서울경제신문 28면 사회면 보도 내용입니다. 인간의 가치를 한없이 깎아내리는 이런 폭력 언어로 자살까지 내몰린다는 내용이었습니다.

지속적인 폭언에 시달리다 정신적 고통을 호소하며 자살이라는 극단적 선택을 하게 된다는 것입니다.

무자비한 막말을 내뱉는 사람들은 상대방을 이해하는 역지사지(易地思之)의 감정을 느끼지 못하는 사람이라는 것으로 독버섯처럼 퍼지는 우리 사회의 큰 문제라는 지적이었습니다. 자존감을 떨어뜨리게 하거나 모욕을 느끼는 말 한마디는 오래 기억에 남고 그 순간이 반복적으로 떠오르면 우울감에 빠져 극단적인 선택에 이를 수 있다는 전문가의 말을 신문은 보도했습니다. 상대방의 아픔에 공감 능력이 떨어져 이해 못 할 요구를 하는 상사가 있다는 것입니다.

상사의 고압적인 태도 때문에 고통을 호소하는 사람들 대다수가 부당함을 억누르다가 곪아 터지는 경우가 많고, 우리나라 사람 대다수가 지식 습득과 책상 앞 교육에만 매달려 정작 자신을 표현하는데 서툰데 자기표현 훈련을 하는 것이 필요하다는 전문가의 지적을 신문은 보도했습니다.

다른 사람을 이해하고 같이 공동체로 평화롭게 화기애애하게 사는 그런 사회의 모습이 인간적인 사회의 모습이라고 하겠습니다.

상대방을 깎아내리고, 모욕을 주고, 한없이 괴롭히며 자신들만 잘살면 된다는 극단적 이기적인 사회의 모습은 아무래도 정상적인 모습은 아니라는 판단입니다. 이런 경우 사자성어를 굳이 찾으면 죽을 고비에서 한 가닥 살길을 찾는다는 사중구활(死中求活)이 있습니다. 아무리 모욕적인 언사를 들었더라도 인간의 생명보다 우선하는 것은 없다고 하겠습니다.

불황 속에서도 도박하는 카지노는 북새통을 이루고 있다는 보도입니다. 2016년 8월 4일 목요일 동아일보 1면 보도 내용입니다. 밤을 새우며 도박을 하고 나온 59살 모 씨는 승용차를 전당포에 맡겨 대출을 받았는데, 지난 10년간 온갖 방법으로 돈을 마련해 카지노에 갔고 그사이 가정이 붕괴해 여러 번 자살 시도를 했다는 보도 내용입니다. 냉면집 8개를 운영하던 사람은 강원랜드에서 도박으로 200억 원을 잃고 두 달 전 자살했다고 합니다.

강원랜드에는 하루 방문객이 8월에 들어 1만 명 선이라고 하는데 방문객 중에는 무리하게 빚을 내 도박하는 도박 중독자가 많다고 합니다.

강원랜드는 2개월 연속으로 월 15회 이상 출입하는 방문객들에 대해 정도에 따라 출입을 제한하고 있다고 합니다.

그런데 강원랜드가 개별 소비세, 법인세 등을 2015년 2,968억 원이나 납부했다고 합니다. 그만큼 강원랜드는 수익이 신기록을 이루었다는 뜻입니다. 자살하는 도박 중독자와는 너무나 대조적인 모습입니다. 한쪽에서는 자살로 내몰리는데 다른 한쪽에서는 수익이 신기록을 냈다는 것이니 한쪽이 좋으면 다른 한쪽은 너무나도 비극적으로 된다는 역설입니다.

보도는 연 50일 이상 드나든 도박꾼이 1만 1731명이나 된다고 하는데 도박 중독자 관리가 잘 안된다는 지적입니다. 출입 제한 조치가 너무나 느슨하다는 것입니다.

한탕으로 부자가 되어 이후 느긋하게 사는 그런 꿈을 꾸는 것은 무척 행복해 보이지마는 그것이 현실로 되지 못하는 너무나 안타까운 그런 도박 세상의 실제 모습입니다.

사자성어에 음하만복(飮河滿腹)이 있습니다. 물이 아무리 많이 있더라도 마시는 분량은 실상 배를 채우는 정도에 지나지 않는다는 것으로 모든 사람이 제 분수를 지킬 줄 알아야 한다는 것입니다.

63
동물 학대

조선일보   그대여 어리석고도 또 어리석은 이여   2022년 11월 22일

　　김진영 연세대학교 교수가 쓴 학대받는 동물 이야기 '자작나무숲', '동물에 관한 이야기는 왜 슬픈 걸까' 칼럼이 보도돼 동물과 인간 간의 유대 관계를 깊이 생각해 볼 수 있게 해 주었습니다. 조선일보 2022년 11월 22일 자 오피니언 37면 보도 내용입니다. 김 교수는 인간은 자주 배반하는데 반해 순진한 동물은 배반하는 인간에게서 신뢰를 거두지 않는다고 썼습니다.

　　노어 노문학을 가르치는 김 교수는 "러시아 문학에 동물과 관련된 슬픈 이야기가 많다는 것은 그만큼 고통받고 배반당한 인간의 사연이 많고 함께 슬퍼하며 분노한 작가가 많다는 뜻이기도 하다. 인간이 인간을 학대하고 학대받은 인간이 또 자신보다 약한 동물을 학대하는 폭력의 연쇄작용 앞에서 작가들은 고개를 돌리거나 눈감아 버리는 대신 그 현장에 남아 지켜보았다"며 슬픈 동물 이야기를 풀었습니다.

　　김 교수는 "도스토옙스키의 죄와 벌에서 주인공이 꾸는 악몽을 예로

들 수 있다. 꿈에서 주인공은 일곱 살 소년 시절로 돌아가 끔찍한 광경을 목격한다. 술 취한 무리가 말라빠진 암말의 짐수레에 올라타 웃고 조롱하며 끝내 쳐 죽이는 장면이다. 짐마차 주인은 수레를 끌기 위해 수레째 몽둥이로 죽을 때까지 내려치는데 폭력의 강도가 높아질수록 분노 또한 걷잡을 수 없이 솟구쳐 올라 말의 숨통을 끊어 놓은 후에도 그 관성을 주체하지 못할 정도다. 주변 군중도 흥분에 가담한다. 소년은 아버지의 만류도 뿌리친 채 말에게 달려가 부둥켜안고 울면서 피투성이 말 얼굴에 입맞춘다. 아빠 사람들은 왜 이 불쌍한 말을 죽인 건가요"라고 쓰며 학살을 보며 만류해야 하는데도 오히려 학살을 두둔하는 무감각한 사람들에 비해 말에 대한 애정과 학살에 슬퍼하는 소년을 기술한 러시아 작가의 소설에 관해 썼습니다.

김 교수는 "내 거다. 내 것이니 내 마음대로 할 수 있다는 거다. 이 무도한 논리의 부당함에 대해 톨스토이가 일침을 놓은 바 있다. 단편 살아 있는 얼룩말 '홀스토메르'에서 도무지 자기 것이 될 수 없는 것들을 인간은 내 것이라 부르고 그 말을 많이 할 수 있어야 행복하다고 생각한다. 살아 있는 말에 대해 나의 말이라 하는 것은 나의 흙, 나의 공기, 나의 물만큼이나 이상한 것이다."라고 소설에 빗대 인간이 벌이는 이기적 행태와 아집을 이야기했습니다.

김 교수는 투르게네프 단편 소설 「무무」를 소개하며 강아지 무무가 변덕쟁이 여자 지주를 보고 짖었다는 이유만으로 없애 버리라는 명령을 받은 농노가 무무를 강에 빠뜨려 익사시킨다는 비극을 이야기합니다. 김 교수는 "슬픈 동물, 슬픈 약자가 주변에 너무나 많다"고 썼습니다.

아직도 우리 농촌에는 소가 남아 농민을 도와 논밭을 갈아 씨를 뿌리기 좋게 일을 합니다. 농민에게 순종하며 묵묵히 소가 임무를 다한 다음에는 죽으면서까지 우리 인간에게 영양을 남겨 줍니다. 주인이 사정이 안 좋으면 우시장에 다른 농민에게 팔게 되는데 분명 우시장에서 이별했는데도 그다음 날 아침이 되면 다시 집으로 돌아와 있다는 이야기를 많이 들었습니다. 그 먼 길을 어떻게 알아서 돌아왔는지 정말 불가사의입니다. 주인을 생각하고 사랑하는 소의 감각이 너무 놀랍습니다. 큰 눈을 껌벅이며 쳐다보는 소의 표정이 김 교수의 글을 보며 불현듯 생각이 나는 것입니다. 소가 참으로 신기한 동물인 것은 소는 절대로 교량을 건너지 않으려는 것입니다. 교량을 건너지 않으니 냇가나 강가의 물속으로 건너야 합니다. 교량을 건너면 주인을 다시 만나야 되는데 만나게 되지 못하거나 도살될지 모른다는 감각이 있었기 때문일 겁니다.

요즘 세태에 동물을 일시적으로 기르다가 필요가 없어지면 유기하거나 심지어 학대하다 죽이는 끔찍한 일이 자주 보도되고 있습니다. 자연을 생각하고 동물을 사랑하는 사람 입장에서는 해서는 안 되는, 생명을 유린하는 동물 보호법 위반입니다. 법 위반은 어쨌든 **'어리석고도 또 어리석은'** 짓입니다.

64
사고 위험 내몰린다

동아일보   그대여 어리석고도 또 어리석은 이여   2016년 6월 2일

2016년 6월 1일 오전 7시 27분께 경기도 남양주시 주곡2다리 아래 지하철 진접선 공사장에서 가스가 폭발해 61살 근로자 윤 모 씨 등 4명이 숨지고 46살 김 모 씨 등 10명이 다쳤는데 부상자 중 61살 황 모 씨 등은 전신 화상을 입은 중상이라는 보도가 있었습니다.

동아일보 2016년 6월 2일 12면 사회면 보도 내용입니다. 안전 불감증으로 폭발 위험성이 큰 지하 밀폐 공간에서 아무런 안전 조치 없이 공사하다 사고가 났다는 내용입니다.

하청 업체 직원 2명과 일용 근로자 12명이 오전 7시부터 출근해 작업을 준비했는데 이 중 5명이 가스로 열을 발생시켜 철근을 절단하는 용단 작업을 하기 위해 산소와 액화 석유 가스통과 연결된 호스를 들고 지하 15m로 내려가서 용단 작업을 하는 순간 폭발이 일어났다는 것입니다.

가스 감지 시설 설치 규정을 안 지켰고 용단 작업 사전 신고 의무제는 이미 폐지됐다는 것으로 법 미비가 참사를 불렀다는 것입니다.

숨진 4명이 모두 하청 업체의 일용직 노동자였는데 원청 업체의 최저가 낙찰 관행에 하청 업체는 쥐어짜기가 불가피했고 그래서 인건비가 적게 드는 비숙련공이 투입된다는 것입니다.

하청 업체 직원은 현장 정보도 없이 작업하다 사고가 난다는 것입니다.

너무나 가슴 아픈 사고였는데 더욱 슬픈 것은 숨진 사람과 부상자가 하청 업체 일용 근로자였다는 것입니다. 하루하루 먹고살아야 하니 하루하루 일을 해야 합니다. 딸린 식구가 많으니 몸이 아파도 참고 일해야 합니다. 그렇게 돈을 벌려다 목숨을 잃었으니 이보다 더 슬픈 사연이 세상에 어디 있겠습니까?

가족들의 통곡과 오열하는 모습이 눈에 선하게 보입니다.

이 사고 말고도 하청 업체 직원 사망 사고는 자주 일어났었는데 주요 사망 사고는 2015년 7월 한화케미칼 울산 2공장 폭발 사고로 인해 6명이 사망하는 사건 등이 있었다는 보도입니다.

사람의 목숨보다 더 중요한 것이 세상에 어디 있겠습니까? 비용 절감도 중요하지마는 그것보다 훨씬 더 중요한 것이 있다는 것을 일깨우게 하는 사건이었다고 하겠습니다.

'어리석은' 일은 안전을 우선 생각하지 않는 것입니다.

65

비정규직 최저 임금 시급 1만 원

2017년 최저 임금이 6,470원, 서울시의 생활 임금은 시급 8,197원이었습니다. 차츰 올라 2022년이 지나며 최저 임금이 9,000원대로 올라섰습니다. 정부가 2020년 최저 임금 시급 1만 원 공약을 내걸었지만 2022년이 지나도 이 공약은 지켜지지 못했습니다. 2023년 최저 임금은 9,620원입니다.

원래 노동자와 사용자는 동등한 위치에 있는 것이 맞습니다. 그래서 노동조합이 있는 회사에서는 노사 협약이 있게 되고 머리를 맞대며 회사 발전을 위해 공동 노력하게 됩니다. 그렇지만 근로자라는 용어는 사용자에 예속된 느낌이 드는 것이고 그래서 노동자로 불러 주는 것이 맞다는 느낌입니다. 엄연히 국가에 근로 기준법이 존재합니다. 장시간 노동으로 노동자가 건강을 해치는 일이 없어야 하고 최저 생계 유지비로 적절한 임금을 받아야 하며 최소한의 인간다운 삶을 위해 일하는 만큼 복지 혜택도 누려야 합니다. 아직도 영세 사업체나 소규모 공장 같은 데서는 노동

조합마저 존재하지 못하는 21세기에 맞지 않는 일이 존재합니다. 노동조합을 탄생시키려면 또 엄청난 희생과 파문이 일게 되어 있습니다. 엄연히 법이 존재하지만, 실상은 너무 열악하고 노동자의 힘은 거의 없다고 하겠습니다.

대리 기사, 아파트 경비원, 환경미화원, 광부 등 노동자와 감정 노동 종사자도 당연히 보호를 받는 국가 체계가 마련되어야 합니다.

우리 사회는 계약직, 임시직 등에 종사하는 비정규직 종사자들이 임금이나 승진, 복리 후생 등에서 정규직과 비교하면 상대적으로 뒤지는 대우를 받습니다.

동일 노동 동일 임금이 원칙이지만 지켜지지 않는다는 것입니다. 국가가 발전하려면 노동이 존중받는 사회가 이뤄지는 것이 맞습니다. 최저 임금 시급 1만 원 공약은 지켜지지 않고 있습니다. 사용자 입장에서는 임금이 오르면 경영이 어려워진다며 반대합니다. 노동자 입장에서는 임금이 오르면 구매력이 생기고 그래서 생산도 더불어 늘어나 사회도 발전하고 국가도 발전한다고 봅니다. 임금이 오르지 않으면 노동자 입장에서는 가계도 꾸려가야 하는데 어떻게 보면 생존의 문제이기도 합니다. 최저 임금을 올리는 데는 상반된 입장의 양극단이 있습니다.

2016년 초 한 공공 기관에서 인턴을 했던 대학생 26살 김 모 씨가 최저 임금조차 받지 못했다며 한숨을 쉬었다는 보도가 있었습니다.

동아일보 2016년 10월 13일 목요일자 12면 사회면 보도 내용입니다.

동아일보와 이종구 새누리당 의원이 공공 기관 251곳을 조사한 결과 6,030원인 최저 시급보다 적게 주거나 유급 휴일 적용을 정식 직원과 차별한 공공 기관이 12곳이나 되는 것으로 나타났다는 것입니다.

최저 임금 준수를 외치는 한국 노동 연구원은 두 달뿐인 유급 25일로 계산한 급여로 유급 26일인 나머지 10개월에도 적용해 사실상 5,861원으로 산정한 셈이 된다는 보도입니다. 강원대병원 등 4곳이 최저 임금에 미달됐다는 보도입니다.

최저 임금 미지급 기관은 세종학당재단이 시급 5,742원 등이라는 보도로 저임금에 시달리는 청년들을 생각하면 가엾기만 한 심정입니다.

프랑스에서는 인턴 기간을 최대 6개월로 제한하고 2개월 이상 일한 인턴에게는 임금의 최저한도가 사회 보장 급여의 15% 이상이어야 한다고 규정하고 있다는 보도입니다.

전문가들은 근로 기준법과 청년 인턴 고용에 대한 인식 개선과 처벌 강화가 필요하다고 강조했다는 것입니다.

근로자 10명 중 1명은 최저 임금조차 제대로 받지 못하는 것으로 나타났다는 보도도 있었습니다. 매일경제신문 2015년 7월 14일 화요일자 12면 경제면 보도 내용입니다.

한국 노동 사회 연구소 김유선 선임 연구 위원이 발표한 비정규직 규모와 실태 자료에 따르면 2015년 3월 현재 최저 임금을 못 받는 근로자가 232만 6,000명으로 조사됐다는 보도입니다.

최저 임금을 못 받는 연령은 청년층, 노년층이고, 비정규직이 많았다는 것입니다.

25세 미만은 무려 28.4%가 최저 임금 미지급 근로자였고, 55세 이상도 28.5%였다고 합니다. 우리 사회가 법으로 정해진 최저 임금조차 받지 못하고 신음하는 사람이 많다는 것이 밝혀져 그저 씁쓸한 마음만 드는 것입니다.

2016년 10월 말 기준으로 전국 편의점 수가 2만 3000개를 넘는데 매출만 20조 원이 되는 등 전성기를 맞고 있지마는 청년 취업난과 경기 불황의 여파로 생활비나 학비를 벌기 위해 편의점 야간 아르바이트에 나선 청년들이 범죄와 낮은 처우 등 이중고에 시달리고 있다는 보도입니다. 서울경제신문 2016년 11월 17일 목요일자 28면 사회면 내용입니다.

경찰청에 따르면 2015년 편의점에서 발생한 살인강도 강간 등 강력 범죄는 323건, 폭행 상해 협박 등 폭력 범죄는 1,543건에 달했다는 보도입니다.

편의점은 현금을 보관하고 있는 데다 점원이 한 명이라는 점이 범죄에 쉽게 노출된다는 것입니다. 거기에다 야간 평균 아르바이트 시급이 6,522원으로 법으로 규정돼 있는 야간 최저 시급 9,045원의 3분의 2 정도에 불과하다는 것인데 10명 가운데 4명은 근로 계약서를 작성하지 않은 채 근무하고 있고, 6명은 4대 보험에도 가입하지 못한 것으로 아르바이트 노동조합의 조사 결과로 나타났다는 것입니다.

즉 수많은 청년이 범죄에 노출된 상황에서 급여조차 제대로 받지 못한 채 밤샘 근무로 혹사당하고 있다는 것입니다. 청년이 나라의 미래 자산이라면 그렇게 막 대할 수는 없다는 생각이 우선 듭니다.

일념화생(一念化生)이라는 사자성어가 있습니다. 집념에 따라서 성인군자도 되고, 한 생각이 가는 데 따라서 잡귀가 되기도 한다는 것으로 청년들이 바른길로 들어서 나라가 건강해지는 풍토가 자라났으면 하는 바람입니다.

비정규직이라는 용어가 등장한 것은 20세기 말 국제 통화 기금 구제 금융 사태 이후 법이 바뀌면서 일어난 일입니다. 같은 일을 하면서도 비정규직이라는 이유만으로 임금을 적게 받거나 해고를 쉽게 당하는 불이익을 받았습니다.

한마디로 비정규직은 제대로 대우를 못 받는 형태의 근로 조건에 얽매인 사람들이라는 생각입니다.

2016년 3월 15일 화요일자 서울경제신문 29면 사회면 내용을 보면 비정규직 차별과 불법 파견을 없애기 위해 근로 감독 업체 수를 늘린다는 정부의 방침이 시행된다는 보도입니다.

최저 임금 준수, 서면 근로 계약 체결, 임금 체불 점검 등을 위해 피시방, 카페, 주점, 노래방, 숙박업체, 백화점, 의류 잡화 쇼핑몰, 대형 마트, 물류 창고, 주유소, 미용실, 음식점 등에서 비정규직 차별을 점검한다는 내용입니다.

비정규직 처우 개선과 차별 해소를 위해 노동 시장의 이중 격차를 해소하고, 열정 페이 근절 및 취약 계층 근로 감독을 시행해 근로 조건을 개선하고, 장시간 근로 환경 개선을 시행해 가족과 함께하는 저녁 시간을 만들고, 불공정 인사 관행을 개선해 능력 중심 인력 운영이 정착되도록 한다는 것입니다.

정부의 이러한 방침이 제대로 시행돼 비정규직 근로자가 행복한 시대가 되었으면 하는 바람이지만 현실은 그렇지 않으니 너무나 답답한 마음입니다.

노동 현장에서 비정규직 차별이 얼마나 심하면 정부가 나서겠느냐는 비참한 심정이 드는 것입니다. 비정규직 근로자도 가족이 있고 가족을 먹여 살려야 하는 절박한 사정이 있다는 것을 모두가 이해해야 하는데도 노동 현장은 예나 지금이나 오로지 이익을 내야 한다는 절박한 외침만이 득세한다는 생각입니다. 그래서 이익을 내기 위해 임금을 깎고 근로 시간을 늘리는 편법이 판치게 됩니다.

사자성어에 백년하청(百年河淸)이 있습니다. 중국의 황하가 늘 흐려 백년이 되어도 푸를 때가 없다는 것으로 아무리 세월이 오래 흘러도 진전이 이루어지기 어렵다는 것입니다. **'어리석은'** 사회의 한 모습입니다. 비정규직 문제가 불거진 지가 오래됐지마는 해결될 기미는 전혀 보이지 않으니 비정규직으로 근무하는 사람들이 답답해하는 것이 눈에 보입니다.

2016년 8월 17일 수요일 서울경제신문 25면 사회면 보도 내용을 보면 참담한 우리 사회의 일면을 보게 됩니다. 떵떵거리며 호화롭게 사는 사람들이 있는가 하면 생계마저 막막한 한계 상황에 이른 사람도 많다는 것입니다.

2016년 8월 16일 한국은행 조사국이 금융 통화 위원회에 보고한 분석 보고서에 따르면 최저 임금을 받지 못하는 근로자 수는 2016년 280만 명을 기록하고 2017년에는 313만 명에 달할 것으로 추산된다는 보도 내용이었습니다. 한국은행은 최저 임금법에 광범위한 예외 조항이 있는 데다 근로 감독에서도 경영주의 경영 애로 등을 고려해 감독과 처벌이 솜방망이식으로 이루어지고 있다고 지적했다는 보도였습니다.

그래서 근로 감독 강화를 통해 최저 임금 준수율을 높이고 최저 임금 제도의 실효성을 높이는 방안을 모색할 필요가 있다고 지적했다는 것입니다.

2017년 최저 임금이 시간당 6,470원으로 8시간을 일해도 생계가 걱정되는 수준의 입금을 받게 됩니다.

도시에서는 이 돈으로 1인 가구는 그럭저럭 생계를 이어갈 수 있다고 여겨지나 다인 가구에서는 도저히 생계를 지탱할 수 없는 막다른 골목에

다다르는 처지인 셈이 돼버립니다.

대분망천(戴盆望天)이라는 사자성어가 있습니다. 동이를 이고 하늘을 보려 한다는 뜻입니다. **'어리석은'** 일의 하나입니다. 우리 현실에서는 열심히 일해 최저 임금이라도 받아야 생계가 유지되는데 최저 임금도 못 받고 그나마 임금 체불이라도 되면 언제 임금이 나올지 모르는 답답한 현실이 기다립니다. 최저 임금을 받는 것을 그나마 다행으로 생각하고 성실히 일해야 그다음을 기약할 것이겠습니다. 지금 현실에서 임금을 더 올려 받으려는 것이나 정규직으로 승급돼 신분을 보장받는 것은 꿈인지 모르겠습니다.

한국일보 2023년 5월 11일 목요일자 3면 한국포럼 노동 개혁에 대한 토론에서는 노동권 보장이 부족하다는 점과 노조 밖의 약자 보호 정책이 필요하다는 내용이 실렸습니다.

초단시간 노동자 등 불안정 노동자들이 보호의 사각지대에 놓여 있다는 것인데 법 제도를 보완해야 한다는 전문가의 의견이었습니다. 다른 전문가는 노동조합을 만들 의지, 존속할 의지를 이야기하며 제도 개편과 노동 교육 강화를 통한 권리 의식 함양이 필요하다고 강조했습니다.

노동 약자를 위한 노동 개혁을 위해 함께 나아가야 한다는 것입니다.

노조 밖 노동자, 취약 노동자를 보호해야 한다는 토론이었습니다.

66
사익 추구 세무 공무원

동아일보   그대여 어리석고도 또 어리석은 이여   2016년 5월 25일

허위 거래 자료를 이용해 100억 원대의 부가 가치세를 부정 환급받아 가로챈 혐의로 기소된 세무 공무원과 공범들에게 중형이 선고됐다는 보도 내용입니다.

특정 경제 범죄 가중 처벌법상 사기 등의 혐의로 기소된 33살 모 씨에게 징역 10년과 벌금 200억 원을 지방 법원 형사 합의부가 선고했다고 합니다.

2016년 5월 25일 수요일 동아일보 16면 사회면 보도 내용입니다. 거액의 벌금을 선고한 것은 허위 전자 계산서를 매입 자료로 활용하는 과정에서 부가세를 부정으로 환급받기 위해 기재한 총액을 기준으로 했기 때문이라고 합니다.

재판부는 부가 가치세 환급금을 가로채는 등 국가 조세 질서의 근간을 흔들고 국고에 심각한 손실을 입힌 중대한 범죄 행위라고 질타했다는 것입니다.

조직과 동료들에게 엄청난 충격을 주었고 사회적으로도 큰 파문을 일으켜 중형 선고가 불가피하다고 판결 취지를 설명했다고 합니다.

이 보도 내용을 보며 국가를 위해 봉사하라고 공무원직을 맡겼더니 오히려 사익을 위해 돈을 편취했다니 도저히 일반인으로서는 이해할 수 없다는 판단입니다. 젊은 나이에 돈이 어디에 필요하다고 국가에 절대 봉사하는 자세를 가졌다면 일어나지 않아야 하는 사건이라는 판단입니다.

사자성어로 서제막급(噬臍莫及)이라는 것이 있습니다. 사람에 잡힌 사향노루가 배꼽의 향내 때문에 잡혔다고 하며 배꼽을 물어뜯는 것처럼 일이 그릇된 뒤에는 후회해도 어쩔 수 없다는 것으로 **'어리석은'** 짓을 벌인 사람들의 뒷모습입니다.

67
그냥 지나가세요

동아일보   그대여 어리석고도 또 어리석은 이여   2015년 11월 25일

장애인 부모의 속사정을 보도한 내용이 있었습니다. 2015년 11월 25일 수요일자 동아일보 10면입니다. 물론 자식이 똑똑하고 공부도 잘하고 건강한 것이 모든 부모의 바라는 마음일 것입니다. 그런데 그렇지 못한 경우의 이야기입니다. 어린아이에서 점점 더 덩치는 커가는데 부모는 생계를 이어 가려면 아이를 마음 놓고 맡겨 놓고 일했으면 좋겠는데 그렇지 못한 사정도 있습니다.

뇌 병변 1급 아름이의 엄마는 학교를 마치면 병원 3곳을 오가며 재활 활동을 하는데 불면증에 수면제 없이는 잠에 못 든다는 보도 내용입니다.

얼마 전에는 수면제 졸피뎀의 치명적인 부작용이 방송국 보도에 나왔는데 수면제를 복용하는 것은 가급적 삼가야 할 일이 됐습니다.

발달 장애 1급 선혜의 엄마는 가방 챙기고 교복을 입히고 함께 등교한다는 것으로 고등학교를 졸업하면 어떻게 하나 걱정이 앞선다는 보도 내용입니다.

지적 장애 1급 성태 씨의 엄마는 집에서만 생활하는 몸무게 100kg의 거구의 아들을 돌봐야 하는 데 힘에 부쳐도 도움을 청할 사람이 없다는 하소연이었다는 보도였습니다.

장애인 부모의 속마음을 보면 지적 장애 자녀를 둔 엄마가 목격한 것인데 "아이가 친구를 보고 인사하고 싶어 하는데 정작 그 아이는 모르는 사람 대하듯 외면할 때 하늘이 무너지는 것 같았다"고 말했다고 보도는 전했습니다.

자녀가 장애로 힘들어하거나 나아지지 않는 모습에 부모는 절망감을 느낀다는 것으로 장애인 부모의 바람은 호기심이나 동정심 가득한 시선으로 아래위를 훑지 말고 그저 지나가 주었으면 하고 바랐고 지나친 호기심과 놀림 때문에 심하게 상처를 받는다는 내용이었습니다.

뇌 병변 장애 아이의 엄마는 "아이가 '사람들이 왜 자꾸 나를 쳐다봐?'라고 물어서 '너무 귀엽고 예뻐서 그런 거지'라고 말해 주지만 매번 가슴이 너무 아프다"라고 말했다는 보도 내용입니다.

우리 사회에 이렇게 어렵게 생활을 지탱하는 사람이 많다는 것을 알게 되니 너무나 가슴이 아프고 어떻게 해야 할지 막막해지는 것입니다. 건강한 생활을 지탱하는 것이 얼마나 중요한지도 저절로 깨닫게 되는 것입니다.

우리나라의 자살률이 세계적으로 높다고 합니다. 건강한 것 하나만으로도 행복한 것인데 하는 생각과 신체뿐 아니라 마음도 건강해야지 하는 생각이 드는 것입니다.

사자성어에 낙정하석(落穽下石)이 있습니다. 함정에 빠진 사람에게 돌을 떨어뜨린다는 것으로 다른 사람이 환난을 당할 때 구해 주기는커녕 도리어 괴롭힌다는 것입니다.

68
과밀 교정 시설

서울경제신문   그대여 어리석고도 또 어리석은 이여   2017년 4월 25일

법무부 통계로 2017년 4월 기준으로 전국 교도소 구치소 지소 등 53 곳의 교정 시설에 수용된 인원이 57,689명으로 과밀 상태가 심각하다는 보도가 있었습니다. 서울경제신문 2017년 4월 25일 화요일자 법과 사람 33면 보도 내용입니다.

전국 교정 시설 정원이 46,600명인데 2014년 2015년 2016년 2017년 4년간 수용 인원이 급격히 늘어 최고치를 기록했다는 보도입니다. 2015년 53,892명, 2017년 57,689명에 이르러 과밀 수용 상태라는 것입니다. 과밀화는 인간의 기본적 생활마저 위협할 정도이고 재소자 간 폭행의 빈도도 늘어나는 추세라는 것입니다.

과밀화의 주된 요인은 벌금형과 집행 유예 선고 비율은 줄어드는 대신 유기 징역, 금고의 선고 인원이 늘어나는 경향도 교정 시설 과밀화의 원인이라는 보도였습니다. 가석방 처분도 제한적으로 활용돼 무관용, 엄벌주의 원칙이 엄격히 작용하는 상황이라는 것입니다.

과밀화는 교정 시설의 목표인 수용자 사회 복귀와 재사회화를 저해하는 만큼 해소해야 한다는 지적이라는 보도였습니다. 경미한 범죄는 수사 단계에서 원상회복을 조건으로 하는 형사 조정이나 화해 같은 방법으로 활용해 사건을 끝내자는 것이라는 보도였습니다. 집행 유예나 벌금형 비율을 높이자는 것입니다. 이는 경미한 범죄자들이 교도소에서 새로운 범죄에 물드는 것을 방지하는 효과가 있다는 것입니다.

교도소에 수용된 재소자들은 정신적인 쇼크 상태나 마찬가지로 굉장히 심리 불안정 상태인 데다 과밀화로 재소자끼리 몸을 맞대면 충돌 가능성이 높아지는 것이 당연한 귀결입니다. 결국, 과밀화를 그대로 두는 것은 **'어리석은'** 일이라 볼 수 있겠습니다.

죄를 지으면 교도소에 가는데 엄격한 법 집행으로 재소자가 늘어 과밀 생활을 하면서 불편하다는 보도가 있었습니다.

동아일보 2015년 12월 9일 수요일자 14면 사회면 보도 내용입니다.

구치소에 수용됐던 사람의 말을 들어 보면 3.9평 크기의 방이 9명이 정원인데 수감자가 넘쳐 11명이 지내야 했고 잠을 잘 때는 누울 자리가 없어 수감자끼리 머리와 발을 교차해 자야 했다는 것입니다. 공간 부족으로 2인실을 5인실로 바꾸어 8명이 생활한다는 얘기도 있다는 보도 내용입니다.

좁은 공간에 정원이 초과된 상태에서 장기간 수감 생활을 이어 가야 하다 보니 서로 예민해져 수감자끼리 다투고 사고도 잦다는 보도 내용입니다.

53개 교정 시설 정원이 46,600명인데 2015년 12월 8일 현재 수용자 수는 54,842명으로 정원이 17.7%나 초과한 상태라는 보도입니다.

정원이 8명인 방에서 13명이 지냈다는 수감 경험자의 말에 따르면 "아무리 죄수라지만 동물보다 못한 처우를 받아 스트레스가 극심했다"고 말했다는 것입니다.

교도소 과밀화는 엄정한 법 집행을 강조하는 정부의 정책에서 비롯됐다는데 한 전문가는 "경기가 좋지 않아 절도범 같은 생계형 범죄자가 많이 구속되면서 벌어지는 일"이라고 말했다고 합니다.

교도소에 있으면 정신적으로 많이 위축되고 인생에 회의가 드는 경우가 있을 텐데 그나마 생활이라도 불편하지 않아야 하는데 이렇게 과밀 생활을 하면 정신적으로 더 피폐해질 것이라는 짐작이 가는 것입니다.

물론 개인이 극단적인 욕심을 부리지 않는 한 사회가 안정되고 사람들이 여유롭게 살면 왜 죄를 짓겠는가 하는 생각이 드는 것입니다.

사자성어에 포신구화(抱薪救火)가 있습니다. 땔 나무를 가지고 불을 끈다는 것으로 화를 없애자고 하나 오히려 큰 피해를 보게 되는 것을 말한다고 합니다. 과밀 교도소에서 수감자끼리 다투고 사고가 잦다면 오히려 수감자의 죄가 더 늘어나게 되는 것이 아닌지 두려운 것입니다.

'어리석은' 사회의 한 모습입니다.

69

분노가 가득한 사회

매일경제신문   그대여 어리석고도 또 어리석은 이여   2017년 5월 3일

행복하려면 항상 베풀어라. 불기 2561년 부처님 오신 날을 맞아 조계종 종정 진제 스님이 하신 말씀입니다. 매일경제신문 2017년 5월 3일 수요일자 12면 '매경이 만난 사람'에 보도된 내용입니다.

진제 스님은 "공자가 제자들에게 역대 가장 위대한 성인은 누구인가 묻고는 석가모니라고 답했어요. 석가모니는 다른 사람을 다스리지 않았어도 모든 이가 스스로 다스리게 했습니다"라며 석가모니가 인류의 큰 스승임을 밝혔습니다.

스님은 매일경제신문 김주영 문화부장과의 대담에서 "나라는 생각에는 인정받으려는 욕망이 있어요. 그리고 집착하고 분별하여 항상 나와 남, 옳고 그르고, 좋고 나쁘고, 곱고 밉고, 이렇게 상대적 이분법으로 사고하며 시비하고 분별하게 됩니다"라고 나라는 생각이 강할 때 일어나는 갈등에 대해 가르침을 주셨습니다.

다른 사람과 주위의 다른 생명에 대한 이해와 배려를 강조하신 스님은

욕심내는 마음, 분노하는 어리석은 마음에 대해 경고하시며 우리 사회의 분노 분위기를 걱정하셨습니다. 스님은 "분노와 우울은 자기 뜻대로 되지 않을 때 불만이 쌓이면서 생기는 감정입니다. 과민한 반응으로 표출되는 것이 분노이고 소극적 무기력으로 나타나는 것이 우울입니다. 분노와 우울은 내버려 두면 저절로 사라지는 것입니다"라고 일러 주셨습니다.

과연 불교 최고 지도자다운 말씀을 많이 하셨습니다. **'어리석고도 어리석은'** 것이 욕심을 부리며 사욕을 채우는 것이 되겠습니다.

다른 사람들을 이해하지 못하고 자신만을 아는 사회로 변화하면서 이해할 수 없는 일들이 많이 벌어집니다. 그래서 다른 사람을 이해하는 것이 세상에서 제일 힘들다는 그런 비웃음 같은 목소리가 들리는 것입니다. 내가 양보하지 않고, 다른 사람이 나에게 양보해야 하며 나를 배려해야지 내가 다른 사람을 배려할 수 없다는 극단적 이기심이 팽배한 그런 사회에서 일어나는 일들입니다.

멀쩡한 것 같이 보이는 사람도 이상한 짓을 하다가 법망에 걸리는 일들이 수없이 많이 벌어집니다.

2016년 8월 30일 화요일 서울경제신문 33면 보도 내용을 보면 대화 단절 등 상대적 박탈감에 마음의 병을 앓는 환자가 급증하고 있다는 것입니다. 치료 감호소 재소자가 포화 상태이고 그래서 정신과 진료, 응급 입원 조치 등 치료 체계가 마련돼야 한다는 것입니다.

정신 분열, 분노 장애, 공황 장애, 양극성 정동 장애 등 정신 이상으로 인한 범죄가 급증하고 있다는 것입니다.

살인, 폭행 등 범죄 후 체포돼 정신 이상 판정을 받는 재소자가 급격히 늘어 이들을 치료 감호하는 치료 감호소는 포화 상태에 놓았다고 보도는 적시하고 있습니다. 또 대화 상대가 없거나 일자리를 구하지 못해 상대적 박탈감을 느끼며 마음의 병을 앓고 있는 사람들이 급증하고 있다는 것입니다.

한 전문가 교수는 "사회의 토양이 시간이 흐를수록 척박해져 정신 질환을 앓는 환자가 크게 증가하고 있다"고 지적했다고 합니다.

너무 많은 것, 큰 것을 바라지 않고 시간에, 하늘에 맡기며 순리를 따르며 평온하게 사는 그런 방법에는 많은 사람들이 동의하지 않고 욕심을 따르니 이런 일들이 벌어지는 것은 아닌지 모르겠습니다.

눈으로 차마 볼 수 없다는 의미로 사자성어 목불인견(目不忍見)이 있습니다. 2017년 9월에도 청소년들이 폭행을 일삼아 구속되는 일이 벌어졌습니다. 사람들이 정상적인 생각으로 잘 살면 괜찮은데 이상한 방향으로 나아가 사자성어대로 차마 눈 뜨고 볼 수 없는 **'어리석은'** 일이 많이 벌어지고 있습니다.

70
최고의 악성 민원인

서울경제신문   그대여 어리석고도 또 어리석은 이여   2016년 9월 1일

회사에 다니다가 정년퇴직한 사람들에게는 믿기 어려운 일들이 기다리고 있습니다. 수입이 거의 없는데도 건강 보험비는 회사 다닐 때보다 더 많게 내야 하는 것입니다. 정말 막막한 일입니다. 2016년 9월 1일 서울경제신문 38면 오피니언면 보도 내용을 보면 건강 보험과 국민연금 부과 체계의 문제를 지적하고 있습니다.

보험료 부과 체계에 문제가 있는데 정부가 보험료가 올라가는 이들의 반발을 고려해야 한다고 강조하고 있다는 것입니다. "최고의 악성 민원인은 공무원과 은퇴 공무원"이라는 한 정부 공무원의 말에 우리나라 사회의 모순이 함축돼 있다고 임웅재 논설위원 겸 노동 복지 선임 기자는 적시하였습니다.

월 소득이 28만 원만 있어도 건보료를 물리면서 연 2천만 원 이하의 주택 임대 소득에는 세금도 건보료도 물리지 않고 있고, 연 4천만 원이 넘는 공무원 군인 사학 연금을 받는 은퇴자는 직장 가입자인 배우자나

자녀의 피부양자가 돼 건보료를 한 푼도 안 낼 수 있다는 것입니다.

임 논설위원은 공무원들은 노블레스 오블리주를 실천하지 못할망정 사회 보험의 연대성과 형평성 원리를 외면해서는 안 된다고 강조하였습니다. 그러면서 논설위원은 건강 보험과 국민연금 공무원 군인 사학 연금은 개혁을 미룰수록 미래 세대와 경제에 엄청난 충격을 미친다고 지적했습니다.

응능주의(應能主義)라는 용어가 있습니다. 조세부담을 공평하게 하기 위하여 과세의 표준을 개인의 부담 능력에 맞추어야 한다는 것입니다. 국민 사정이 넉넉해서 세금을 내고도 여유 있게 산다면 별문제가 되지 않지마는 세금을 낼 형편이 안 되는 데도 고지서에 너무 많은 요금이 청구된다면 분명 문제가 있는 **'어리석은'** 것이라고 하겠습니다.

71
굶어 죽는 영광

동아일보　　　　　그대여 어리석고도 또 어리석은 이여　　　　　2016년 9월 7일

　　수사 기소권을 독점한 검찰과 양형 선고 재량권을 가진 법원이 과도한 권력으로 어쩔 줄 모르는 상황에서 소명 의식이 없을 때는 로비에 무방비한 상태로 비리에 연루된다는 보도가 있었습니다.

　　동아일보 2016년 9월 7일 수요일자 12면 돈에 무너지는 법조 윤리 보도 내용입니다. 46살 최 모 변호사는 전 네이처 리퍼블릭 대표 정 모 씨 등으로부터 로비 명목으로 100억 원의 수임료를 받은 의혹으로 구속 기소됐고, 57살 홍 모 변호사는 정 씨로부터 청탁 대가로 5억 원을 수수한 의혹으로 구속 기소됐고, 49살 진 모 전 검사장은 대학 동기로부터 9억 5천여만 원의 뇌물을 수수한 의혹으로 구속 기소됐고, 57살 김 모 부장 판사는 정 씨로부터 1억 7천만 원대의 금품을 수수한 의혹으로 구속됐고, 46살 김 모 부장검사는 고교 동창과 부적절한 돈거래 의혹, 동창으로부터 잦은 향응 및 접대 의혹이 있다는 보도였습니다.

　　이에 대해 대법원장이 국민과 법관들께 대국민 사과문을 발표했다고

합니다.

대법원장은 '부정을 범하는 것보다 굶어 죽는 것이 더 영광이다'라는 고 김병로 초대 대법원장의 말을 인용하며 청렴과 신뢰를 강조했다고 합니다. 대법원장은 청렴의 긍지가 추락해 참담하다며 국민께 사과한 것입니다.

고위직에 있는 인사가 권력을 함부로 사용하다가는 자신도 모르게 각종 비리에 연루되고 자신뿐 아니라 동료, 조직, 국가에까지 엄청난 악영향을 끼치는 **'어리석은'** 일을 하게 된다는 교훈입니다. 사자성어에 응천순인(應天順人)이 있는데 하늘의 뜻에 따르고 백성들과 잘 어울리면 세상에 무슨 탈이 있겠습니까?

72
고위직 로비 대상

중앙일보   그대여 어리석고도 또 어리석은 이여   2016년 11월 19일

부산 해운대에 건설하는 엘시티 개발 비리로 2016년 11월 12일 구속된 66살 이영복 청안건설 회장이 정관계 로비를 벌였다는 정황이 드러나고 있다는 보도입니다. 중앙일보 2016년 11월 19일 토요일자 8면 내용입니다.

이 회장이 유흥업소를 통째로 빌려 기업 관계자, 고위 공무원, 검찰 관계자, 청와대 직원까지 수시로 초청해 로비를 벌였다는 정황이 포착됐습니다. 이 회장은 주변에 있는 사람들에게 '사업을 하려면 기업인과 정치인, 법조계 사람들과 친하게 지내야 한다. 이 중에서도 정말 힘들 때 의지할 수 있는 건 검찰'이라는 말을 입버릇처럼 하고 다녔다는 것입니다.

이 회장은 2001년 부산 다대·만덕지구 택지 전환 특혜 의혹 사건으로 구속된 뒤 수감 생활을 했습니다. 이 회장이 빼돌린 사업 자금이 570억 원 정도인데 일부가 계열사 운영비, 부동산 구입, 생활비에 사용됐다고 합니다. 이 보도를 보면서 일반인은 상상하기 어려운 호화 술판을 그

려 보다가 또 거액의 뒷돈이 거래되는 검은 모습이 떠오르는 것입니다.

대규모 건설 사업에서 이런 일이 벌어진다고 하니 소규모 영세 사업자에게는 얼마나 또 다른 사연이 있겠는지 정말 상상할 수 없는 일까지도 벌어질 수 있다는 무서운 생각이 듭니다.

여조과목(如鳥過目)이란 사자성어가 생각납니다. 나는 새가 눈앞을 지나쳐 갔다는 표현으로 인생이나 권세가 그런 것과 비교가 된다는 것입니다. 모든 권세와 금권이 결국 무리하게 취할 것이 못 된다는 뜻입니다. 지나친 금전을 취하려는 것과 세력을 이어 가려 편법을 쓰는 것은 **'어리석고도 어리석은'** 짓입니다.

73
어린이 학대

동아일보   그대여 어리석고도 또 어리석은 이여   2016년 11월 18일

11월 19일은 세계 아동 학대 예방의 날입니다. 이날을 맞아 예비 신부의 고백이 보도됐습니다. 동아일보 2016년 11월 18일 금요일자 14면 사회면 내용입니다.

25살 예비 신부 박 모 씨에게 아버지는 잠든 사이 방을 찾아와 주먹질했다고 합니다. 아버지는 대외적으로는 사업가로 지역 활동과 봉사를 열심히 하였지만, 집에서는 집이 엉망이라는 이유로 무차별 폭행했다는 것입니다. 그런 이유로 예비 신부는 직장에서, 길거리에서 마주치는 사람들이 학대를 일삼는 아버지 같은 사람이 아닐까 의심하고 멀리했다고 합니다.

'폭력이 싫지만 자신 안에 아버지와 닮은 공격성이 있을지 모른다'고 고백하며 훈육과 학대를 구별하지 못한 아버지를 원망하면서도 자신이 부모가 됐을 때 다를 것이라는 확신이 없었다고 합니다. 전문가는 따뜻한 양육을 받지 못한 사실을 인정하고, 불안 분노 같은 정서적 문제를 해결해야 학대 대물림이 없어진다고 조언했습니다.

잘못된 것을 바로잡는 것이 성숙한 의식을 가진 사람이 하는 행동입니다. 잘못을 내버려 두면 점점 더 잘못된 방향으로 갈 수밖에 없습니다. 바깥에서는 점잖은 척하면서 정작 노출되지 않는 집에서는 무차별 폭력을 일삼는 아버지가 있었다니 그 이중성에 놀라지 않을 수 없습니다. 이중인격자로 살면서 집에서는 딸을 공격하는 아버지의 모습은 학대가 폭로하지 않으면 알려지지 않는 비밀이라는데 심각성이 무척 큽니다. **'어리석고도 어리석은'** 인간의 모습입니다.

다행히 주위 사람의 도움으로 비밀을 폭로하고 심리 치료를 받아 악몽을 이기려 하는 모습을 보아 천만다행입니다.

부모의 학대를 받던 13세 소녀가 숨진 지 11개월이 지난 뒤 방치되다 발견된 처참한 내용의 보도가 있었습니다. 딸이 가출했다가 돌아오자 5시간 동안 빗자루 등으로 폭행해 사망하자 기도하면 다시 살아날 것이라고 생각해 딸 시신을 이불 속에 방치했다가 적발됐다는 무서운 내용이었습니다. 동아일보 2016년 2월 4일 목요일자 12면 사회면 내용입니다.

경찰은 친부와 계모, 이모를 긴급 체포했는데 친부는 밖에서는 독일 유학을 한 박사로 신학대 교수 행세를 했는데 집에서는 딸에게 손찌검한 야누스의 얼굴을 한 인물이었다는 비난을 받게 되었습니다. 더구나 시신이 놓여 있던 방 곳곳에는 급속한 부패를 막으려는 듯 여러 개의 습기 제거제와 냄새를 감추기 위한 초와 방향제 등이 놓여 있었다고 합니다.

소녀가 다니던 학교에서 소녀가 학교에 나오지 않자 출석 독려서를 집에 발송했는데도 죄를 뉘우치지는 않고 오히려 실종 신고를 했다고 합니다. 실종 아동 전문 기관이 나서서 아버지에게 3차례나 전화를 했으나 전화를 받지 않았고 결국 경찰이 장기 미귀가자 조사를 하며 진상이 드러났습니다. 딸의 친구가 몸에 멍 자국이 있었다는 증언으로 경찰이 집 수색을 하니 집에서 심하게 훼손된 시신을 발견했다는 끔찍한 내용이었습니다.

학교를 오랫동안 나가지 않는 장기 결석생이었던 소녀는 학교 측이 전화, 서면으로 출석을 독려했었는데, 학교 측의 가정 방문 조사가 없었다는 보도였습니다.

호랑지심(虎狼之心)이라는 사자성어가 있습니다. 범과 이리의 마음이라는 뜻으로 욕심 많고 잔인한 사람의 마음을 비유한 것이라고 합니다. 거칠고 사납고 인자하지 못한 사람들이 세상사 어렵고 곤란한 일에 부닥치면 필연적으로 일어나는 일일지 모르니 마음을 깨끗하게 하고 항상 바른 마음을 갖게 수련하는 공부를 하는 것이 필요하겠습니다.

소파 방정환 선생이 어린이라는 용어를 처음 쓰면서 어린이에 대한 보호 체계와 관심이 더 생기게 됐습니다. 우리 사회에는 아직도 착하고 순진한 어린이를 학대하는 사건이 끊임없이 진행되고 있습니다.

2021년 1월 13일 수요일자 중앙일보 29면 오피니언면에 정인이 사건에 대한 아동 학대 예방 자문가의 칼럼이 실려 자세한 전말을 이야기해 주고 있습니다. 정인이 사건은 정인이를 입양한 양부모가 수개월 동안 어린아이를 학대해서 사망하게 해 알려진 파렴치 사건입니다.

배기수 아주대학교 의과 대학 소아 청소년과 교수의 '정인이가 우리에게 전하는 마지막 말'이라는 칼럼으로 정인이를 학대해 사망하게 한 양부모를 비난했습니다.

배 교수는 "정인이는 인생의 절반을 폭행당하다 안타깝게 숨졌다. 해맑게 잘 웃던 아이가 입양 8개월 동안 학대로 뼈가 부러지고 췌장이 끊어지고 피부가 시커멓게 변했다"고 쓰면서 16개월 동안 살았던 정인이가 끝내 사망한 사건을 조망합니다.

정인이 사건을 계기로 아동 보호 체계를 강화해 지방 자치 단체마다 담당 공무원 경찰관을 두고 협력해 대응하도록 했다고 합니다. 정인이 사건은 학대 피해가 심각한 상태였는데도 학대를 확인하는 체계가 제대로 작동하지 않았습니다. 무능하고 부실한 아동 보호 대응이 문제였다는 것입니다. 학대받는 아동을 구해야 하는 체제가 바로 서야 한다는 배 교수의 날카로운 지적입니다.

학대를 가한 사람이 뻔뻔하게 거짓말을 하는데도 적발이 안 되었다는 문제도 지적했습니다. 양모는 누적된 학대로 괴로워하며 죽어 가는 정인이를 응급실로 데려가지 않고 학대를 계속했습니다. 배 교수는 양부 양모의 학대 책임을 적시하며 입양한 어린이를 키우기 어려우면 차라리 파양하면 될 것을 왜 굳이 아이를 학대해서 죽게 했느냐며 치미는 분노를 표출했습니다. 배 교수는 애완용 강아지를 입양해도 정인이처럼 학대해 숨지게 하지는 않았을 것이라고 썼습니다.

배 교수는 수많은 아동 학대 사례를 가까이서 지켜본 소아 청소년과 의사로서 불과 492일을 살다 간 정인이가 세상에 하고 싶었던 말을 짐작해 본다며 "저를 예쁘게 잘 돌봐 주신 첫 엄마(위탁모) 고맙습니다. 첫 엄마의 사랑을 받으며 깔깔대던 때가 제일 행복했어요. 하늘나라에서는 매 맞지 않아도 되니 오히려 안전해요. 첫 엄마가 아니었다면 세상은 학대받다 죽는 곳인 줄로만 알았겠죠. 어린이집에서 집(양부모의 집)으로 돌아가는 것이 정말 싫었어요"라고 썼습니다.

대항하지 못하는 연약한 어린아이를 학대하는 한심한 사람들이 만드는 처참한 현실 세계의 모습을 봐 너무나 슬픕니다. 그나마 정인이는 위탁모의 보살핌을 잠시나마 받았던 것이 다행입니다. 인간의 사악함이 그대로 드러난 사건이어서 너무 충격입니다.

정인이의 모습이 찍힌 사진이 있어서 너무나 안타깝고 애잔합니다. 예쁘고 순진하고 착하고 귀여운 모습입니다. 만약 하늘나라가 정말 있다면 하늘나라에서 꼭 만나 위로하고 싶습니다. 사람이 다 그런 것이 아니고 그나마 그렇지 않은 사람이 많다고 그래서 그 영혼을 보듬고 싶은 마음입니다. 어린이 학대는 사회를 건강하지 못하게 만드니 결국 **'어리석은'** 일입니다.

이상한 성격, 비열한 성격 중에 어린이 학대를 하는 것이 습성인 사람들이 있습니다. 그런 사람들의 머릿속은 이성적인 사람들의 생각으로는 처참하고 잔인하고 무자비한 것들로 가득합니다. 어린이 학대를 자행하면서도 다른 사람들 앞에서는 인정이 많고 교양이 있고 인자한 사람처럼 가면을 쓰고 더없이 겸손하고 친절한 척합니다.

유독 힘없는 어린이에 대해서는 무관용으로 학대합니다. 이 어린아이들은 의지할 사람 없고 다른 곳으로 피신할 수도 없는 힘없고 가엾기만 한 존재입니다. 이유 없이 때리고 차고 밀쳐 피멍이 들고 피를 흘리는데도 계속 학대한다는 것입니다. 자주 보도되는 것 중 하나가 아이가 말을 안 듣는다는 단순한 이유 하나만으로 추운 겨울에 옷을 벗기고 밤새도록 한 곳에 내버려 두는 학대 행위를 하는 사람이 친어머니라는 사실입니다. 게다가 친어머니는 가엾은 아이가 추운 곳에서 떨며 신음을 하는데도 자신은 편안하게 따뜻한 방에서 천연덕스럽게 잠을 잔다는 것입니다. 세상에 대한, 가족에 대해 원망할 줄 모르는 아이가 추운 곳에서 눈물을 흘리며 오들오들 떠는 비참하고 비정하고 기막힌 일이 벌어지고 있다는 것입니다.

이같이 불합리하고도 잔인하기만 한 현실 세계의 사람들의 심성을 착하게 하는 사회의 건전한 바람이 일었으면 하는 바람입니다.

2016년 10월 목포에서 발생한 여섯 살 어린이의 아동 학대 사건 때 경찰의 무성의한 대응이 문제가 됐는데 정작 징계는 하위직 경찰 1명의 전보에 그친 것으로 조사됐다는 보도입니다.

동아일보 2017년 7월 21일 금요일자 12면 사회면 보도 내용입니다.

'학대가 의심된다는 의료진의 신고를 받고도 수사에 착수하지 않은 다른 경찰관들의 조사가 소홀하게 이루어졌다'며 아동 학대 피해 가족 협의회가 지적했다는 보도입니다. 광주 동부 경찰서는 의료진의 신고를 받은 뒤 아동 학대가 의심된다는 문서와 전화, 휴대 전화 문자 메시지를 7차례에 걸쳐 목포 경찰서에 보냈는데 목포 경찰서는 광주 아동 보호 전문 기관으로부터 학대가 아닌 것 같다는 의견을 전달받은 뒤 수사를 진행하지 않았다는 것입니다. 팔이 부러져 수술을 받은 어린이는 잠을 자다 잠결에 '엄마 살려줘'라고 울부짖기까지 했다는 보도입니다.

수사 중단 직후 이 어린이는 2016년 10월 6일과 20일 35살 친모의 동거남 27살 이 모 씨로부터 참혹한 폭행을 당해 치료를 받지 못하고 장기간 방치돼 한쪽 눈을 잃었고, 고환 제거, 양팔과 다리 골절의 중상을 입었다는 보도입니다.

이 같은 일이 재발하지 않도록 경찰과 아동 보호 전문 기관이 반드시 동행해서 조사 현장에 출동하고 합동 회의를 여는 등 협력 체계를 강화해야 한다는 보도입니다.

이 어린이는 자신이 폭행을 당해 비명을 지르면 동거남이 자신의 어머니를 폭행할지도 모른다는 걱정이 들어 소리를 내지 않았다는 것입니다.

검찰은 학대를 방치한 어머니의 친권 상실을 청구했다고 하는데 수용 때는 친인척이 없어 이 어린이가 사회 복지 시설이나 위탁 가정에 가야 하는 딱한 처지라는 보도입니다.

이 어린이는 좋은 인상을 주려고 일부러 밝은 모습으로 어린이집을 다녔다는데 의사는 평생 갈 정신적 상처를 입어 걱정했다는 보도입니다.

착하기만 해 말만 해도 잘 따르는 어린이를 무차별 폭행해 눈까지 멀게 했다니 너무나 처참한 인간이 또 나타난 것입니다.

아무 대응을 할 수 없는 약한 어린이를 보호해 주지 못할망정 폭행이라니 감옥에서 반성 또 반성해야 할 것이라는 판단입니다.

역려과객(逆旅過客)이라는 사자성어가 있습니다. 세상은 여관과 같고 인생은 이 여관에 잠시 머무는 나그네와 같다는 것입니다. 이렇게 생각하면 세상사에 연연하지 않아도 되는데 굳이 세상에 처음 나온 새싹과 같은 어린이를 학대할 이유가 뭐 있겠습니까? 그냥 내버려 두어도 저절로 잘 자랄 어린이를 때리기까지 했다니 세상에 잠시 머물다 가는 사람이 어찌할 짓이겠습니까?

2015년 12월 21일 월요일 동아일보 사회면 12면에 보도된 내용입니다. 6살 정도 된 여자 어린아이가 혼자 맨발로 돌아다니고 있다는 신고가 경찰에 접수됐는데 그때는 12월의 추운 겨울 날씨였다고 합니다. 얇은 티셔츠와 반바지 차림이었다는데 겁을 잔뜩 먹은 채 떨고 있었다는 것입니다. 경찰이 집이 어디냐는 물음에 고아원이라고 대답했는데 실제는 충격적이게도 경찰서 주위의 빌라에 살고 있었다는 것입니다. 실제 나이는 11세인데 몸무게는 4살 어린이의 평균 몸무게에 불과했습니다.

이유는 이 아이를 집에 감금하고 아버지와 의붓엄마는 하루 종일 온라인 게임에 매달리며 밥을 주는 등의 기본적인 양육을 하지 않아 그렇게 됐다는 것입니다. 배고프다고 이야기하면 폭행을 일삼았고 급기야 이 아이는 집을 무작정 탈출해 슈퍼마켓으로 갔다가 주민의 눈에 띄어 경찰에 인계된 것입니다.

이 어린아이의 증언에 따르면 아빠는 먹을 때와 잠잘 때를 빼고 컴퓨터 게임만 했다는 것입니다. 정말 **'어리석고 또 어리석은'** 짓입니다. 경찰은 아버지와 의붓엄마를 추적해 검거했고 아동 학대 혐의로 구속했다고 합니다. 이 여자 어린아이는 아동 보호 기관의 지원을 받아 병원에서 치료를 받으며 안정을 찾고 있다고 합니다.

보도를 보며 성인이 되어 아이를 보호하고 교육을 해야 함이 당연한 의무인데 그것을 방임한 채 몰두하지 않아도 될 게임에 매달렸다니 도저히 이해할 수 없는 사안입니다. 사회에서 이런 무책임한 처사에 대해 지적하고 질책하고 벌을 주어야 하는 것이 맞습니다. 국가 교육 기관에서는 이런 일이 일어나지 않도록 사회 교육이 필요하다는 생각입니다.

색은행괴(索隱行怪)라는 사자성어가 있습니다. 궁벽한 것을 캐고 괴상한 일을 한다는 것으로 부모로서 아이를 보호하고 양육해야 함이 당연한데 그렇게 하지 않으니 사회의 형벌이 기다립니다.

아동 학대 사건이 끊이지 않고 일어나고 있습니다. 학대하는 사람이 친아버지이고 학대당하는 대상이 너무나 연약한 어린이라는데 너무나 놀랍습니다. 인간이 이렇게도 지독한가 의문이 드는 것입니다.

2016년 3월 14일 월요일자 동아일보 14면 보도 내용입니다. 친아버지와 계모가 7살짜리 어린이를 학대 사망케 한 자세한 전말이 보도되었습니다.

어린이를 당연히 보호하고 친어머니를 떠나보낸 어린이의 심약한 심성을 보아서도 심리적 위안을 주어야 하는데도 어린이를 이해하기는커녕 잔혹하게 학대해 사망하게 한 사건입니다. 친어머니와 친아버지가 이혼했는데 이후 새로 들어온 계모는 아이를 이해하고 보살피기는커녕 오히려 학대해 사망하게 했다는 것입니다.

새로 집에 들어온 계모는 채 2년도 안 됐는데도 아이를 학대하기 시작해 욕실에 아이를 감금하고 무릎을 꿇리고 몸에 표백제를 부어 학대했고, 발가벗긴 채 찬물을 붓고 방치해 20시간 만에 사망에 이르게 했고, 그 시신을 이불에 말아 베란다에 유기하는 천인공노할 범죄를 저질렀다는 것입니다. 이후 시신을 암매장했고, 입학 예정인 아이가 학교에 안 나타나자 학교에서 경찰에 신고, 범죄가 적발됐다는 보도입니다

부검 결과에 따르면 굶주림과 출혈 및 저체온으로 사망했고, 온몸엔 멍 자국이 있었으며 이마에서는 표백제로 인한 것으로 추정되는 피부가 딱딱해지는 섬유화 현상이 관찰됐다는 보도입니다.

이 보도 내용을 보며 학대한 사람들의 심성이 어떻기에 저렇게도 잔혹한 짓을 벌였는지 도저히 이해가 안 되는 것입니다. 그것도 친아들이 사망한 것을 목격한 친아버지는 물론이고, 아들이나 마찬가지인데 계모라는 사람이 그렇게 잔혹한 짓을 해야 했는지 이해가 안 됩니다. 계모라면 어머니를 잇는다는 개념인데 어머니를 잇는 것이 아니라 차라리 그냥 내버려 두는 방치가 오히려 나았는지 모른다는 생각이 드는 것입니다.

대개 사람들은 자신이 죄를 저지르면서 자신의 죄를 깨닫지 못하는 경향이 있다고 합니다. 사자성어로 자과부지(自過不知)라 하는데 제 허물을 제가 깨닫지 못하는 **'어리석고도 또 어리석은'** 인간의 모습입니다.

어린이는 보호받으면서 잘 자라 나중에 국가의 중요 인원으로 일해야

합니다. 어린이를 학대하는 일은 국가 중요 인원을 학대하는 것과 마찬가지인 것이라 말할 수 있을지 모르겠습니다.

20대 이모가 세 살 조카를 살해했는데 몸 곳곳에서 멍 자국이 발견됐다는 참혹한 보도 내용이었습니다.

2016년 8월 11일 목요일 동아일보 12면 사회면 보도 내용입니다. 25살 여성인 이 모 씨는 언니 대신 조카를 돌봤었는데 분노 조절 장애가 있어 화를 참지 못했다고 경찰에서 진술했다고 합니다.

조카를 보호하기는커녕 가장 중요한 목숨을 빼앗았으니 그 죄가 너무나 커 평생 속죄해도 죄를 갚을 수 없는 처참한 지경에 빠졌다는 생각입니다.

사자성어에 남의 사정을 살피지 않고 남을 책망하는 것을 생면대책(生面大責)이라고 합니다. 어린이는 당연히 보호받으면서 커야 하는 미래의 국가 간성이라고 할 수 있습니다. 너무 어리다고 해서 절대로 함부로 대할 수는 없다고 하겠습니다.

2016년 들어 어린이 학대 사건이 또 일어났습니다. 10월에는 여섯 살 여자 어린이가 온몸이 투명 테이프에 묶인 채 17시간이나 아무것도 먹지 못하다 사망한 참혹한 일이 벌어졌다는 보도입니다.

그것도 모자라 사망한 어린이를 집 근처 야산에서 불에 태워 훼손하고 암매장했다가 양아버지 양어머니 동거인 여성 등 3명이 살인, 사체 손괴 혐의로 구속 영장이 신청됐다는 보도입니다.

2016년 10월 4일 화요일자 동아일보 12면 사회면 보도 내용입니다. 이들이 어린이를 학대한 이유가 식탐이 많고 말을 안 들었다는 것이었는데 어린이가 먹을 것을 안 주어 얼마나 배가 고팠으면 그랬을까 너무나 가엾어지는 것입니다.

먹을 것을 충분히 주어도 자라나는 청소년 시기에는 항상 배가 고픈 것인데 먹을 것을 주지는 못할망정 학대해 죽이고서도 모자라 인간으로서는 하지 못할 참혹한 짓을 저질렀다니 그 죄를 어떻게 갚을지 너무나 놀라운 것입니다.

이 사건 말고도 2015년 12월 12일에는 11살 여자 어린이가 2년간 감금된 채 학대받다가 맨발로 탈출했고, 2016년 1월 15일에는 부모의 학대로 숨진 지 2년 만에 초등학교 학생이 발견됐고, 2월 1일에는 계모로부터 락스 학대를 당한 7살 어린이가 사망했고, 2월 3일에는 부모에게서 학대받던 13세 여자 중학생이 숨진 뒤 11개월간 방치되다 발견됐고, 8월 2일에는 친모에게서 학대받던 4살 여자 어린이가 사망한 사건이 연이어 일어나 우리 사회의 비정한 일면을 보여 주었습니다.

어린이를 보호해 이 나라의 동량으로 키워 주지는 못할망정 모진 학대로 이 세상에서 최고의 가치로 절대 훼손될 수 없는 생명마저 빼앗았으니 그 죄는 영영 이 세상은 물론 저세상에서도 갚지 못할 것이라는 처참한 생각이 드는 것입니다.

사자성어에 주낭반대(酒囊飯袋)가 있습니다. 사회에서 정당하게 행하여야 할 것은 하지 못하고 반대로 쓸데없는 짓을 하는 사람을 빗대 정신적으로 속이 빈 사람이 헛되이 음식만 많이 먹는다는 것으로 어찌 보면 독설과도 같은 말을 듣게 되는 것입니다.

74
혼자 먹는 밥

2010년대 후반 혼자 사는 사람들이 혼자 먹는 밥을 혼밥, 혼자 먹는 술을 혼술이라고 한다는 용어가 생겨났습니다. 그만큼 사회가 여러 사람이 어울려 생활하지 않고 떨어져 혼자 행동하는 것으로 변했다는 것입니다.

결혼하려면 결혼 자금이 많이 들어 청년, 숙녀들이 아예 결혼할 생각을 하지 않고 혼자 살아 가옥의 구조도 혼자 사는 1인 가구의 형태로 지어진다고 하니 세상이 너무 변해 버린 느낌입니다.

2016년 8월 13일 토요일 서울경제신문 23면 오피니언면 마음 코칭란 이상화 드림의 교회 담임 목사, 기독교 목회자 협의회 사무총장의 '관계 노숙인 마음 열려면' 기고문을 보면 한계 상황에 직면한 우리 사회가 OECD 국가 중 자살률 1위, 노인 빈곤율 1위라는 불명예에다 술 마실 일은 늘어나고 두통약 없이는 살 수 없기에 두통약 소비도 1위라는 말까지 들린다는 내용입니다. 이 목사는 그래서 가족과 주변인과의 관계 회복을 통해 피폐해진 삶과 영혼을 치유하기를 권고하고 있었습니다.

이 사무총장은 마음을 둘 곳이 없어 방황하는 사람들이 마음을 열고 이야기를 나눌 수 있는 인간관계의 회복이 절실하다고 이야기하고 있었습니다.

수면제 없이는 잠을 이룰 수 없는 사람들이 생겨나는 데다 거기에 수면제의 치명적인 부작용으로 우리 사회를 이루는 성원들의 삶이 점점 더 피폐해진다는 소식도 들리니 마음 평안하게 조용히 사는 그런 세상은 꿈에서나 이루어지는 것입니까?

대실소망(大失所望)이라는 사자성어가 있습니다. 바라던 것이 허사가 되어 실망한다는 뜻입니다. 바라는 것이 이루어져 사람들이 희망에 넘치는 그런 삶이었으면 좋은데 그렇지 못하고 반대로 되어 의욕이 꺾이고 낙망한다면 분명히 좋은 방향으로 가고 있다고 볼 수 없겠습니다. **'어리석은'** 사회에서 벗어나 누구나 의욕이 넘치고 희망에 찬 발걸음이었으면 좋겠습니다.

75

번창하는 죄악 산업

죄악 산업은 비윤리적이거나 사행을 조장하는 술 도박 담배 등을 다루는 산업이라고 합니다.

이 산업의 부정적 영향 때문에 금지 논란이 일기도 하지만 경기 불황기에도 호황을 누리고 있다는 보도입니다.

도박 담배 술 산업은 성장세를 이어 가며 대규모 영업 이익을 남기는 것으로 기록되고 있습니다. 경마, 경륜, 복권 등 사행 산업도 마찬가지로 기록적인 매출액 증가세를 보이고 있다고 합니다. 자세한 내용은 2016년 10월 8일 토요일자 서울경제신문 1면에 자세히 기록돼 있습니다.

도박, 담배 산업의 주식 가격은 상장 7년 만에 거의 3배 이상 값이 올랐다고 합니다. 이 보도를 보며 사람들이 한탕으로 거액을 움켜쥐는 거의 이루어질 수 없는 환상에 매달리고 있다는 생각입니다. 환상에 쫓기며 삶을 이어 가니 현실과는 너무나 동떨어진 세계에서 헤매다 삶을 마감하는 처량한 신세가 되는 셈입니다.

환상에서 벗어나 현실을 깨닫는 힘을 길러야 하는데 이런 힘을 어디에서 길러야 하는지 너무나 한심한 세태입니다.

한불조지(恨不早知)라는 사자성어가 있습니다. 일의 기틀을 진작 알지 못해 뉘우친다는 뜻입니다. 경마, 경륜, 복권 등 사행 산업에 빠지게 되면 성실하게 일하는 근면 의욕이 사라지게 됩니다. **'어리석은'** 행운의 헛된 꿈에 빠져 헤매다 결국 후회하게 됩니다.

76

한계 부딪히는 양적 완화

찰스 덜라라 전 국제 금융 협회장이 우리나라에 와 특강을 했는데 서구 중앙은행의 양적 완화로 자산 인플레 현상이 나타났지만, 이제는 자산 가격이 하락하는 변곡점을 맞을 것이라고 서구 중앙은행을 비판하는 말을 했다는 보도입니다.

그는 강연에서 중앙은행이 국채를 대량 사들이고 만기를 연장하며 금융 시장 왜곡을 가져왔다고 말하며 대규모 양적 완화는 한계에 부딪혔고 자산 가격 조정이 불가피하다고 내다보았다는 내용입니다.

미래 미국의 금리 인상은 전 세계 시장에 타격을 미치게 돼 정부는 재정 확대를 통해 자산 가격 하락 속도를 조절해야 하지만 재정 여력이 없어 쉽지 않을 것이라고 전망했습니다.

이 내용은 2016년 10월 22일 토요일자 서울경제신문 22면에 자세히 실려 있습니다.

전 세계적으로 확산되는 보호 무역주의와 고립주의에 대해서도 그는 비판했습니다.

이렇게 국가가 곤란에 처해 있는데 국가보다 훨씬 약한 개인은 더 큰 문제에 부닥칠 것 같은 예감입니다.

당장 하루 벌어 하루 먹고 산다는 서민이 많은데 그들이 어떻게 대처해야 할지 큰 문제라는 생각입니다.

추우면 옷을 두껍게 입고 더우면 얇은 옷으로 갈아입으면 될 것 같지만 생활하는 것이 그렇게 간단하지 않다는 것이 문제입니다.

사자성어에 주객전도(主客顚倒)가 있는데 손님과 주인의 위치가 뒤바뀐다는 것으로 사물의 경중, 선후, 완급이 서로 바뀐다는 표현입니다.

세상 물정에 특히 어두운 서민이 세계에서 벌어지는 것을 어떻게 잘 파악하겠습니까? 다만 그렇더라도 눈치는 챌 수 있어야 되는데 그렇지 못하니 **'어리석음'**에 빠지는 셈이 돼 가엾습니다. 국민, 주민이 잘살아야 하는 것이 민주주의의 기본 원칙이라는 생각이 먼저 드는 것입니다.

77
성숙하고 현명한 사람

코흘리개 꼬마였다가 나이가 들어 머리가 희끗희끗해지면서 벌써 인생의 황혼기에 접어드는 셈입니다. 나이가 들면서도 청승은 늘어나고 쓸데없는 고집, 아집만 늘어 이웃과 다투면서 여생을 보내 인생이 비참해지게 됩니다. 결국 무모한 도전으로 일관하다가 인생의 쓴맛만 보고 끝을 내는 사람들과 같게 됩니다.

2016년 10월 22일 토요일자 동아일보 30면 오피니언면에 김창기의 음악 상담실 '현명하게 나이 드는 법' 칼럼 내용을 보면 인생의 참 의미를 찾아야 한다는 생각이 절로 나게 됩니다. 칼럼 기고자는 이타주의, 유머 등의 인생의 여유를 이야기하며 이기적인 본능을 억제하고 타인을 위하며, 고통과 상처를 위로와 도움이 되는 것으로 승화시키거나 웃어넘길 수 있는 인생의 멋을 이야기하고 있었습니다.

기고자는 현명하게 나이 드는 방법으로 자신만의 독립된 가치와 견해를 가진다(정체성), 다른 사람과 함께 서로 의지하고 도우며 어울려 살 수 있는 능력을 얻는다(친밀감), 타인들의 공감을 끌어내고 발전적인 방향으로 이끄는, 공동체나 아이들을 돌보고 책임지는 역할을 맡는다(생산성), 공동체의 가치와 의미, 문화, 윤리를 실행하며 본을 보여 다음 세대에게 전수하는 역할을 한다(의미의 수호자) 등이 있다고 알려 주었습니다. 과연 공부를 한 사람의 글은 다른 사람들에게 좋은 영향을 주고 따르게 합니다.

상처와 분노를 희석하고 결국 여러 사람에게 긍정적인 좋은 영향을 미치는 인사로 남게 된다는 글이었습니다. 사자성어에 명정언순(名正言順)이 있습니다. 명분이 바르고 말이 사리에 맞는다는 것으로 뜻이 바르게 서야 한다는 것입니다. 사람이 도리를 따르고 사리에 맞는 행동을 하려면 끊임없이 공부하고 단련해야 하는 것이 맞습니다. **'어리석은'** 사람은 자신의 이야기만을 하며 고집을 부리는 것입니다.

78

호화 청사

　　서울시가 500억 원이 넘는 예산을 투입, 새로운 별관 청사를 건립할 계획이라는 보도를 보게 됐습니다.

　　2016년 8월 18일 목요일 동아일보 18면 메트로면 보도 내용입니다. 덕수궁길 서소문 별관 옆에 지하 3층, 지상 7층, 연 면적 14,000㎡ 규모로 별관 건물을 지을 계획이라는데 공사비는 572억 원, 2019년 완공 예정이라고 합니다. 2012년 2,989억 원을 들여 본관 건물을 지은 지 4년 만에 공간 부족을 이유로 새 청사를 짓기로 했다는 것입니다.

　　서울시뿐 아니라 자치구도 청사 신축 계획을 내놓고 있는데 동작구가 1,800억 원을 들여 총넓이 57,740㎡의 신청사 건립을 추진 중이라는 보도입니다. 용산구청은 59,177㎡의 신청사를 2010년 완공했는데 호화 청사 논란을 빚었다고 합니다.

　　종로구도 68m 높이로 1,880억 원을 들여 청사를 증축하기로 했다는 보도입니다.

관청은 하늘 높이 올라가는 데 비해 일반 국민의 형편은 좋아지는 것 같지 않아 여간 쓸쓸한 것이 아닙니다.

당장 국민연금과 건강 보험비를 마련하지 못해 전전긍긍하고 있는 사람들이 많은 데 비해 청사는 엄청난 돈을 들여 높게 높게 짓고 있으니 너무나도 대조적인 모습입니다.

수화상극(水火相剋)이라는 사자성어가 있습니다. 물과 불이 서로 용납하지 못함과 같이 서로 사이가 안 좋게 됨을 뜻하는 용어인데 호화 청사와 달리 못사는 사람들이 많으니 너무나 극과 극으로 나뉘는 듯합니다. 서로 비슷하게 어울려야 하는 일이 많을 텐데 국가가 융성해서 관청도 번듯하고 국민도 열심히 일해 근로 소득을 높여 모두 모두 잘 되는 그런 꿈을 꿉니다.

사정이 좋지 않은 사람들을 사회가 그대로 내버려 두는 것은 결국 '어리석은' 사회의 일면이라고 볼 수 있겠습니다.

국민연금 공단이 연금 보험료로 전라북도 전주 신도시에 수백억 원을 들여 새 청사를 짓는 방안을 추진하고 있어 혈세 낭비 논란이 예상된다는 보도가 있었습니다. 한국경제신문 2023년 4월 28일 금요일자 사회면 31면 내용입니다.

국민연금 공단은 전주 덕진구 에코시티에 사회 보험 공동 청사를 지어 시범 운영하는 내용의 연구 용역을 발주했다는 보도입니다. 국민연금 건강 보험 고용 보험 산재 보험의 전주 전북지사가 한 곳에 입주하는 통합 청사를 짓는다는 것인데 예산이 200억 원에서 300억 원이 들 것으로 추산된다고 합니다. 연구 용역비 2억 원을 국민연금 공단이 부담한다고 하는데 긍정 평가가 나오면 청사 건립 작업에 착수할 것이라고 합니다.

국민연금 공단은 에코시티에서 차로 15분 거리에 본사를 두고 있는데 2015년 신축해 이전한 건물로 본사 옆 제2 사옥인 글로벌 기금관을 합치면 대지 면적만 55,000㎡에 달한다고 합니다. 전국 금융 공공 기관 가운데 가장 넓다고 하는데 기존 사옥의 일부가 사용되고 있지 않다는 것으로 이를 활용하지 않고 에코시티에 새 건물을 짓는 것은 명백한 이중 투자라고 한 관계자는 비판했다는 것입니다.

국민의 노후 자금인 국민연금이 총선용 쌈짓돈으로 쓰인다는 지적이 나온다는 보도입니다. 새 청사 건축에 드는 비용은 국민연금 보험료의 관리 운영비로 충당한다는 것인데 인건비 및 건물 신축과 같은 비용을 국민이 내는 연금 보험료에서 떼어 쓰고 있다는 것입니다.

이 보도를 보면서 국민은 어려운 형편에 연금, 건강 보험비를 꼬박꼬박 떼이는데 이를 방만하게 사용한다니 억울한 감정이 솟아납니다. 국민의 이런 감정을 부추긴다면 분명 잘못된 일이고 **'어리석은'** 일이기도 합니다.

79

캐퍼닉의 무릎 꿇기

동아일보   그대여 어리석고도 또 어리석은 이여   2017년 9월 26일

인종 차별에 대한 저항의 의미로 경기 전 국가 연주 때 무릎 꿇기를 한 프로 미식축구 콜린 캐퍼닉 선수가 2017년 9월 갑자기 유명해졌습니다. 2017년 9월 26일 화요일 동아일보 22면 국제면 보도 내용을 보면 미국 사회가 이 문제로 갑자기 크게 요동치는 단초가 되었습니다.

미국에서는 자주 인종 차별 문제가 불거지는데 여기에 도널드 트럼프 미국 대통령이 가세하면서 문제가 더욱 불거지게 됐습니다. 트럼프는 캐퍼닉의 애국심을 문제 삼으며 개새끼라고 욕을 했고 무례한 선수들을 해고 또는 자격 정지 시켜야 한다고 주장했다는 것입니다. 트럼프는 무릎 꿇기는 인종 문제와 관련이 없다며 국가, 국기를 존중하는 문제라고 선수를 비난했다는 것입니다.

이 말에 반발한 선수들이 캐퍼닉을 지지하는 무릎 꿇기 시위에 나서 시위가 크게 확산되며 선수뿐 아니라 다른 시민들에게까지 번지고 있다는 것입니다. 인종 차별은 모든 나라 사람이 반대하는 **'어리석음'**이 분명한

데도 이것이 크게 문제가 되는 과정을 보면 미국과는 다른 우리나라는 인종 차별 문제에서만큼은 예외라는 사실에 안도가 되는 것입니다.

정문금추(頂門金椎)라는 사자성어가 있습니다. 쇠망치로 정수리를 친다는 뜻으로 크게 경종을 울린다는 것입니다. 캐퍼닉 선수가 한번 일어서니 그에 따르는 선수가 너무 많아져 크게 사회에 울림을 주었습니다.

80

먹다 버린 음료에서 나는 악취

동아일보　　　　　　　그대여 어리석고도 또 어리석은 이여　　　　　2017년 7월 4일

거리를 지나다 보면 투명 플라스틱 음료 통에 음료가 남아 있는 것을 그대로 버린 것을 보게 됩니다. 그런데 그것을 치우다 보면 남은 음료가 손에 닿기라도 할 때는 끈적거리기도 하고 음료가 부패해 냄새가 지독하게 나는 것을 알게 됩니다.

동아일보 2017년 7월 4일 화요일자 18면 메트로면에는 기자가 서울 종로구 쓰레기통 청소 현장을 보면서 쓴 르포기사가 실렸습니다.

지하철 4호선 혜화역 4번 출구 앞 쓰레기통을 기자가 직접 꺼내 보았더니 투명 플라스틱으로 된 테이크아웃(음식물을 바깥으로 들고나와서 먹는 것)용 컵과 페트병이 8할이었다고 합니다. 길거리에도 버려진 컵과 병들이 쓰러지면서 흘러나온 음료로 얼룩졌다고 합니다. 술에 취한 사람들이 발로 차는 바람에 아래쪽이 벌어진 쓰레기통들은 오염과 악취가 더 심했다는 보도입니다. 환경미화원들은 고압 살수차로 쓰레기통 주변과 바닥 곳곳을 씻어 낸다는 것입니다.

쓰레기로 가득 찬 봉투를 끌어 옮길 때마다 길바닥으로 고약한 냄새의 액체가 흘렀다는 르포입니다.

여름철 많이 마시는 과일 음료 남은 것이 맥주 캔 등과 온갖 것과 섞이면 썩는 냄새가 진동한다는데 먹다 남은 커피에 담배를 담가 버리는 경우 악취는 더 심하다는 보도입니다.

환경미화원은 청소가 고역이라며 남은 생수나 음료는 차라리 화단에 뿌려 버리거나 가로수에 뿌려 주었으면 좋겠다고 말했다는 것입니다.

2023년이 되어서도 여전히 비슷한 장면이 목격됩니다. 여전히 고쳐지지 않고 답습되는 모습입니다. 플라스틱 용기에 담긴 음료를 먹다가 버린 것들입니다. 여전히 거리에서는 음료를 들고 먹고 다니는 모습이 보입니다.

가정에서 재활용 빈 병이나 플라스틱병을 버릴 때 조금이라도 액체가 남아 있어 손에 닿거나 냄새가 나면 불쾌한 기분이 드는데 환경미화원들은 그런 일을 직접 해야 하니 고충이 이만저만이 아닐 것이라는 판단입니다. 고약한 일일 뿐 아니라 미화원을 괴롭히는 **'어리석은'** 짓이 분명합니다.

결국, 아무 데서나 무심코 하는 무책임한 행동이 문제가 됩니다.

5장

—

쓸쓸한 죽음

81

하늘나라로 먼저 보낸 형제

서울경제신문   그대여 어리석고도 또 어리석은 이여   2015년 11월 5일

농사를 지으면서 수익을 25년째 사회에 기부해 온 농업인 74세 황규열 씨가 보도돼 눈길을 끌었습니다. 서울경제신문 2015년 11월 5일 목요일자 37면 사람&사람면에 게재된 내용입니다. 그는 자신이 수확한 쌀 20kg짜리 100포대 500만 원 상당을 정미소에서 찧어 용인시에 기부했다는 것입니다.

황 씨는 어린 시절 집안이 가난해 쌀을 항아리 한가득 옆에 놓고 먹는 것이 소원이었다는데 배가 고팠고 돈이 없어 학교를 중단했던 아픔을 기억하며 나누는 삶을 선택하게 됐다는 것입니다.

그는 여섯 살 때 모친이 제때 치료를 받지 못해 팔이 썩어 들어가는 것을 보기만 하다 모친이 숨지는 것을 지켜봐야 했던 쓰라림을 기억했고 남동생이 먹을 것이 없어 저세상으로 보내야 했던 것과 여동생도 6·25전쟁 와중에 배고픔으로 하늘나라에 먼저 보내야 했던 아픔을 지니고 있었습니다.

황 씨는 가난으로 가족을 잃은 것과 배우지 못한 것이 한이 됐다고 말하며 후학들이 마음 놓고 공부할 수 있도록 도움을 주고 싶어 기부하게 되었다고 말했다고 합니다.

기사를 보면서 사회에 보탬이 되는 일을 하는, 선행을 하는 분들이 많다는 것을 알게 됩니다.

사자성어에 수원수구(誰怨誰咎)가 있습니다. 누구를 원망하고 누구를 꾸짖을 수 있느냐는 뜻입니다. 다른 사람을 원망하는 사이 시간은 다 지나고 인생도 허망하게 끝나는 경우가 많을 수 있습니다. 각박한 팔자로 태어나서도 훌륭한 일을 하는 사람이 많은가 하면 멀쩡한 집에서 태어나 부족함 없이 자라고서도 주위 탓만 하다 **'어리석게'** 인생을 망치는 사람이 있습니다.

82

마지못해 하는 수 없이 하다

서울경제신문 2017년 1월 14일 토요일자 23면 오피니언면을 보면 공정한 과정보다는 능률을 극대화하는 기능주의와 조작을 통해 불리한 요인을 유리한 요인으로 바꾸려는 조작주의가 세를 얻으면 농단 사태에 이를 수 있어 이를 경계해야 한다는 글이 실렸습니다. 신정근 성균관대 유학대학장의 글에 노자의 천하신기(天下神器: 천하는 신묘한 그릇이라 마음먹은 대로 쉽게 움직일 수 없다)의 내용이 나옵니다. 노자는 천하는 내가 원한다고 해서 그렇게 움직이고, 내가 싫어한다고 해서 그렇게 움직이지 않는다고 옛날 벌써부터 지적하고 있었다고 적고 있습니다.

그래서 노자는 세상에서 무언가를 얻으려면 마지못해 하는 수 없이 하는 부득이의 태도를 강조한다는 것입니다. 노자는 또 꼭 이렇게 해야 한다고 하면 실패하기 십상이고, 이것만은 놓치지 말아야 한다며 붙잡으면 붙잡을수록 잃어버리게 된다(爲者敗之; 위자패지, 執者失之; 집자실지)고 지적했다는 것입니다. 노자는 사람이 자기 뜻대로 좌지우지할 수 있는 천하신기의 상황을 인정하고 살려면 버려야 할 세 가지 태도로 삼거(三去)를 제안하고 있다고 적었습니다. 극단으로 치우치는 것을 피하는 거심(去甚), 세를 불리는 사치를 피하는 거치(去侈), 자신이 모든 것을 할 수 있다는 거만을 피하는 거태(去泰)가 그것이라는 것입니다.

결국 기능주의와 조작주의로 세상을 운영할 수 없다는 것을 알게 해 준다는 것입니다.

한꺼번에 모든 것을 움켜쥐려는 욕심이 결국 자신뿐 아니라 조직, 사회, 국가에까지 나쁜 영향을 미칠 수 있는 **'어리석은'** 일이라는 필자의 판단입니다.

부득이(不得已)라는 용어는 마지못해 억지로 하는 모습이 역력하다는 뜻입니다.

83
참담한 상황

동아일보 그대여 어리석고도 또 어리석은 이여 2017년 1월 13일

우리 사회의 기본적 가치에는 무엇이 있을까 짐작해 봅니다. 동아일보 2017년 1월 13일 금요일자 29면 오피니언면을 보면 기본적 가치로 자유, 평화, 안전, 민주, 공동체 의식, 이해와 배려, 평등, 정의, 정직, 공정성 등을 들고 있습니다. 이외에도 가치로 따지자면 생명, 건강, 설제 등 헤아릴 수 없이 많다고 보겠습니다.

우리나라 사회의 공정성 평가에 대해서는 실력만으로 인정받기 힘든 사회에 산다, 상대적 박탈감을 느낀 적이 있다, 일한 만큼 대접을 못 받는다, 노력한 만큼 보상이나 성과가 없다고 보았습니다.

이런 평가대로 우리 사회는 헬조선(지옥 조선)이라는 자조 섞인 표현이 결코 과하게 느껴지지 않을 정도로 참담한 상황을 마주하고 있다고 오피니언면 필자(송으뜸의 트렌드 읽기)는 적시하고 있었습니다.

불평등하고, 공정하지 못한 사회에서 상대적 박탈감을 느낀다는 호소입니다. 오피니언면 필자는 성장의 과실이 기득권층에만 대물림되는 공정

하지 못한 사회에 대한 분노를 이야기했습니다.

누구에게나 공정한 사회, 기회의 평등이 보장되는 사회가 되어야 한다는 것이 필자의 지적이었습니다.

사자성어에 학철부어(涸轍鮒魚)가 있습니다. 수레바퀴가 지나간 자리에 고인 물에 갇힌 붕어라는 뜻으로 사정이 몹시 곤란해 고단하고 옹색한 처지를 나타내는 말로 **'어리석음'**에 빠진 사회를 빗대는 것입니다.

현세의 비극 중에 시리아 사태가 있습니다. 시리아 정부군과 반군 간에 내전으로 애꿎은 시리아 국민만 엄청난 사상자로 피를 보았습니다. 동아일보 2015년 9월 4일 20면 국제면 보도를 보면 시리아 참상이 그대로 드러납니다. 시리아 내전을 피해 유럽 쪽으로 가던 배가 뒤집혀 난민 어린이 세 살배기 이일란 쿠르디의 시신이 튀르키예 해변에 밀려와 그것이 생생한 사진으로 보도되어 세상에 알려졌습니다.

사진 설명으로는 그리스로 가는 밀입국 배를 타고 가다 전복 사고로 이 아이가 숨졌는데 시신이 파도를 타고 밀려왔다는 것입니다.

가슴 아프고 슬프기만 한 이 쿠르디의 사진은 난민 문제를 골칫덩어리로 취급해 오던 유럽의 양심을 일깨웠다고 합니다.

파도에 떠밀려온 이 어린이의 시신이 난민 문제를 심각하게 생각하게 하는 계기가 된 셈이라고 볼 수 있겠습니다. 국민을 안전하게 보호하지 못하는 시리아는 분명 문제가 있는 나라입니다. 거기에다 어린이까지 무참하게 사망하게 하였다니 **'어리석어도 한참 어리석은'** 사태가 벌어지는 것입니다. 2023년 12월이 지나가도록 시리아 사태가 해결됐다는 소식은 없습니다. 강대국 간 대리전쟁으로 탄약 업자 무기 생산업자만 수익을 얻는 한심한 사태로 나라에 폭탄이 떨어지고 대포 소리가 요란하게 나며 국민만 다치고 죽는 엄청난 사태입니다.

2023년 현재 강대국 간 극심한 패권 경쟁이 벌어지고 있습니다. 미국은 북대서양 조약 기구 나토의 집단 방위 체제에 체코 루마니아 우크라이나 등 국가를 끌어들이고 동유럽을 보호해야 한다고 강조하고 있습니다. 우크라이나 전쟁 2년 차를 맞은 2023년 전쟁의 상황은 비축량이 줄고 있는 탄약 및 무기의 공급을 유지해야 한다는 과제를 맞고 있어 우군 만들기에 총력을 기울이고 있다는 것입니다. 이에 맞서 러시아는 중국을 끌어들이면서 러시아 중국 협력은 국제 정세 안정을 위해 중요하다고 강조했다고 합니다.

2022년 말에 경유 값이 휘발유 값을 웃도는 기현상이 일기도 했습니다. 일반적인 생각에는 휘발유 값이 경유 값보다 싸야 하는데 전쟁으로 경유를 쓰는 무기가 많은 이유였다는 것입니다. 우크라이나 전쟁으로 미국과 러시아가 극심한 대립으로 세계가 그 세력권에 휩쓸리는 사태가 벌어지고 있습니다. 미국 편은 유럽이고 러시아 편은 중국 북한 등입니다. 북한은 러시아 편을 들며 우크라이나 전쟁은 미국과 유럽의 패권주의 탓으로 미국은 악의 제국이라고 비난했다고 합니다.

시리아 내전은 2011년 중동 일대에 불어닥친 민주화 혁명, 아랍의 봄 열풍을 시리아 정부군이 폭력으로 진압하면서 시작됐다고 합니다. 바샤르 알 아사드 독재 정권을 타도하자는 시위를 벌이자 정부군은 무력으로 강경 진압해 많은 사망자가 나왔다는 것입니다. 이에 반발해 일부 군경이 시위대에 가담해 반군이 형성됐는데 시리아 반군과 정부군 사이에서는 도시를 장악하고 빼앗기는 과정이 반복되면서 내전으로 비화해 수많은 사상자가 발생하고, 난민이 발생하고, 도시는 황폐해졌습니다.

시리아 내전 상황을 간추리면 2011년 7월 15일 시리아 전역에서 100만 명 이상이 시위에 참가했고 8월 18일 미국 등 서방 세계가 바샤르 알 아사드 대통령의 하야를 요구했다는 것입니다.

2013년 11월 29일 유엔 난민 기구는 시리아 국외 난민이 300만 명을 돌파했다고 발표했다고 합니다. 2015년 11월 15일에는 러시아가 시리아 정부군 지원을 위해 이슬람 국가 거점을 공습하기 시작했고, 2016년 11월 15일에는 러시아와 시리아군이 알레포 안팎 반군 지역에 대대적 공습을 했다는 보도입니다.

동아일보 2016년 12월 15일 목요일자 국제면 22면 보도입니다. 시리아 경제 수도 알레포가 2012년 여름부터 내전에 휩싸였는데 반군이 알레포를 장악하고 정부군과 격전을 벌여 2만 명 넘게 숨지고, 수십만 명의 시민이 전쟁을 피해 도시를 떠났다는 내용입니다. 기세를 탄 반군이 시리아 전역으로 세력을 확장하면서 아사드 정권의 몰락이 가까운 듯했지마는 러시아가 개입하면서 전세가 역전됐다는 것입니다.

러시아가 정부군 아사드 정권을 도우면서 시리아 반군에 본격적인 공습을 했습니다. 그 후 2016년 12월 13일 밤 휴전 합의로 시리아 정부군을 후원하는 러시아와 반군 측 튀르키예는 알레포 전투를 멈추고 최후의 항전을 벌이던 알레포에서 반군에게 퇴각로를 열어 주기로 합의했다는 것입니다.

그런데 반군의 철수가 지연되는 사이 교전이 다시 시작돼 비극이 멈추지 않고 있는데 반군과 함께 최후의 저항을 택했던 시민 10만여 명은 점령군의 피의 보복이 두려워 국외로 도망갈 채비를 갖추고 있다는 보도입니다. 시리아는 인구는 74%가 수니파이고, 13%에 불과한 시아파 아사드 대통령이 독재 정권을 유지하며 집권하고 있다고 하는데 수니파를 탄압하면서 내전이 발생했습니다. 한 나라에서 내전이 발생하면 교전 당사자들뿐만 아니라 시민들이 너무 큰 희생을 치르게 됩니다. 시리아에서 희생당한 수많은 사람의 처절한 비명이 들리는 듯합니다. 전쟁으로 사람이 살상되는 것은 분명 **'어리석은'** 일입니다. 우리나라에서도 6·25전쟁이 일어나 수많은 사람이 참혹한 비극을 겪었습니다.

85

양극화

우리나라 사회가 안고 있는 여러 가지 문제가 있습니다. 2022년 말이 되어서도 안정된 사회로 국민이 평안한 하루하루를 보내야 하는데 그렇지 않아서 불만이 폭발하고 있습니다. 과거 대통령 후보였다가 대통령에 당선되신 분이 후보 연설에서 "살림살이가 나아지셨습니까?"라고 말한 유명한 어록이 남아 있습니다. 그러면 과거 시절에는 국민이 평안하고 안전해 하루하루를 즐겁게 보냈습니까? 2017년으로 거슬러 올라가면 그때도 지금과 비슷한 여러 가지 갈등으로 고민이 많았던 시기입니다.

서울경제신문 2017년 4월 24일 월요일자 오피니언면 39면 보도를 보면 자세한 전말을 알려 줍니다. 신광영 중앙대 사회학과 교수가 칼럼 '양극화 개선 어떻게 접근해야 할까'로 우리나라 사회의 양극화에 대한 시론을 펼쳤습니다.

신 교수는 "1997년 외환위기 이후 가속화된 사회 양극화로 내수 위축에 따른 경기 침체가 나타났다. 빈곤층이 확대되면서 내수는 위축됐다.

또 급격한 만혼과 비혼 증가, 세계 최저 출산율, 세계 최고 노인 자살률을 야기해 복합적인 사회 위기를 심화시키고 있다"라고 지적했습니다.

신 교수는 양극화의 원인을 "급속한 고령화에 따른 비경제 활동 인구 내 저소득 노령인구의 급속한 증가"라고 보았는데 65세 이상의 노인 인구 절반이 빈곤층이라는 점에서 이것이 양극화의 심화로 이어지고 있다고 지적했습니다. 그다음 원인으로 비혼 이혼 사별 등으로 1인 가구가 증가했는데 1인 가구의 증가가 빈곤층의 확대로 이어졌다고 했습니다.

신 교수는 "양극화 완화를 위한 다양한 정책이 모색돼야 한다"라며 "경제 활동 참가자를 대상으로 소득 격차를 줄이기 위한 정책이 고려될 필요가 있다. 정규직 비정규직 차별 해소, 남녀 차별 금지 퇴직 연령 연장 등 소득 기회 확대 등이 필요하다"라고 해결 방법을 야무지게 제시했습니다.

신 교수는 "미래의 불평등과 불평등의 재생산을 막기 위해 미래 세대를 대상으로 하는 사회 투자 정책이 요구된다. 빈곤 아동의 교육 및 건강 지원, 평등한 교육 기회 보장, 청년들의 평등한 취업 기회 보장이 포함될 수 있다. 청년 저축 지원 제도, 재산 소득의 누진세 강화와 상속세 누진성 강화도 필요하다"라며 미래 세대를 위해 힘써야 할 것에 대해 강조했고 세금 문제도 개선해야 할 부분에 대해 비판하였습니다.

과연 글에 힘이 있어서 눈에 금세 띄었습니다. 미래를 생각하고 계획하여야 하는 인사들에게 무엇이 문제인지, 무엇이 변화되어야 하는지 이유를 알게 해주었습니다. 이미 꽉 짜인 틀이지만 개선해야 할 부분이 있다면 과감히 실행하여 우리나라의 미래가 밝아져야 하는 것이 당연한 일입니다. 문제를 모르고 있는 것과 알고 있으면서 고치지 못한다면 **'어리석은 일'**이라고 말할 수 있겠습니다.

86

모방 일삼기

　시장에 소비자의 호응을 받아 잘 팔리는 상품이 나타나면 비슷한 제품이 줄지어 나온다고 합니다. 2020년에도 비슷한 사건이 있었습니다. 천연 소재를 원료로 한 샴푸를 하면 머리 색깔이 자연히 변해 염색 효과를 얻는 상품이 폭발적으로 잘 팔리자 비슷한 제품이 쏟아져 나왔습니다. 모방 상품이 등장한 것은 다른 회사의 노력으로 개발한 상품에 억지로 무임승차해 노력하지도 않고 돈을 벌려는 속셈입니다. 서울경제신문 2017년 6월 3일 토요일 27면 오피니언면에서 '고전 통해 세상 읽기'로 신정근 성균관대학교 유학대학장이 이에 대한 비판 칼럼을 게재했습니다.

　신 학장은 "한 기업이 과감한 투자와 치열한 노력 끝에 제품을 개발해도 다른 기업이 무임승차를 하니 개발 의욕이 싹틀 수가 없다. 새로운 제품을 개발하려는 도전과 창의의 싹이 자랄 수 없게 된다. 잘나가는 경쟁자를 따라가면 실패의 위험률이 낮아진다. 한 분야에서 도태되는 일을 막을 수 있다"라고 썼습니다. 그렇지만 이런 형태는 작은 시장에서 죽어라

싸움을 하는 진흙탕 경쟁이라고 비난했습니다.

　신 학장은 공자의 "나보다 뛰어난 상대를 보면 함께 어깨를 나란히 하려고 노력하고, 나보다 못한 상대를 보면 나에게 그런 모습이 있는지 살펴보라(見賢思齊焉 見不賢而內自省也 견현사제언 견불현이내자성야)"의 어록을 빗대어 선의의 경쟁을 하는 상대에게 뒤처진다면 노력을 해 비슷한 수준에 도달해야 한다며 경쟁 상대의 제품을 그대로 베껴 똑같은 수준에 도달하자는 것이 아니라 상대의 성공을 보고 나만의 길을 찾아 상대와 나란히 설 수 있는 자신의 모델을 세운다는 것이라고 모방 상품을 만드는 기업의 비열하고 저속한 행태를 지적했습니다.

　신 학장은 "성공을 바라고 실패를 피하려고 한다면 나만의 개성을 추구하지 않고 성공하기 쉬운 길에 관심을 쏟게 된다. 그 결과 하나의 제품이 각광을 받으면 모방 경쟁에 뛰어들어 빠르고 안전한 성공의 길을 추구하게 된다"며 유사 제품을 내려는 기업의 양심을 저격했습니다.

　신 학장은 "우리 경제의 위기를 무역 수지의 악화, 금융 환경의 변화에서도 찾을 수 있지만 유사 제품의 범람에서도 찾을 수 있다. 유사 제품의 범람은 피하려고 하면 피할 수 있는데도 그렇게 하지 않아 그 폐해가 심각하다고 할 수 있다"며 모방 상품에 대해 쓴소리로 적시했습니다.

　과연 공부를 많이 한 인사의 글은 읽으면 그렇구나 하는 감흥을 얻게 됩니다. 신 학장의 지적대로 잘 나간다는 상품을 무작정으로 따라 하는 것이 결국 나중에는 **'어리석은'** 것에 지나지 않는다는 것을 알게 됩니다.

87

알아보지 못하는 언어

2022년도 12월 말입니다. 한 해가 훌쩍 쉽게 빠르게 지나간 것 같지만 실제로는 하루하루가 너무 힘들게 지나갔다고도 볼 수 있겠습니다. 코로나라는 호흡기 전염병으로 온 국민이 힘들어했고 전염병이 사그라지지 않아 일 년 내내 전염병 환자 수를 헤아리며 사망자 수와 환자 발생 수를 계산해야 했습니다. 2022년도 지나가며 여러 가지 사연이 너무 많았습니다.

2022년도 보도에 알아듣지 못하는, 알아보지 못하는 용어가 너무 많았습니다. 개딸, 팬덤, 검수완박, 워라벨 등의 용어가 쏟아져 나와 처음 듣고 처음 보는 사람은 도대체 무슨 뜻인지 의아하기만 합니다. 나중에 인터넷 용어 사전을 통해 개딸이 개혁의 딸이고 팬덤은 어떤 대상의 팬들이 모인 집단, 검수완박은 검찰 수사권 완전 박탈, 워라벨은 일과 여가생활의 균형이라는 것을 알게 됐습니다.

2023년에는 대화용 인공 지능(AI) 챗GPT에 대한 보도가 많았습니다. Chat Generative Pre-trained Transformer Model의 약자라고 하는

데 굳이 해석하자면 대화 생성 사전 학습 변환 모델입니다. 인간의 생각을 컴퓨터 언어로 입력하는 코딩 기능을 갖추었다는 것입니다. 코딩 작업은 고도의 전문적 지식과 경험이 필요하다고 하는데 대화용 인공 지능은 대화 작문 교정 번역 요약과 검색 기능이 있다고 합니다.

챗GPT가 할 수 있는 컴퓨터 코딩 기능으로는 인간의 언어를 이해하고 직접 코딩한다, 코딩의 개선과 설명을 한다, 인공 지능 프로그램을 코딩한다 등 다양한데 인간이 작성한 코드를 분석해서 실수를 고쳐 주는 디버깅 작업도 한다고 합니다. 나아가 영상 음악 등 다양한 형식의 생성 기능을 갖춘 인공 지능 모델이 발전되리라는 전망입니다. 물론 과학이 급속도로 발전하는데 이를 이해하고 따라가지 못하는 것도 문제이니 첨단 과학을 공부하려는 태도도 필요하다는 생각입니다.

챗GPT가 일자리를 잠식하기 시작했다는 보도가 있었습니다. 생산성이 100배나 높아 업무 혁명 속에 사람이 설 자리를 잃을지도 모른다는 것입니다. 이것을 이용하면 보고서 자료 조사, 전문 자료 검색, 사례 조사 등에 활용할 수 있고, 사업 기획 아이디어로 신규 사업 기획 시 문제점 파악, 글쓰기 번역, 교정 수단으로 활용할 수 있고, 복잡한 엑셀 함수를 간단한 텍스트 명령어로 생성할 수 있다는 것입니다. 거기에다 프로그래밍으로 업무 자동화할 수 있는 코드를 생성할 수 있다는 것입니다.

업무 활용에 쓰이는 활용도가 높아 점점 늘어날 전망이고 챗GPT 카카오톡 공부방이 급증한다고 합니다. 이것을 활용하면 2주 넘게 걸리던 상품 광고 카피를 단시간에 완성할 수 있다고 합니다.

결국, 직장인의 업무 환경이 바뀔 것이고 회계사, 통역, 작가가 영향을 받을 것이라는 전망입니다.

이런 보도를 보면서 모든 사람이 알아듣기 좋은, 알아보기 쉬운 용어가 사용되든가 아니면 용어를 설명하든지 아니면 풀어써야 하는 것이 맞는 것 같습니다.

그 말을 쓰는 사람 혼자만 알아보고 다른 사람이 못 알아듣는다면 그 글이나 그 말이 무슨 의미가 있고 효용이 있는지 모르겠습니다.

어려운 영어 문자나 한문 글도 풀어써야 하는 것이 맞다고 봅니다. 영어로 TF라고 써놓으면 그 뜻을 아는 사람은 괜찮지마는 모르는 사람 입장에서는 무슨 이야기인지 잘 모르겠다는 반응을 보일 것이 뻔합니다. TF는 굳이 풀어쓰자면 임무 해결 조직이라는 뜻이지만 한글로 알기 쉽게 풀어써도 되는 용어입니다. 처음 대하는 사람은 도통 무슨 이야기인지 모를 사항입니다.

또 다른 것으로 수많은 뜻 모를 용어들이 사용되고 있지마는 용어를 풀어쓰지 않으니 그것을 잘 모르는 사람 입장에서는 답답한 노릇입니다.

외래어도 너무 많이 흔하게 쓰이지마는 그 용어를 잘 모르는 사람들이 많다는 것을 고려해야 한다는 판단입니다. 모르는 단어, 어려운 용어를 너무 많이 사용하는 것은 그것을 미리 알고 쓰는 사람은 괜찮을지 모르지마는 대다수 국민은 알아보지 못하니 결국 **'어리석은 일'**인 셈입니다.

88
약자를 억압하는 수단

경향신문   그대여 어리석고도 또 어리석은 이여   2022년 12월 12일

　　경향신문 2022년 12월 12일 월요일자 오피니언면 25면에 실린 하종강 성공회대 노동아카데미 주임 교수의 기고 '불법을 통해야 얻을 수 있는 권리'에 주목할 만한 내용이 있었습니다.

　　하 교수는 "불법을 통하지 않고는 아무것도 얻을 수 없었다"고 노동자들의 권리 탄압에 대한 글을 실었습니다. 하 교수는 "합법적 테두리 안에서만 활동했다면 우리나라는 아직까지 교사 노조와 공무원 노조가 없는 미개한 사회에 머물러 있었을 것"이라고 썼습니다.

　　하 교수의 견해는 그의 글의 비유에서 "추운 겨울날 연세가 많은 어르신이 길가 주차장 관리원이었는데 바람막이 하나 없이 길가에 놓여 있는 허름한 의자가 시설의 전부였다. 모자를 꾹 눌러쓰고 목도리를 두 개나 칭칭 감고 양쪽 팔에 토시를 두른 모습이 마치 지리산 빨치산이 엄동설한에 추위를 견디기 위해 닥치는 대로 옷가지를 걸친 모습처럼 보여 마음이 아팠다. 연세가 지극한 어르신이 바람막이 하나 없는 길거리에서 몇

시간이나 세찬 바람을 맞으며 서 있어야 하는 일"에 대한 견해를 이야기 했는데 친구는 그것에 대해 "그 어르신은 그 일자리라도 있으니 형편이 나은 거야. 쪽방에서 하루 한 끼도 제대로 먹지 못하는 노인들에 비하면" 이라고 말하는 것으로 "그 어르신보다 더 큰 어려움을 겪고 있는 노인이 있으니 그 어르신의 노동 조건을 개선할 필요가 없는 것일까? 노동 조건을 개선해 달라고 요구하는 것은 쪽방 노인들과의 차별을 크게 만드는 것이어서 정당하지 않고 사회에 해로운 것일까? 결코 그렇지 않다"라고 하 교수는 지적하며 사회적 약자의 권리 주장을 억압하는 가장 비겁한 수단은 그 약자보다 더 취약한 대상을 비교하는 것이라고 썼습니다.

하 교수의 글처럼 노동 시장에서는 이중 구조에 시달리는 상대적 저임금 노동자가 너무 많아서 노동자를 위해 할 일이 많다고 예리한 칼끝처럼 칼럼에서 지적해 사회에 경종을 울렸습니다.

하 교수는 "헌법의 노동 삼권 중 단체 행동권이란 노동자들이 파업함으로써 경제적 손실을 발생시킬 수 있는 권리이다. 한국은 그러한 권리를 이해할 수 있는 노동 교육을 학교에서 가장 하지 않고 있는 나라에 속한다"라고 쓰며 우리나라의 노동 상황에 대해 쓴소리를 하며 **'어리석음'**에 빠져 있는 현실을 비판했습니다.

89

쓸쓸한 죽음

디지털타임스   그대여 어리석고도 또 어리석은 이여   2022년 12월 14일

혼자 살다 쓸쓸하게 죽음을 맞는 고독사에 대한 기사가 실렸습니다. 디지털타임스 2022년 12월 14일 자 보도 내용입니다.

고독사를 맞은 이들이 2021년 3,378명에 달했는데 대부분이 50대 60대였다는 것입니다. 20~30대 비중도 6~8% 수준이었다고 합니다. 남성이 여성에 비해 4배에 달했다는 것인데 경제적 문제, 사회와의 단절, 1인 가구 증가 등이 원인이었다는 분석입니다.

가족 친척 등 주변 사람들과 단절된 채 홀로 사는 사람이 병으로 사망하든가 자살 등으로 혼자 임종을 맞고 일정한 기간이 지난 뒤 발견된다는 것입니다. 2020년 3,279건이 발견되었는데 해마다 증가 추세여서 사회가 불안하다는 것을 보여 주는 셈입니다. 고독사 사망자 중에는 중장년층이 많았는데 그들에 대한 고독사 예방 서비스가 필요하다는 것입니다.

건강 관리와 실직, 이혼 등으로 삶의 만족도가 급격히 떨어지는 연령대라는 것입니다. 청년층에 대한 고독사 예방은 심리 정신적 지원 등 적극적

인 자살 예방 정책과 연계 추진이 필요하다는 것입니다.

혼자 죽음을 맞는 슬프고 가엾은 모습을 생각할 때는 마음이 미어집니다. 사회에서 따뜻한 시선으로 사회 구석진 곳을 살펴야겠습니다. 그렇지 못한 사회, 차가운 사회, 차별하고 멸시하고 따돌리고 조롱하는 사회는 결과적으로 자신도 그렇게 될지 모르는 **'어리석은'** 사회의 모습입니다.

서울경제신문 2017년 9월 14일 목요일자 9면 보도 내용입니다. 일자리에서 이탈됐는데 사회 안전망이 미치지 못하니 청년-장년층이 무방비로 고독사에 노출된다고 합니다.

장기간 음주와 도박, 폭력은 무연고사로 이끄는 위협적인 요인으로 지적된다는 보도입니다. 한 사회 복지사는 알코올 의존 증세를 보이는 장년층은 욕설이나 폭행을 행사하는 경우가 많아 겁부터 나는 게 사실이라고 말했다고 합니다.

한 복지 재단 연구원은 고독사에 대한 통계가 마련되지 않은 상황에서 관련 법 제정을 통해 기본 통계와 현황을 파악할 수 있도록 하고 경찰 변사 자료에 고독사 의심을 체크하도록 해야 한다고 말했다는 보도입니다.

지방 자치 단체별로 시행하는 지원 정책도 연계 시스템을 구축해 효율성을 높이고, 지역 공동체를 활성화해 사회적 비극을 막아야 한다는 보도 내용입니다.

사회가 점차 변하며 예전에는 없던 새로운 문제가 불거집니다. 1인 가구의 증가와 고독사에 대한 것도 최근에 벌어지는 경향입니다.

2016년 30대 여성이 서울 모 병원에서 숨을 거두었는데 가족 누구도 주검을 찾아가 장례를 치르지 않았다는 보도입니다. 700만 원 이상 드는 병원비를 감당할 수 없었기 때문이라는데 결국 이 여성의 시신은 무연고 사망자로 처리돼 화장됐다는 보도입니다.

이같이 가족도 외면한 무연고 주검이 많다는 것입니다.

이 보도를 보면서 사회의 차갑고도 가엾은 사람을 보살피지 않는 **'어리석은'** 슬픈 현실을 깨닫게 됩니다. 죽어서도 외로운 사람이 많으니 너무나도 가엾고 슬픈 현실이라고 하겠습니다.

90

큰 무덤

중국 전 국가 주석 장쩌민(江澤民)이 사망했습니다. 그의 유해는 화장돼 상하이 양쯔강 하구 바다에 뿌려졌다는 보도입니다. 동아일보 2022년 12월 13일 화요일자 20면 국제면 보도를 보면 고인과 유가족의 뜻에 따라 의식이 진행됐다고 합니다. 장 전 주석의 부인 왕예핑 등 유가족과 중국 공산당 지도부 차이치 정치국 상무위원 등이 참석했다는 보도입니다. 중국 신화사 통신은 장 전 주석이 2022년 11월 30일 96세를 일기로 사망했다고 보도했는데 장 전 주석에 대해 "철저한 유물론자였다. 그는 조국과 인민에게 평생을 바쳤다"고 추모했다는 것입니다.

장쑤성 양저우는 장쩌민의 고향으로 인민 해방군 해군 양저우함의 유래가 되었다는 전언입니다. 비슷한 전례로 주은래 등소평 등도 산골 되었다고 합니다. 장 전 주석의 전임자였던 등소평 유해는 중국 본토와 대만 사이에 뿌려졌고 류샤오치 전 국가 주석의 유해도 뿌려졌다는 보도입니다.

시진핑 중국 주석은 장 전 주석 추도대회에서 그는 탁월한 지도자, 오랜 경험을 거친 지사, 특색 사회주의 위대한 사업의 걸출한 영도자, 중요 사상의 창립자라고 애도했다고 합니다.

보도를 보면서 죽어서까지 큰 무덤을 자랑한 중국 역대 황제의 무덤에 크게 비교되는 것을 알게 됩니다. 우리나라에도 곳곳에 고려 시대, 조선 시대 왕이나 고위 관직을 맡았던 사람들의 산처럼 큰 무덤을 보게 됩니다. 그 큰 무덤을 만들기 위해 일반 백성들이 사역에 시달렸을 것을 상상해 봅니다. 며칠이 아니라 몇 달을 임금도 받지 못하고 비바람 태양에 노출돼 시달리며 억눌렸을 것입니다. 60년대 후반까지 우리나라 농어촌 사회에 사역이 존재했습니다. 대개 길을 정비한다든가 냇가, 도랑을 정비하는 사업이어서 농어촌 사회를 위해 바람직하였을지 모릅니다.

사람의 몸은 영원한 것이 아니고 죽어서 없어지는 허망한 것입니다. 거짓으로 이루어진 것이니 육신에 집착하면 안 됩니다. 거기에다 높은 지위나 관직의 틀은 사악하고 이기적인 하나의 틀입니다. 그것을 타파하고 철옹성 같은 관료 사회, 계급 사회, 계층 사회에서 탈출해야 합니다. 세상에 무궁무진한 것은 존재하지 않습니다. 결국, 부서지고 무너지고 형체도 없이 사라집니다. 일상의 행복도 결과적으로는 무상한 것입니다.

큰 무덤을 차지할 수 있는 지위에 있었으면서도 한 줌 뼈로 바다에 뿌려져 자취가 없어지다니 그 결정을 존중하는 마음이 저절로 생깁니다. 무덤은 없지만, 그 정신은 남아 사람들의 뇌리에 새겨질 것입니다. 죽어서까지 흔적을 남기려 큰 무덤을 만들어 자랑하고 위세를 떨치는 보통의 인간들을 뛰어넘는 큰마음을 알게 됩니다. **'어리석은'** 마음 중 하나가 죽어서까지 위세를 펼치겠다는 것입니다. 생명은 유한하다는 것은 만고의 변함없는 진리입니다. 자신이 죽으면 어떻게 되나 번민하는 것이 인간의 마음입니다. 결국, 지위가 높아질수록 자신을 낮추고 겸손해야 합니다.

91

지도자의 뇌물 수뢰

2022년 카타르 월드컵 게임이 열리면서 인종 국가 종교를 뛰어넘어 지구 모든 나라들의 사람들이 열광했습니다. 우리나라는 포르투갈, 우루과이, 가나 등 축구 강국과 한 조가 되어 16강 진출이 거의 불가능하다고 생각되었는데도 극적인 포르투갈전 승리로 온 국민이 환희로 들떴습니다.

그런데 유럽 의회 주요 인사들이 월드컵 개최국인 카타르로부터 거액의 뇌물을 받은 혐의로 기소되었다는 충격적인 보도가 있었습니다. 동아일보 2022년 12월 13일 국제면 20면 보도를 보면 월드컵 개최 전부터 노동자 인권 침해와 성 소수자 탄압 논란에 휩싸인 카타르가 국제 여론을 우호적으로 만들기 위해 뇌물 공세를 편 것으로 보인다고 외신은 전했다는 내용입니다.

벨기에 경찰이 에바 카일리 유럽 의회 부의장과 유럽 의회 사회당 그룹 소속 보좌관 등 6명을 전격 체포했고 관사나 주거지 등을 압수 수색해 카일리 부의장 집에서 60만 유로가 담긴 가방을 압수했다고 합니다. 기소된 카일리 부의장은 "카타르는 노동권의 선두 국가이다. 유럽이 카타르를 차별하고 괴롭히고 있다"고 카타르를 두둔했었다는 보도입니다. 이 보도를 보면서 뇌물을 주고받는 범죄 행위가 탄로 나는 과정을 알게 됩니다.

염불위괴(恬不爲愧)라는 사자성어가 있습니다. 올바르지 못한 행동을 한 뒤에도 부끄러워하는 마음이 없다는 것입니다. 양심의 부끄러움이 없는 철면피의 마음입니다. 모두 밝혀지지 않을 것이라고 여기고 그런 행위를 하지만 결국 하늘이 보고 땅이 보고 있다는 엄연한 현실을 맞게 됩니다.

눈이 본 것에 매달리는 것이 악마의 갈고리에 꿰게 된다는 것입니다. 재물욕 색욕이 악마인데 그것에 집착하면 악마의 마음대로 되고 악마의 문에 들어가며 악마가 하고자 하는 대로 끌려가게 되는 **'어리석은'** 인간의 행위입니다.

92

빈집 증가

빈집이 우리나라 전국에 급격히 늘어난다는 우울한 소식입니다. 서울경제신문 2022년 12월 14일 수요일자 29면 전국면 보도를 보면 전말이 그대로 드러납니다. 지방 자치 단체에서 빈집 정비를 통해 지역 경제 활성화에 역량을 집중하고 있다는 보도입니다. 빈집에 주차장이나 공원을 조성하는가 하면 리모델링을 통해 청년 창업 공간으로 탈바꿈시키는 노력이 더해지면서 인구 소멸을 해결하는 묘책이 될 수 있을지 관심을 끌고 있다는 내용입니다.

2021년 기준 전국에 빈집이 6만 5203채나 된다는 것인데 전라남도가 1만 7684채이고 경상북도 13,774채, 전라북도 9,434채, 경상남도 9,411채나 된다는 것입니다. 인구 감소로 인한 소멸 위기가 심각한 화두로 떠오르고 있는 현실입니다.

전라남도는 1만 채의 빈집을 정비해 주거 환경을 개선하는 정책을 펴고 있는데 마을 공공용지, 쉼터, 주차장, 운동 시설 설치, 공원 등으로 조성한다는 것입니다. 경상북도는 경관, 다목적 체육 시설, 생태 복원, 복합 문화 센터 등의 시설을 구축한다는 방침이라고 합니다.

전라남도 강진군은 빈집을 정비해 도시민들에게 임대로 귀농, 귀촌 공간으로 활용하고 있고, 빈집과 상가를 연계해 청년들의 주거와 창업을 아우르는 전용 공간으로 만드는 사업을 추진 중입니다.

전라북도 익산시는 빈집을 리모델링하는 귀농인 희망 하우스 사업을 진행하고 있는데 소유자와 합의해 귀농인, 귀촌인, 예술인에게 무상 임대한다는 것입니다. 빈집이 지역의 흉물이 아닌 기회의 공간으로 활용하기 위해 지방 자치 단체가 노력하고 있으니 그래도 아직은 지역의 희망이 남아 있는 느낌입니다. 청년들이 지방을 떠나 대도시로 몰리는 것은 농어촌 생활보다는 도시에서의 화려한 겉모습에 현혹되어 현실이 되지 못할 화려한 생활을 꿈꾸기 때문이라는 견해입니다. 그렇지만 지방에서의 생활도 그렇게 나쁘지만은 않다는 생각입니다. 자연을 벗 삼고 지역을 사랑하는 마음이 있다면 비록 소득이 적다고는 하지만 도시의 비정한 돈 중심의 생활보다는 훨씬 낫다는 생각입니다. **'어리석은'** 생각 중 하나가 현실을 제대로 보지 못하고 환상만 좇는 것이 될 수 있겠습니다.

조선일보가 전국 17개 시도 교육청에 예비 소집일 기준 2023년 신입생 0명인 초등학교를 조사했더니 147곳에 달했다고 합니다. 2023년 2월 14일 화요일자 1면 보도입니다. 시도별로는 경상북도가 32곳이었고 전라남도 29곳, 전라북도 20곳, 강원도 30곳, 경상남도 18곳, 충청북도 12곳, 충청남도 9곳, 경기도 3곳, 인천시 2곳이었다는 내용입니다.

신입생이 단 1명도 들어오지 않는 상태로 학령 인구 절벽 사태를 맞고 있다고 하는데 그나마 신입생이 단 1명뿐이라 홀로 입학식을 치르는 학교도 늘어 140곳이나 됐다고 합니다.

　신문은 저출산으로 인한 학령 인구 감소 때문이라고 보도했습니다. 그런 이유로 2010년부터 2022년까지 전국 초중고 143곳이 폐교했다고 합니다.

　중고등학교도 신입생 0명인 곳이 충청남도 2곳, 전라북도 3곳, 강원도 2곳이나 된다고 합니다. 이와는 반대로 인구가 몰리는 신도시에서는 학교가 모자라는 학생 불균형 현상이 일고 있다고 합니다. 용인시 김포시 하남시 등에서는 한 반에 학생이 28명 이상인 과밀 학급이라는 것으로 너무나 대조적인 모습입니다.

　도시와 농촌이 골고루 개발되고 발전해야 하는데 이런 불균형은 결국 사회가 안정된 모습을 보이지 않는 **'어리석은'** 일입니다.

93

기후 변화

지구 온난화로 봄꽃이 갈수록 빨리 피는 바람에 벌의 생장 주기가 꽃이 피는 속도를 못 맞춰 혼란이 일어난다는 보도가 있었습니다. 중앙일보 2023년 3월 28일 화요일자 1면 보도 내용입니다.

서로 연결된 종들이 달라진 기후에 다른 속도로 반응하면서 오랫동안 유지해 온 생태계에 혼란이 일어난다는 것인데 일찍 핀 봄꽃은 꿀벌 등 생태계 먹이 사슬에 혼란을 일으킨다는 보도였습니다.

이상 고온에 벚꽃 시계가 고장 나 3월에 제주와 서울에서 동시에 만개했다는 것입니다. 2019년부터 날씨 변동 폭이 커져 벚꽃 축제는 이른 개화에 일정에 차질을 빚는다는 것입니다.

기후가 덥다가도 갑자기 기습 한파가 찾아와 생태계가 교란된다는 보도입니다. 제비가 일찍 한반도에 왔다가 기후 변화로 떼죽음한다는 안타까운 보도도 있었습니다.

2022년도 다 저물어가는 12월 말 지구는 극심한 한파와 눈 폭풍, 강풍에 시달려 기후 변화를 실감했습니다. 미국 전역을 덮친 강풍으로 수백 명이 고립됐고 사망자가 생겼다는 것입니다. 혹한으로 한파 주의보 강풍 경보 등이 발령됐고 섭씨 영하 30도까지 떨어졌습니다. 미국을 덮친 한파 는 북극 주변의 차갑고 건조한 극소용돌이가 남하한 것으로 여기에 시속 105km의 태풍급 강풍까지 겹쳐 가시거리가 거의 0에 가까웠다고 합니다. 우리나라의 한 농가에서는 눈 폭탄이 딸기밭 비닐하우스를 무너뜨려 딸 기가 얼어붙어 피해액이 무려 3,000만 원에 가까웠다고 합니다. 기록적인 폭설로 전라북도 임실 정읍 순창 부안 지역에서 피해가 컸다고 합니다. 눈 때문에 비닐이 찢기고 뼈대만 남아있는 날벼락을 맞았다고 합니다.

이상 기후가 자주 나타나는 이유는 북극으로부터 지속적으로 찬 공기 가 유입되기 때문이라는 분석으로 한파와 폭설 강풍이 이어진다는 것입 니다. 해수면 온도가 낮아지는 라니냐 현상이 우리나라 한파의 원인으로 지목되고 있다고 합니다. 지구 온난화로 북극 기온이 올라갈수록 한반도 에는 강추위가 찾아온다고 합니다. 북극의 수온이 높아지면 공기의 소용 돌이를 일으키는 제트 기류가 약해지며 찬 공기가 남하한다고 합니다.

태풍뿐 아니라 폭설, 폭염, 홍수 등의 이상 기후 대책으로 우선 온실 가스 감축을 위한 탄소 중립 등이 있습니다. 화석 연료의 사용 제한과 햇 빛과 바람을 이용한 태양광 및 풍력 발전 등을 이용하는 방법입니다. 물 론 몹시 어려운 과제들입니다. 그렇지만 기후 변화가 극심하고 폭설 폭풍 이 빈발하는 처지이니 대책을 세워야 합니다.

'어리석은' 일 중 하나가 이상 기후에 대한 미래를 보지 않고 현실이 암 울한 상태인데도 책임을 묻지 않는 방임 행위입니다. 석탄, 석유 등 화석 연료를 무분별 사용하는 것은 기후 변화를 일으킨다는 사실을 알아야 합 니다.

축녹자불견산(逐鹿自不見山)이라고 사슴을 쫓는 사람은 산을 보지 못한다는 것입니다. 앞을 내다보지 못하고 눈앞의 이득만 찾다 보면 세상의 이치 도리를 저버리게 되고 나중에는 커다란 재앙이 있을지 모릅니다.

2023년 3월 3일 금요일자 동아일보 1면 보도를 보면 남부 지방에 최악의 가뭄이 들어 여수 광양 산업 단지의 공업용수가 부족해 공장 가동을 줄인다는 보도가 있었습니다. 전라남도 순천시 승주읍 상사호 상류 주암댐으로 이어지는 푸른 물줄기가 있어야 할 자리에는 쩍쩍 갈라진 메마른 흙바닥만 보였다는 내용입니다. 물길은 유량이 적은 탓에 하나로 크게 흐르지 못하고 여러 갈래로 갈라졌다고 했습니다. 거대한 댐을 채워야 할 젖줄이 작은 개천 정도로 보였다는 것입니다. 보도는 한국 프랑스 이탈리아 등 세계 곳곳에 이미 기후 변화가 불러온 극심한 가뭄을 겪고 있다고 했습니다. 또한, 최근 한국뿐 아니라 세계적으로 가뭄과 폭우의 빈도가 과거의 기록을 깨고 있다며 이번 가뭄만 넘길 것이 아니라 해수 담수화나 하·폐수 리사이클링 등 대체 수자원을 개발해 버틸 수 있는 비상 대책에 투자해야 한다는 전문가의 의견입니다. 대기 오염과 기후 변화가 근래 세계적 골칫거리가 된 것은 분명합니다.

프랑스에 이어 영국에서도 2040년부터 가솔린, 디젤 연료차를 안 판다는 보도가 있었습니다. 이런 이유로 전기차 시장의 성장 속도는 빨라질 것으로 전망된다는 것입니다. 2017년 7월 27일 목요일자 서울경제신문 11면 국제면 보도 내용입니다.

영국 정부는 2040년부터 가솔린, 디젤 등 연료를 연소하는 방식의 내연 기관 차량 판매를 전면 중지할 것이라고 밝혔다는 영국 언론의 보도입니다. 영국이 이 같은 방안을 마련한 것은 대기 오염으로 매년 4만여 명이 사망하고 사회적 비용만도 1년에 27억 파운드에 달한다는 보고서가 나오는 등 경제 사회적 피해가 커지고 있기 때문이라는 보도입니다. 영국 정부는 내연 기관 차량의 배출 가스로 인한 대기 오염은 국민 건강을 위협하는 가장 심각한 환경 요소라고 설명했다는 것입니다.

프랑스도 클린에너지 개발과 온실가스 감축을 위해 2040년까지 휘발유 경유 차량의 판매를 중단한다고 밝히는 등 전기차 전면 전환 움직임이 확산되고 있다는 보도입니다.

석유업체를 둔 영국과 프랑스가 탈석유화에 나선 것은 전기차 생산, 충전소 판매망 확충 등 친환경 신산업이 석유 산업을 넘어서는 국부를 창출할 것으로 보기 때문이라며 전기차 업계를 주도하는 테슬라에 대응해 자국의 경쟁력을 서둘러 재고하려는 의도도 있다고 전했다고 합니다.

대기 오염과 기후 변화는 한 나라만의 문제가 아니라 세계적인 문제가 돼 여러 나라가 이에 대처하려고 하고 있습니다. 현세대의 이기인 자동차를 끌고 다니는 여러 사람이 가스를 배출하고 있다는 문제를 인식하고 있어야 하는 데다가 이런 대기 오염뿐 아니라 난폭 과속 운전을 하면 더 큰 문제가 된다는 생각입니다.

경상북도 경주의 한낮 온도가 39.7도를 기록했다는 보도입니다. 동아일보 2017년 7월 14일 금요일자 16면 사회면 내용입니다. 1942년 7월 13일 대구에서 기온이 39.6도를 기록했다는데 75년 만에 기록을 갈아치웠다는 것입니다.

전국이 더위로 몸살을 앓았다는 것인데 중학교에서는 등교 시간을 앞당기거나 수업을 단축했다고 합니다. 기상청이 발표한 불쾌지수도 높음 단계를 나타내는 붉은색으로 도배됐다고 합니다. 덥기도 했지만, 비가 내리지 않는데도 불구하고 후텁지근한 공기가 가득해 불쾌감을 끌어 올렸다고 합니다.

비가 내리지 않는 날에도 습도가 80%에 이르렀다는 것인데 평균 습도가 80% 이상이면 비 오는 날의 습도와 비슷하다는 것으로 습식 사우나와 비슷하다고 합니다.

습도가 높으면 열대야도 발생한다는데 공기 중 물방울이 열을 머금으면서 밤이 돼도 기온이 떨어지지 않는다는 것으로 이런 기후에는 중풍의 위험이 커져 저염 저지방 식사를 해야 한다는 것입니다.

보도를 보면서 기후 변화가 이 정도로 심하게 진행됐다는 것을 알게 됩니다. 연료를 사용하면서 배출 가스 때문에 그렇다는 것인데 그렇다고 연료를 쓰지 않을 수 없으니 전 세계적인 딜레마라고 할 수 있겠습니다. 연료를 쓰더라도 과도하게 쓰지 않고 통제되면서 써야 되는 난제가 기다리고 있습니다.

한국경제신문 2023년 3월 28일 화요일자 8면을 보면 폭염과 홍수 여파로 농산물 작황이 부진하자 식품 가격이 폭등한다는 보도입니다. 이상기후 발 작황 부진이 예상하지 못한 위험처럼 나타나 공급 차질에 대응하지 못해 가격이 치솟는다는 것입니다. 양파 가격이 불안한 상태이고 오렌지 토마토 값도 상승한다는 것입니다. 호남 지역에 가뭄이 들어 대파 등 농산물 출하 지연으로 가격이 불안하다는 내용입니다.

단호박 가격도 올랐다는 보도입니다. 엘니뇨는 적도 부근에서 열과 습기를 대기로 다량 방출하고 세계에 폭염, 가뭄, 폭우 등 기상 이변을 불러온다고 합니다. 하반기에 엘니뇨가 오면 소맥 원당 등이 차질을 빚을 수 있어 물가 폭등에 대비하는 선제 대응책이 필요하다는 내용입니다.

초강력 한파가 7일 넘게 이어져 저체온증으로 인한 인명 피해가 잇달았다는 보도가 있었습니다. 동아일보 2016년 1월 26일 화요일자 12면 사회면 보도를 보면 한 농장의 컨테이너에서 74살 유 모 씨가 숨져 있는 것을 이웃이 발견해 경찰에 신고했고, 공용 화장실에 앞에서 누워 신음하던 47살 김 모 씨가 병원으로 옮겨졌지마는 숨졌다는 보도였습니다.

유 씨는 전기장판 외에 난방 시설이 없어 저체온증을 이기지 못해 숨진 것으로 경찰은 보고 있고, 20년가량 노숙 생활을 하던 김 씨 역시 저체온증으로 인한 급성 호흡 곤란이 사인으로 추정됐다는 보도였습니다.

또 강추위에 지병이 악화돼 62살 최 모 씨가 숨졌고, 54살 이 모 씨도 숨졌다는 것입니다.

한랭 질환으로 또 숨진 사람이 있었는데 한랭 질환은 한파에 장기간 노출되면서 저체온증이나 동상 등의 증상을 보이는 것을 말합니다.

대설 경보가 내려졌던 울릉도에서는 적설량이 140㎝ 나 됐다는 보도였고, 제주도에서는 폭설로 제주 공항 항공기 이착륙이 전면 중단돼 수많은 사람이 곤란을 겪었다는 소식이었습니다.

제주도에서 결혼식을 올리려 계획했던 혼례 예약 커플이 비행기가 뜨지 못하자 발을 동동 구르다 공항 탑승장에서 임시로 활주로를 배경으로 결혼식을 올렸다는 희귀한 소식도 있었습니다. 날씨가 예전과는 다른 양상을 띠고 있다는 생각입니다.

여름에는 극한 더위로 인간이 한계 상황에서 겨우 견디는 데다 가축이 떼죽음하고 있고 겨울에는 또 극한 추위로 인간이 견디지 못하고 사망하는 극한 상황이 펼쳐지고 있습니다. 아무래도 지구가 이상하다는 느낌을 지울 수가 없습니다.

여러 가지 원인으로 연료를 너무 많이 인간 세계에서 사용하고 있고,

또 엄청난 양의 화학 물질이 생겨나 이로 인한 환경 파괴가 주요 원인일 수 있다는 판단입니다.

굳이 사자성어를 찾자면 자취기화(自取其禍)가 있습니다. 인간이 편하려고 하다 오히려 제 손으로 만든 재앙으로 망한다는 것입니다. 2017년 9월 9일에는 미국 플로리다 쪽으로 괴물 허리케인이 들이닥쳐 수많은 주민이 피난을 가는 등 아수라장이 되었다는 것인데 기후 변화는 결국 인간이 화석 연료를 남용하는 바람에 생긴다는 것이 정설이 되어 앞으로가 더 걱정됩니다. 결국 인간이 저지르는 '**어리석은**' 일 중의 하나입니다.

2016년 여름은 너무 더웠습니다. 뜨거운 햇볕이 머리를 내리쬘 때는 땀에 흥건히 젖었습니다. 그늘에서도 그렇게 더웠는데 태양 볕 아래에서 일하던 분들은 얼마나 더 더웠겠습니까? 건설 현장, 논밭에서 일하던 농민 여러분, 물고기와 사투를 벌이신 어민 여러분이 그 사정을 잘 알 것입니다. 기온이 38도를 넘어 39도까지 올랐었다고 하니 가히 기록적인 불볕더위라고 할 수 있었습니다.

2016년 8월 5일 금요일 동아일보 3면 보도 내용을 보면 전국이 가마솥으로 극한 폭염에 열섬 현상까지 일어났다는 것입니다. 서울의 광화문 등의 도심에는 한낮 섭씨 40도를 넘는 독한 무더위가 닥쳤다는 보도였습니다. 전국의 대부분이 불쾌지수가 매우 높음으로 나타났고 두 달 새 가축 218만 마리가 폐사해 애지중지 키워온 농가가 울상을 지었다는 내용이었습니다.

공장에서는 더위에 지쳐 얼음을 먹어 가며 겨우 지탱했고, 길어지는 폭염에 폭력 사건도 증가해 집단 스트레스 대비가 필요하다는 보도였습니다.

2016년 8월 11일 목요일 서울경제신문 25면 보도 내용을 보면 사과

포도 콩 등 농작물이 뜨거운 햇볕에 오랜 기간 노출되면서 품질이 저하되고 생산량이 감소하는 등 피해가 확산됐다는 것입니다.

농민들은 연일 계속되는 폭염에 화상을 입은 과일을 제거해야 하는 등 이중고까지 겪었다고 합니다. 화상을 입은 과일을 제거하지 않으면 그 부분이 썩기 시작하고 썩은 부분에서 탄서병 등 병충해가 생겨 멀쩡한 열매로 번져 피해가 늘어났다는 것입니다. 폭염이 계속되며 닭, 오리, 돼지 등이 폐사하며 농가의 시름을 깊게 했다고 합니다. 피해를 본 농가를 보면 전라남도에서 닭과 오리가 46만여 마리나 폐사했다는 것입니다. 애지중지 키웠을 농민들을 생각하면 안타깝기 그지없는 일입니다.

연일 계속되는 불볕더위에 에어컨을 사용하는 가구가 늘어나며 유난히 2016년에는 전기 요금에 대한 논란이 일었습니다. 산업용 전기 요금은 누진제가 없지만 가정용에 대해서는 사용을 많이 한 가정에 대해 요금을 비싸게 물리는 누진제가 적용되는 것에 대한 불만이었습니다.

전기 사용량에 따라 11배에서 32배까지 비싸게 요금을 물리는 전기 요금 누진제에 대해 사용한 만큼만 요금을 내게 요금 체계를 바꾸어야 한다는 것이었습니다.

시민들의 표를 의식해야 하는 정당 등에서 무성한 논의만 있었지 결국 시원하게 해결되지 못하고 불쾌지수가 높은 날씨만큼이나 비슷하게 찐득하게 땀이 배는 듯 흐지부지 끝나고 말았습니다.

2016년 8월 26일 금요일자 동아일보 12면 사회면 보도를 보면 폭염에 양식장 피해가 눈덩이처럼 불어나고 가뭄에 농경지가 말라붙어 쑥대밭이 됐다는 안타까운 내용입니다.

전라남도 완도군에서 전복을 양식 중이던 어민은 전복이 모두 폐사해 망연자실했는데 기록적인 폭염에 적조띠가 나타났다가 사라지고 고수온

현상이 겹쳐 전복이 대량 폐사했다는 것입니다. 전복뿐 아니라 우럭 참돔 돌돔 바지락 등도 대량 폐사했다고 합니다.

극심한 가뭄으로 인한 피해는 논과 밭이 말라 들어가는 심각한 피해를 주었다는 보도입니다. 과수원에서는 폭염 때문에 과일 등이 썩어 상품 가치가 없어져 울상이 되었다는 안타까운 내용이었습니다.

옛날 어른들이 풍우순조(風雨順調)하여 풍년이 들면 사람들이 풍성하게 수확하여 기뻐했다던데 날씨가 이렇게 사나워져 주민들이 애를 태우고 평화롭게 잘 살 수 없는 그런 환경이 되고 말았습니다.

풍운조화(風雲造化)라는 사자성어가 있습니다. 바람, 구름의 헤아리기 어려운 변화를 말합니다. 자연의 조화는 사람이 예측하기 어렵다고도 합니다. 농업인들이 힘들게 뿌린 씨가 영글어 풍성하게 수확하여야 하는데 태풍이 불면 수고가 하루아침에 물거품이 되니 농업인으로서는 억장이 무너지는 일이겠습니다. 아무쪼록 날씨가 순조로워 농업인들, 어업인들이 마음을 놓고 일을 했으면 하는 바람입니다.

94
추락한 고시 3관왕

동아일보   그대여 어리석고도 또 어리석은 이여   2016년 5월 25일

고시 3관왕으로 고시원 영웅이었던 사람이 피고소인 신분이 되었다는 보도가 있었습니다.

행정 고시, 법원 행정 고시, 사법 고시에 잇달아 합격해 명성을 얻은 인사가 변호사라는 직업을 악용해 고소인에게 지급해야 할 배상금 5억 원과 지인들로부터 받은 투자금 3억 5천만 원을 가로챈 혐의로 기소돼 1심에서 징역 3년을, 항소심에서 징역 2년과 집행 유예 3년을 선고받았다는 내용입니다.

2016년 5월 25일 수요일 동아일보 사회면 12면 보도를 보면 그 상세한 전말이 적혀 있습니다. 그는 다시 기업 인수 합병 관련 민사 소송 자문을 하려던 전 건설사 대표로부터 사기 혐의로 고소당했다는 것입니다. 이 보도를 보며 한때의 영광이 그대로 지속되지 않고 변한다는 사실을 알게 됩니다. 그 사람의 옛 영광은 이해하겠지만, 자신이 사기 피해를 당한다면 사정은 달라지게 되고 억울함을 당연히 호소할 것입니다.

사자성어에 기고만장(氣高萬丈)이 있습니다. 기운이 만장이나 뻗치었으니 우쭐하여 기세가 대단하다는 것입니다. 그래서 자기 자신도 모르게 **'어리석은'** 짓을 하게 되는 일이 많습니다. 잘 나갈 때 조심하지 않으면 오히려 해가 되어서 돌아오니 인간의 운세는 참으로 기가 막힌 것이 많습니다.

95
빡빡한 삶

빡빡한 살림살이 때문에 종전에 가입했던 보험을 깨는 서민이 많다는 보도입니다.

"언제 회사에서 쫓겨날지 모르는 판에 한 달에 30만 원이 넘는 보험료를 꼬박꼬박 납부하기가 버거웠다", "해지 환급금이 지금까지 낸 보험료의 절반 정도밖에 되지 않아 손해가 막심했지만 매달 나가는 보험료라도 줄이자는 생각에 손절매했다"는 것입니다.

계약을 유지하지 못할 정도로 서민들의 삶이 어려워졌다는 해석이 나온다는 보도입니다.

2016년 4월 4일 서울경제신문 10면 보도 내용인데 보험은 주요 금융상품 중 마지막에 해지하는 상품이라는 점에서 경제에 시사하는 바가 크다는 것입니다.

"보험사 관계자는 '일선 영업점 이야기를 들어 보더라도 자영업자나 서민층을 중심으로 보험 계약을 해지하려는 이들이 늘고 있다'며 '보험을 해

지하면 무조건 손해라고 만류하지만 하루 벌어 하루 먹기도 힘들다'는 이들에게 보험 계약 유지를 권하기도 어려운 상황"이라는 심각한 내용의 보도였습니다.

서민들의 삶이 윤택해 웃으며 여유 있게 사는 모습이 희망인데 그렇지 못하고 너무나 빡빡한 사정 때문에 힘들어하고 괴로운 표정을 짓는 모습을 보면 너무나 답답한 심정이 되고 맙니다.

사자성어에 호소무처(呼訴無處)가 있습니다. 원통한 사정을 이야기할 데가 없다는 것인데 사정이 점점 좋아지고 여유가 생기는 일이 있었으면 좋겠다는 생각입니다. 힘들게 사는 사람의 사정이 좋아져야 하는데 그렇지 못하다면 분명 **'어리석은'** 사회의 일면입니다.

96

800명 떼죽음

튀니지 국적 알리 말레크 선장은 2015년 어선을 몰고 리비아에서 이탈리아로 향하다 운항 부주의로 포르투갈 국적 컨테이너선의 옆쪽을 들이받아 어선을 침몰시켜 이탈리아 시칠리아 법원으로부터 징역 18년형이 내려졌다는 보도입니다.

동아일보 2016년 12월 15일 목요일자 22면 국제면 보도 내용입니다.

27m 길이의 어선에는 세네갈 말리 방글라데시 등 출신 난민 800명이 타고 있었다는 것입니다. 비좁은 어선 짐칸에 실려 있었던 이들은 문이 밖에서 잠겨 있어서 탈출하지 못하고 수장됐다는 것입니다.

생존자 중에서 한 증인은 원래 1,200명을 태우려 했었다는데 비좁은 창고로 억지로 밀어 넣었지만 움직일 수 없을 정도가 되자 800명에서 멈추었다는 것입니다. 음식도, 물도 없었고 사람을 때리며 짐승 다루듯 했다는 것입니다.

선장은 "컨테이너선의 프로펠러로 인해 생긴 파도 때문에 균형을 잃었다. 배를 조종한 것은 자신이 아니라 정체를 알 수 없는 흑인이었다"며 거짓말까지 하며 자신의 책임을 인정하지 않았다는 보도입니다.

사람이 많이 죽었고 배가 침몰했으니 당연히 죄를 빌어야 하는 것이 맞는데 오히려 죄를 다른 사람에게 미루었다니 왜 그런 침몰 사고가 났는지 짐작이 가는 것입니다.

우리나라에서도 세월호가 침몰해 수많은 인명 피해와 재산 피해가 일어났었습니다. 사고가 났을 때 선장이나 선원이 배에 갇혀 있는 승객 한 사람만이라도 구출해 나왔으면 아마 영웅이 됐을지도 모른다는 생각을 하는데 너무 급박한 상황이라 본능적으로 혼자만 빠져나왔을지도 모른다는 처연한 생각이 드는 것입니다.

대구 지하철 방화 사건 때도 기관사가 자신만 빠져나올 것이 아니라 승객 한 사람이라도 구출해 데리고 나왔으면 역시 사회의 영웅으로 기록될 수 있었을지도 모른다는 상상을 하는 것입니다. **'어리석은'** 생각을 가지고 있으면 어리석은 짓을 하게 됩니다.

거짓말을 하는 것은 사자성어 여이반장(如易反掌)대로 손바닥 뒤집기처럼 쉬우나 귀중한 인명이 끊겼다면 변명이 되는 것인지 모르겠습니다.

97

죽음의 마약

중독성이 모르핀의 100배나 된다는 펜타닐이라는 마약성 진통제가 미국에서 성행하고 있다는 보도입니다. 조선일보 2022년 12월 27일 화요일자 14면 국제면 보도입니다. 펜타닐 남용의 치사량은 단 2㎎으로 구토와 환각, 섬망, 저산소증과 뇌 조직 파괴 단계를 거치면 사망에 이르게 된다는 것입니다.

인공 화학 물질로 제조가 간단해 미국과 유럽에서 급속 확산하고 있다고 합니다. 고통이 극심한 암 환자에게 극소량 투여하는 마약성 진통제 펜타닐이 미국에서 중독 확산이 일어나면서 미국이 원료 생산국인 중국과 극심한 갈등을 빚고 있다고 하는데 마약성 진통제 과다 복용으로 인한 미국 내 사망자는 2019년 5만여 명에서 2020년 7만여 명으로 늘었다고 합니다. 교통사고 총격 사고 등을 제치고 펜타닐 중독이 18~49세 청년층의 사망 원인 1위라고 보도되었습니다.

경제난과 사회적 고립, 의료 서비스의 질 하락 등이 빚은 결과라는 것입니다. 청소년들이 소셜 미디어로 쉽게 펜타닐을 구매해 중독되면서 치아가 녹은 채 거리를 배회하며, 핼러윈에 어린이들이 받는 사탕 바구니에 펜타닐이 들어가고, 펜타닐인지 모르고 손을 댔다가 중독됐다는 직장인 주부가 있었다는 뉴스가 끊이지 않는다는 보도입니다.

미국에 범람하는 펜타닐의 직접 생산자는 멕시코의 마약 카르텔이지만 원료를 대는 것은 중국의 화학 기업이라고 합니다. 미국과 중국 정부는 2018년부터 중국이 불법 펜타닐 원료 생산자들을 규제하기 위해 협력해왔지만, 미-중 갈등이 고조되자 중국이 펜타닐 수출 규제의 고삐를 느슨하게 풀고 있다고 미국 신문이 보도했다고 합니다.

마약이라는 것이 연용했을 때 중독으로 일어나는 극심한 부작용이 문제입니다. 모르핀, 대마, 아편 모두 연용했을 때 큰 문제가 생깁니다. 완물상지(玩物喪志)라는 사자성어가 있는데 쓸데없는 물건을 가지고 노는데 정신을 잃어 소중한 본래의 성질을 잃는다는 것으로 물건에만 집착한다면 마음속에 빈곤을 가져와 본심을 잃게 된다는 것입니다. 마약 연용은 몸이 무기력해지는 것과 정신이 올바르게 작용하지 않는다는 큰 문제가 생기니 다른 화학 물질과 마찬가지로 자신을 파괴하는 **'어리석은'** 일입니다.

월스트리트 주름잡던 주식 중개인이 술과 마약에 빠져 노숙인으로 전락했다는 보도가 있었습니다. 동아일보 2015년 8월 13일 목요일자 24면 국제면 보도입니다. 주식 중개인 윌리엄 킹은 잘나가던 시절 고급 아파트에 살면서 고급 차를 몰고 다녔다고 합니다. 그렇지만 술과 마약, 환락에 흥청망청, 부인과 이혼하고 결국 회사에서 해고당하기에 이르렀다고 합니다. 그가 뉴욕 맨해튼 거리에서 대낮에 쓰러져 잠자는 노숙인으로 전락한 모습을 보여 사람들에게 충격을 주었다는 내용입니다.

허랑방탕하게 생활을 하게 되면 자신도 모르게 여러 가지 죄를 저지르게 됩니다. 쓸데없이 돌아다니게 되면 답살죄(踏殺罪)를 짓게 된다고 합니다. 미물인 생물을 발로 밟아 죽이는지도 모르고 돌아다닌다는 것인데 몰라서 죄가 안 된다고 생각하지만 그렇지 않다고 합니다. 인류의 스승인 성현께서는 죄를 알고 짓는 것도 무섭지마는 모르고 짓는 죄가 더 무겁고 크다고 알려 주셨습니다. 자신도 모르고 지은 죄가 돼서 책임이 없고 거리낌이 없다고 이야기하는 현세의 사람들에게 이런 말을 해 주면 어떻게 변명을 할지 모르겠습니다. 모두 다 발뺌하며 죄를 인정하려 하지 않고 도망치려 할 것입니다. 잘못은 바로잡아야 하고 그래서 성인들이 끝없이 끝까지 끊임없이 공부해야 한다고 강조하셨던 것입니다.

영어 단어 외우는 것과 수학 공식을 외우는 것, 화학 물리 지식을 아는 것도 물론 중요하지마는 그것보다 더 중요한 것이 사람이 되는 공부를 하는 것이 더 중요합니다. 옛날 세상 물정 아무것도 모르던 학창 시절 은사 선생님이 가르쳐 주신 대로 입신출세하는 것보다도 먼저 인격을 갖춘, 인간이 되는, 사람이 되는 공부가 중요한 것입니다.

엄중한 죄를 저지르고는 끝까지 발뺌하며 죄를 숨기며 인정하려 하지 않는 현세의 수많은 뻔뻔한 사람들에게 모르고 짓는 죄가 크다고 이야기하면 어떻게 대답할지 궁금합니다. 알고 짓는 죄마저 인정하려 하지 않는 사람들에게 먼저 공부를 해야 한다고 이야기해 주어야 합니다.

마약을 하는 것과 술을 많이 마시는 것은 인간의 정신을 파괴해 쓸모없게 만드는 **'어리석은'** 일입니다.

자신의 온전한 정신과 신체를 지켜야 하는데 오히려 자신을 파괴하고 황폐화하는 것이 술과 마약, 환락입니다. 신미신언(愼微愼言)이라는 사자성어가 있습니다. 작은 일에도 경솔하지 않고 신중하게 대하고 말을 조심한다는 것입니다. 세상살이가 만만치 않으니 매사 조심조심 쓸데없이 방황하지 않고 착실하게 지내야 할 일입니다.

98

막막한 겨울나기

2022년 말과 2023년 초에는 유난히 추웠습니다. 서울에서 영하 18도까지 떨어지는 최강 한파가 기승을 부렸습니다. 그런데 연탄 수급에 차질이 빚어지면서 연탄으로 난방하는 취약 계층의 겨울나기가 힘겨워지고 있다는 보도가 있었습니다. 서울경제신문 2022년 12월 19일 월요일자 27면 사회면 보도입니다.

연탄의 원재료인 무연탄 생산량과 수입량이 줄면서 연탄 생산 가격이 치솟고 있다는 것입니다. 거기에 연탄 기부 물량까지 줄면서 취약 계층은 더욱 막막한 상황이라는 내용이었습니다. 러시아 우크라이나 전쟁으로 러시아에서 들어오는 유연탄이 감소했고 국내 탄광에서 생산하는 무연탄의 양이 급감했다는 것입니다. 무연탄 생산량과 수입량 감소 여파로 무연탄 수입 단가도 치솟았다고 합니다. 연탄 생산 비용이 늘면서 취약 계층의 난방비 부담이 우려되자 산업부는 2021년 공장에서 판매하는 연탄 가격을 3년째 동결했다고 합니다. 그렇지만 실제 소비자들이 구매하는 연탄 가격은 1,000원을 웃돈다고 합니다. 대부분의 구매가 배달을 통해 이루어지는데 배달 비용에 소비자가 거주하는 지역이 고지대라는 점, 거리가 멀다는 점이 반영되기 때문이라는 것입니다.

연탄 가격이 오르면서 연탄으로 겨울을 보내는 취약 계층이 구매를 망설이게 됐다는 딱한 보도 내용입니다. 연탄 기부 물량도 줄어서 저소득층이 사용할 수 있는 연탄은 부족해질 전망이라는 것입니다. 추운 날씨가 이어지는 이유는 북쪽에서 남하하는 찬 공기의 영향을 받기 때문이라고 합니다.

어쨌든 우리 사회가 취약 계층도 추운 겨울을 따뜻하게 보내게 해야 하는 방책이 있어야 한다는 생각입니다. 나는 난방비 걱정 없이 따뜻하게 겨울을 보낼 수 있는데 다른 한편에서는 추위에 갈 곳 없이 오들오들 떨고 있다면 잘못된 양심의 부끄러움이 없는 비겁하고 **'어리석은'** 사회일지 모른다는 생각입니다.

99

노령 생계난

생계난에 손해를 무릅쓰고 국민연금을 미리 타서 쓰는 사람들이 증가하고 있다는 보도입니다.

동아일보 2015년 11월 26일 목요일자 사회면 16면 보도 내용입니다. 국민연금 공단이 밝힌 조기 노령 연금 수급자는 2015년 연말 50만 명에 이를 것으로 전망된다는 것입니다. 조기 노령 연금은 10년 이상 가입해 수급권을 확보한 사람이 자신의 선택으로 정해진 수급 나이보다 1~5년 먼저 받을 수 있는 제도라고 합니다. 조기 노령 연금은 연금 수급 시점을 앞당기는 대신에 연금액이 상당히 줄어들어 손해 연금으로 불린다는데 최대 21%까지 적게 받는다고 합니다.

그런데도 조기 연금 수급자가 느는 것은 실직과 명예퇴직 등으로 일자리를 잃은 은퇴자들이 국민연금을 받지 않으면 생활이 곤란하기 때문으로 보인다는 보도입니다. 그렇지만 전문가들은 조기 연금이 당장 생활고는 덜 수 있지만, 장기적으로 볼 때는 제때 노령 연금을 받는 게 안정적인 노후 생활을 위해 중요하다고 강조했다는 것입니다.

직장을 그만두면 당장 생활비를 마련하기도 어려운 데다 국민연금, 의료 보험 등 생각지도 않았던 경비가 많이 들게 됩니다. 그러니 다시 직업을 잡아야 하는데 나이가 많이 들어 만만찮게 됩니다. 그래서 허드렛일이라도 해 보려고 직업 전선에 뛰어드는 노령층이 늘어나게 되는 이유가 된다는 판단입니다. '**어리석은**' 일 중 하나가 내일을 내다보지 못하는 것입니다. 당장 몇 시간 후의 일도 짐작하지 못하는 것이 평범한 인간의 모습인지 모르겠습니다. 노후에 평안한 생활, 여유 있는 생활이 기다리고 있는 것이 아니라 더 어려운 생계 문제가 남아 있다고 생각하면 너무 답답하기만 합니다.

전화 금융 사기(보이스 피싱)에 자신도 모르게 가담하는 60대 이상 피의자가 2022년 들어 1,384명이나 됐다는 기막힌 보도가 있었습니다. 동아일보 2022년 11월 30일 수요일자 12면 사회면 보도입니다. 은퇴 후 용돈을 벌기 위해 아르바이트 구직 사이트에 이력서를 올렸더니 시장 조사 업체라는 곳에서 연락이 왔는데 상권 분석을 하는 것이라며 출근할 필요 없이 텔레그램 애플리케이션을 깔고 연락하면 된다는 것이었다는 내용입니다.

한동안 서류를 제출해 배달하고 빌라 주변 환경을 분석해 보고서를 제출하는 일을 맡았다는 것인데 그 후 정상적 은행 거래가 불가능한 신용 불량자 고객으로부터 자금을 받아 회사 계좌로 입금해 달라고 해서 의심 없이 제안을 받아들여 업체가 시키는 대로 3,450만 원을 업체 측에 전달했다는 것입니다. 다시 1,500만 원을 업체 계좌로 송금하던 중 경찰에 체포되면서 그제야 보이스 피싱 피해자로부터 현금을 받아 범죄 조직에 전달하는 역할을 해왔다는 것을 뒤늦게 알았다는 것입니다.

거래처에 현금을 전달하는 단순 업무라는 말에 속아서 보이스 피싱 현금 수거책으로 일했다가 뒤늦게 사실을 알고서는 너무 괴로워했다는 피의자들의 사정입니다. 과거에는 고액 알바 등으로 미끼를 걸었지만 최근에는 일반 사무직 구인 광고로 위장하는 것이 많아 취업 경험이 적은 고령층이 걸려든다는 것입니다. 현금을 수거하는 아르바이트는 모두 보이스 피싱이라고 보면 된다는 경찰 관계자의 전언입니다.

사정이 좋지 않은 노령의 사람들을 이용해 사익을 취하는 악당들이 이 사회에 존재한다니 세상을 꿰뚫어 보신 옛 성현이 보시면 크게 한탄할 노릇이 분명합니다. 한 푼 벌어 보려다 이용만 당하고 형사 처벌까지 당해야 한다니 너무나 처참합니다. 한 푼 벌어 보려 한 것이 결국 **'어리석은'** 일이 돼 버렸습니다.

건설 현장의 대졸자

서울경제신문　　　　　그대여 어리석고도 또 어리석은 이여　　　　2015년 11월 25일

서울경제신문 2015년 11월 25일 금요일자 29면 사회면 보도입니다. 청년 실업난이 심화되면서 30대 건설 근로자 가운데 40%가 대졸자인 것으로 나타났다는 내용입니다.

고용 노동부 산하 건설 근로자 공제회가 발표한 2015년 건설 근로자 종합 실태 조사 결과를 보면 대졸 이상 건설 근로자의 비중이 23%로 파악됐다고 합니다. 청년 실업난이 심각해지면서 구직 활동을 하던 대졸자의 상당수가 직장을 얻지 못한 채 생활비 마련을 위해 건설 현장에 뛰어들었기 때문으로 풀이된다는 것입니다. 대졸 건설 근로자의 40.5%는 근무 경력 3년 미만으로 경력이 낮은 탓에 1일 임금 평균도 115,905원에 불과했습니다.

구직 경로별 임금은 무료 직업소개소 131,000원, 새벽 인력 시장 109,000원, 유료 직업소개소 103,000원으로 집계됐습니다. 월평균 근로 일수는 14.9일에 불과했다는 보도입니다.

청년들이 청운의 꿈을 품고 출발하는 것이 첫 직장입니다. 첫 직장에서 성공해 결혼도 하고, 미래 나라의 간성이 되어야 하는데 취직이 힘들어 건설 현장에 뛰어들고 있다니 서글픈 마음이 들면서 우리 사회의 어두운 일면과 '**어리석음**'이 떠오릅니다.

그래도 모두 열심히 공부해 지식을 쌓고 좋은 직장에서 꿈을 펼치기를 바랍니다. 사자성어에 여세부침(與勢浮沈)이 있는데 세상이 변하는 대로 따라서 변한다는 것으로 세상 모든 청년이 잘나가는 직장에 월급도 두둑이 받는다면 얼마나 좋겠습니까?